사막의 바다

사각의 바다

TURN 09 ▶

이수현
장편소설

우리 고향이 계속 사막으로 남아 있지는 않을 거야.

바다가 넓어질 테니까.

차례

사막의 바다

2056년 10월 7일 아침, 날은 맑았다.

오하나는 해발 약 3700미터의 토루가르트 고개를 넘어서 위구르스탄 영역에 진입했다. 국경을 넘는데도 검문검색은 없었다. 과거 이 지역이 중화인민공화국 영토였을 때는 검문소를 통과하는 데 시간이 오래 걸렸지만, 신생 위구르스탄 공화국에는 국경마다 검문소를 설치할 여유가 없었다. 과거에 세워진 못생긴 이정표와 철조망만 자리를 지킬 뿐이었다.

오하나는 고개를 절반쯤 내려가서 잠시 차를 멈춰 세우고 온몸의 근육을 풀었다. 사람들은 흔히 몸의 일부를 기계로 교체하면 모든 불편이 사라지고 통증에서 해방될 줄 알지만, 자체 회복 기능이 부족한 만큼 원래 몸보다 더 세심하게 관리해야만 했다.

금방이라도 쏟아져 내릴 듯이 위압하는 해발 7000미터의 산봉우리들이 멀어지면서 서리 앉은 풀의 영역도 줄어들고, 차바퀴에서 날리는 흙먼지가 심해졌다. 잠시 거대한 세계에 떨어진 작은 인간의 감상이 마음을 스쳤다. 이제 저 아래에는 광활한 분지가 펼쳐져 있었다. 한때는 중국의 영토였다가, 지금은 위구르스탄이 된 타림분지. 먼 과거에 비단 상인들이 위험을 무릅쓰고 서역과 중국을 왕래하던 실크로드의 일부였다.

드물게 바람이 없고 시야가 깨끗한 날이라 고배율 쌍안경을 들자 저 멀리 모래땅까지 보였다. 실크로드 시절에는 죽음의 바다라고 불렸던 타클라마칸사막, 일명 '돌아올 수 없는 사막'이었다. 기후 격변으로 사막이 더 커지리라던 예상이 있었으나 들어맞지는 않았다. 20세기 후반부터 꾸준히 상승한 기온에 천산산맥의 빙하가 많이 녹아, 그 물이 타림분지로 흘러든 탓이었다. 말라가던 호수들이 다시 커졌고, 죽었던 오아시스가 살아났다.

그러나 물이 늘었다고 살기 좋아졌다는 뜻은 아니었다. 산 위에서는 마실 수 있는 물이었어도 여기까지 내려오고 나면 최소 두 번의 정화 과정이 필요했다. 공기는 여전히 건조하여, 공기 중의 수분채취기 효율은 좋지 않았다. 날씨는 과거보다 더 변덕스러워서 모래바람이 일어날 때를 예측하기 힘들었다. 한번 바람이 일면 모래에 파묻힌 도로와 기차선로를 다시 파내는 데 며칠이 걸릴지 몰랐고, 입자 고운 모래먼지 때문에 정밀 기계장치는 쉽게 고장 났다. 독립전쟁 중반에 이곳 전장에 밀어 넣은 사이보그와 로봇이 대거 고장 나면서 중국이 큰 손실을 입은 일은 유명했다.

오하나에게도 타클라마칸사막은 가능하면 피하고 싶은 선택지였다. 그러나 의뢰는 의뢰였다. 행선지도 경로도 오하나가 좋을 대로 선택하는 게 아니었다. 의뢰 목표물인 아이서가 고향으로 갔음을 확인했기에 여기로 올 수밖에 없었다.

차를 세운 사이에 볼일을 보고 온 운전사 아자맛이 목적지를 다시 확인했다. 오하나는 고개를 끄덕이며 대답했다.

"그래, 바로 아크수로 가자."

이 고개를 넘어서 제일 가까운 도시는 카슈가르였지만, 오하나의 목적지는 동쪽에 위치한 도시 아크수였다. 오하나도, 아자맛도 흙먼지를 막기 위해 스카프를 코 위까지 두르고 차를 출발시켰다. 낡았지만 튼튼한 지프차는 돌조각을 튀기며 산을 달려 내려갔다. 고도가 낮아질수록 마른 풀이 늘어났다. 이 초원 지역은 풀이 돋기는 했으나 황무지였다. 아름답지만, 사람을 날카롭게 베어내는 아름다움이었다.

덜컹임 속에서 손잡이를 단단히 붙들고 균형을 잡던 오하나는 멀리서 움직이는 점을 발견하고 눈을 가늘게 떴다. 쌍안경을 다시 들지 않아도 정체는 짐작이 갔다. 오하나는 혀를 한 번 입천장에 붙였다가 떼며 한국어로 중얼거렸다.

"별일 없이 넘어가나 했지."

험준한 산맥과 무서운 사막 사이, 띠처럼 이어지는 초원 지대에는 또 다른 종류의 위험이 도사리고 있었다. 국가 통제력이 줄어들고 검문소가 사라진 만큼 늘어난 이들, 마적(馬賊)이었다. 아니, 이제는 말보다 차량을 많이 이용하니 차적(車賊)이라고 해야 할까. 차가 총 세 대, 본대라고 보기는 힘들고 정찰조쯤 될 듯했다. 이쪽은 초라한 지프차 한 대에 불과하니 무시해주지 않을까 하는 희망도 품어볼 여지가 없었다. 그들은 똑바로 아자맛의 차를 향해 달려왔다.

운전대를 쥔 아자맛이 속도를 줄이면서 슬쩍 오하나를 돌아보았다. 자고로 산적, 해적, 마적 떼를 만났을 때 일반인이 선택할 수 있는 길은 셋뿐이다. 도망친다, 잡힌다, 아니면 통행료를 바친다. 운 나쁘게 미처 날뛰는 자들을 만나면 죽는다는 선택지밖에 없을 수도 있지만, 지난 10여 년간 이 일대의 마적들은 규칙을 잘 지키는 편이었다. 그리고 아자맛은 이런 일에 초보가 아니었다.

"통행료는 알아서 해."

오하나는 아자맛에게 판단을 맡겼다. 애초에 이런 일을 위해 고용한 운전사였다. 아자맛이 조금 더 달리다가 차를 멈춰 세우자, 칠이 다 벗겨지고 여기저기 우그러진 자국이 있는 낡은 사륜구동 차들이 다가왔다. 유리 없이 뚫린 창문으로 100년은 묵었을 AK47 소총을 든 남자들이 보였다. 건들거리면서 내려선 사람은 네 명. 흙먼지 때문에 스카프를 둘둘 감고 있었으나, 가까이에서 보자 어린 티가 났다. 오하나는 그들의 지저분한 머리와 수염을 흘긋 보고 못마땅한 기색을 감췄다. 아자맛이 넉살 좋게 인사를 건넸다.

"앗살람 알라이쿰."

당신에게 평안 있기를. 그러나 이렇다 할 대답은 돌아오지 않았다. 건들거리며 총을 과시하는 사내아이들다웠다.

스카프로 머리와 얼굴을 다 휘감고 눈만 내놓은 오하나는 입을 열지 않았다. 여성이라는 사실이 유리할 때와 불리할 때가 있고, 위구르 혈통이나 한국 국적 같은 요소도 마찬가지였다. 정보는 최대한 적게 내주는 편이 좋다. 오하나는 생김새만 보면 이 지역 사람이었다. 위협이 되지 않는 작고 늙은 여자로 봐주면 가장 좋았다.

아자맛이 오하나를 가리키며 키르기스스탄의 친척 집에 다녀오는 손님이라고 설명했다. 아니, 그렇게 설명하려고 했다. 그러나 아자맛의 말을 중간에 끊은 마적들은 차에 실린 물통을 다 꺼내어 옮기기 시작했다. 다른 짐도 헤쳐 뒤집었다. 결국 도시에서 판매하려던 수질 정화 필터와 알약까지 드러났다.

그들이 물통과 필터와 알약을 하나도 남김없이 가져가려 드는 것은 예상외였다. 아자맛이 두 손을 들고 항의했다.

"이건 너무하잖아! 절반 이상 가져가는 법이 어딨어!"

마적들은 들은 척도 하지 않았고, 아자맛의 항의는 좀 더 격렬해졌다.

"사막 건널 때까지 마실 물은 남겨줘야 할 거 아니냐고!"

사막을 몇 시간 달리려면 물을 6리터는 싣고 다니는 것이 기본이었다. 아무리 횡포가 심한 마적이라도 그 정도는 남겨주는 것이 암묵적인 합의였다.

아자맛이 계속 항의하자 마적 하나가 다가왔다. 오하나는 혹시 상대방이 폭력적으로 나올까 싶어 근육을 긴장시켰다. 다른 녀석들보다 몇 살 위로 보이는 청년이었다. 녀석은 뭐라고 웅얼거리더니 2리터짜리 물통 하나만 다시 빼내어 들고 오하나를 가리켰다. 아자맛이 난처한 얼굴로 오하나를 돌아보았다.

"그 쌍안경을 달라는데요."

오하나는 이것들 확 죽여버릴까, 하고 잠깐 생각했다. 물론 그런 생각은 아주 잠깐이었다. 군사용 고배율 쌍안경이 아깝기는 했지만 물 한 통을 돌려줄 테니 쌍안경을 달라는 걸 보면 이놈들은 형편없는 초보 깡패일 뿐, 잔인하게 통행인을 죽이고 다니는 미친놈은 아니었다. 무엇보다 치안이 좋지 않은 곳이라 해도 사람을 여럿 죽이고 흔적을 남기지 않기란 어려웠다. 그런 모습을 아자맛에게 보이는 것도 조금 곤란했다.

게다가 수지 타산이 맞지 않았다.

오하나는 적당히 분노하고 억울해하는 척 상대를 노려보면서 일부러 느릿느릿 쌍안경을 벗어서 아자맛에게 건넸다. 기분은 중요하지 않았고, 충돌은 피하

는 쪽이 이득이었다. 그래도 사람을 건드리지는 않았
으니 최악은 면했고, 물만 가져갔지 돈과 기름을 빼앗
지는 않아서 차악도 면한 셈이었다.

오하나는 움츠러든 척하면서 마적들이 가는 방향
을 날카로운 눈으로 바라보았다. 그들의 차는 도로를
무시하고 남동쪽 황야로 달려갔다. 목적지가 아크수
일 수도 있었고, 더 남쪽일 수도 있었다. 어쨌든 행동
방식만 봐도 원래 이쪽 지역에서 활동하던 마적들은
아니었다.

"이 동네 마적들이 물갈이됐나? 뭐야, 어디 새로운
조직이라도 확장하고 있어?"

아자맛은 시무룩한 얼굴로 어깨를 들썩였다. 별로
대답하고 싶지 않은 눈치였다.

오하나는 그 사실을 마음에 새겼다. 범죄 조직이
라 해도 오래된 곳들에는 나름의 질서가 있었다. 이런
변화는 썩 좋은 징조가 아니었다.

물이 2리터밖에 남지 않았으니 바로 아크수로 가
기에는 무리가 있었다. 중간에 휴게소쯤은 있겠지만,
오하나는 가까운 카슈가르에 들러서 재정비하기로
결정했다.

카슈가르 외곽에서부터 거대한 입간판이 여러 개

보였다. 생긴 지는 몇 년밖에 되지 않았을 텐데, 이미 햇빛과 모래바람에 바래 있었다.

첫 번째 간판은 사막이 햇빛을 받아 금빛으로 반짝이다가 눈부신 초록색으로 변하는 그림을 배경으로, 현 위구르스탄 대통령이 어느 기업가와 악수하는 모습을 담고 있었다. 한국 기반의 다국적기업 SG의 부회장 이선민이었다. 오하나는 간판 하단에 한글과 키릴문자로 나란히 적힌 문구를 읽었다.

세상을 되돌립시다.
우리는 다시 도약할 수 있습니다.
사막의 바다, 그 변화의 시작입니다!

두 번째 간판에는 사막에 생긴 거대한 호수가 그려져 있었다. SG가 야심 차게 시작한 30년 프로젝트 중 1단계에 해당하는 '사막의 바다', 이 황량한 사막 한가운데에 생길 거대한 짠물호수였다. 그곳에서는 각종 해조류가 자라며 이산화탄소를 대량으로 흡수할 것이고, SG는 그 해조류를 재료로 바이오 연료, 바이오 플라스틱, 바이오 콘크리트를 생산해 세계로 내보낼 것이다. 사람들이 대충 이해하는 프로젝트 내용

은 그랬고, 오하나도 비슷했다. 그 이상 복잡한 내용
은 알 바 아니었다. 프로젝트 내용을 들여다본 것도
의뢰 목표물인 아이서 때문이었다.

해조류가 많이 자라는 지역은 해양 산성화가 느리
게 진행되고, 바다 생태계 보존율도 높다는 사실은 이
미 몇십 년 전부터 알려져 있었다. 21세기 초에는 미
역과 김 같은 해조를 대량 양식하는 한국의 식생활을
칭찬하는 내용이 뉴스에 등장하기도 했다. 그러나 아
직 탄소 중립이 가능하다고 믿던 그 시절에는 강제로
해조류 양식을 늘리자는 주장이 크게 지지를 받지 못
했고, 이후에는 그럴 여력이 없어졌다.

지구 온도 상승을 막을 수 있다고 믿었던 마지막
몇 년 동안, 인류가 모든 힘을 모아 기후 재앙에 대처
하는 대신 전쟁에 돌입한 탓이었다. 그것을 제3차 세
계대전이라고 부르는 사람은 없었다. 기온이 치솟아
서 살 수 없게 된 고향을 떠난 사람들의 대이동, 미친
독재자의 어리석은 결정, 갈등을 부추기는 무기 산업,
전쟁으로 돈을 버는 사람들. 여러 가지 원인에 의해
전쟁은 곳곳에서 돌림노래처럼 이어졌다. 어떤 기술
은 발전했지만 많은 시스템이 후퇴했다.

그리고 몇 년 전에 드디어 대부분의 전쟁이 소강

상태에 들어갔다. 때를 기다렸다는 듯 SG가 이 프로
젝트를 들고나왔다.

오랜 싸움 끝에 이 지역의 독립을 선언한 새 정부
가 카슈가르를 수도로 정하고, 위구르인의 나라라는
의미에서 위구르스탄으로 이름을 정했을 무렵이었다.
그와 더불어 아슬아슬하게나마 안정이 찾아오기는
했지만, 사막의 석유와 천연가스는 예전만 한 가치를
잃었고 전 세계 기후변화와 그로 인해 빈발하는 위기
는 신생 정부가 대처하기 힘겹기만 했다. 다국적기업
SG가 전 세계에서 쏟아져 들어올 막대한 지원과 새
로운 산업 일자리를 미끼로 프로젝트를 제안했을 때,
이곳 정부는 덥석 받아들일 수밖에 없었다.

그리고 이 프로젝트는 아이서가 고향에 돌아온 이
유이기도 했다.

오하나는 목표물인 아이서에 대해 잠시 생각했다.

위구르스탄 독립전쟁기에 태어난 아이서는 중학
생 때 SG장학재단에 뽑혔고, 빠른 속도로 한국에서
박사과정까지 졸업한 후 바로 SG 산하 연구소에 들
어갔다. 그것도 SG가 사막의 바다 프로젝트에서 키
울 주요 해조류를 개발한 연구진에 속해 있었다. 올
해 34세이니 이 지역을 떠난 지 20년은 되었을 테고,

위구르어보다 한국어가 더 익숙할 터였다. 몇 년만 더 얌전히 살았다면 안정적으로 한국 영주권도 얻었을 텐데…… 무엇보다 과거에 이 지역에서 금지되었던 위구르식 이름을 계속 쓰는 아이서의 외모는 위구르 인 같지 않았다. 한족이라 해도 무방했고, 한국에서도 쉽게 '순혈 한국인'으로 통할 법했다.

　　정작 오하나는 위구르인 혈통치고도 두드러지게 서아시아계 외모여서 이민자 취급을 피하기가 어려 웠다. 그 아이러니를 생각하니 오하나는 피식 웃음이 났다.

　　몇 시간을 달려서 카슈가르에 진입한 후, 오하나 는 아자맛에게 보급품을 다시 준비하라고 지시한 뒤 차에서 내렸다. 즐겨 찾는 호텔까지 타고 갈 수도 있 었지만, 날씨가 드물게 좋았고 며칠 동안 내리 차만 탔더니 다리를 펴고 걷는 기분이 나쁘지 않았다.

　　느긋하게 걷다 보니 카슈가르 시내의 변화가 확연 히 보였다. 중국과의 기차 왕래가 끊긴 직후에는 특유 의 활기도 같이 잃었던 도시인데, 지금은 활기 같기도 하고 불안 같기도 한 뒤숭숭한 분위기가 도시 전체에 흘렀다. 웃는 사람은 적었고 딱딱하게 굳은 얼굴들이 바쁘게 오갔다. 오하나는 걸음을 늦추고 주위를 유심히 관찰했다.

한눈에 이방인임을 알 수 있는 행색의 사람들이 무리 지어 돌아다니며 상점과 노점에서 돈을 쓰고 있었다. SG 로고가 박힌 가림막 속에서 새로 올라가는 건물도 여럿이었다. 과거에 인민광장이라고 불렸던 곳의 불그스름한 진흙 벽에는 SG 이선민 부회장의 프로젝트 발표 기자회견 영상이 재생되고 있었다.

"이번 1단계만 해도 역사적인 대공사예요. 100년 전, 아니 50년 전까지만 해도 아예 불가능하리라 생각했던 일이고, 지금도 전 세계에서 이 정도 투자와 합의를 이끌어낸 건 기적에 가깝다고 자부합니다. 사막의 바다 프로젝트는 지구 온도 상승을 막고, 물과 식량을 공급하고, 새로운 산업을 이끌어 다시금 인류가 도약하는 계기가 될 거예요. 위구르스탄이 인류를 구할 선봉에 서는 겁니다."

공허하게 반짝이는 말들. 정작 무슨 공사를 어떻게 진행하는지 자세한 내용은 하나도 없었다.

이 큰 사업이 시작되면서 카슈가르에 찾아오는 사람은 늘었고 변화가 일어난 것은 분명했다. 이런 일에는 직접 일할 사람들만이 아니라 온갖 자질구레한 하

청 인력도 붙기 마련이었고, 이들을 상대로 장사하려
는 사람들도 계속 흘러들었다.

그러나 변화가 늘 좋은 것만은 아니었다.

어슬렁어슬렁 걷는 오하나의 팔을 누군가가 잡았
다. 공격인 줄 알고 반사적으로 그 손을 잡아 비틀려
던 오하나는 열의 가득한 앳된 얼굴을 보고 아슬아슬
하게 동작을 멈췄다. 여자라기보다 소녀에 가까운 아
이들이 조잡한 팸플릿을 나눠 주고 있었다. 오하나의
손에도 구겨진 종이가 밀려 들어왔다.

"SG는 믿을 수 없습니다!"라고 적힌 팸플릿을 건
성으로 훑어보니 "다시 미래 세대에 책임을 전가할
작정인가" "또 거대한 토목공사!" "인류가 지금까지
망친 것으로는 부족합니까" 같은 말들이 눈에 들어왔
다. 한국에서도 자주 보던 레퍼토리였다. 오하나는 그
종이를 버리지 않고 주머니에 잘 접어 넣었다. 어쨌든
종이였고, 어딘가 쓸 곳이 있을지도 몰랐다. 그런데
그 모습을 보았는지 용기를 낸 노년의 여성이 또 다
른 팸플릿을 내밀었다. 맨 위에 눈에 잘 띄는 붉은 글
씨로 "사막의 바다는 새로운 핵실험장"이라고 적어놓
은 것이 꽤 눈길을 끌었다.

오하나가 멈춰 서서 그 내용을 잠시 읽자 노년 여

성은 이건 SG에서 연구한 사람이 폭로한 내용이라고 진지하게 설명했다. 팸플릿 귀퉁이의 코드를 가리키며, 자세한 내용을 알고 싶다면 영상을 보라고도 했다.

오하나는 어깨를 으쓱이고 계속 걸어갔다.

부서졌다가 다시 지어 올린 모스크를 지나치고, 그 옆으로 길게 늘어선 상점들을 지나 걷다 보니 어느 순간 야시장이 나타났다. 상인들이 이제 막 장사를 시작하는 분위기였다. 오하나는 느긋하게 시장을 돌았다.

변덕이 심해진 날씨 탓에 올해도 과일 농사는 어려운 모양이었다. 한때 이 지역의 자랑이었던 포도도 수확이 늦어져, 작년에 말려두었던 푸른 건포도 한 줌밖에 살 수 없었다. 그러나 뜻밖에도 양고기는 넉넉했다. 상인들이 하는 이야기를 들으니 사막의 바다 프로젝트 때문에 가축을 치기가 너무 힘들어져서, 한꺼번에 양을 잡은 집이 몇 군데 있었다고 했다.

뼈가 오독오독 씹히는 투박한 양꼬치를 오하나가 입에 막 물었을 때였다. 공원 구석에서 고성이 오가더니 삽시간에 분위기가 험악해졌다. 눈길을 돌리자 옷차림이 확연히 다른 두 무리가 대치하는 모습이 보였다.

"너희가 뭐라고 여기서 잘난 척이야?"

고함을 지르며 상대의 가슴팍을 미는 청년은 머리에 딱 맞는 전통 위구르식 모자를 썼고, 당황해서 밀리는 남자의 점퍼에는 커다란 SG 로고가 박혀 있었다. 남자의 일행 같아 보이는 사람들은 국적이 다양했지만, 하나같이 옷 어딘가에 SG 표시가 있었다.

근처에 있던 야시장 수레 몇 대가 서둘러 바퀴를 굴렸고, 좌판을 벌이고 있던 상인들은 허겁지겁 보따리에 물건들을 쓸어 담았다. 꽤 익숙해 보이는 몸놀림들이었다. 이런 충돌이 심심찮게 일어나는 모양이었다.

"남의 나라에 와서 돈 버는 주제에 거드럭거리기는."

"물이나 펑펑 쓰고 말이야!"

그런 소리를 들으며 몇 번인가 떠밀리던 SG 직원이 시뻘게진 얼굴로 이젠 세상 누구나 다 아는 한국 욕을 뱉었다.

"씨이발! 무, 물값이야 내면 될 거 아냐!"

SG 쪽에 서 있던 키 큰 여자가 거들고 나섰다.

"우린 이 나라를 위해 일하러 온 겁니다. 손님 대접을 이렇게 하는 법이 어딨습니까?"

여자의 말투는 정중했지만 분위기는 더 험악해졌

다. 시비를 걸던 청년들만이 아니라 주위에서 구경하던 사람들까지 표정이 냉랭해지는 것이 느껴졌다. 뒤이어 비명이 울렸다. 지금까지 욕만 하던 청년들의 품에서 칼이 튀어나왔기 때문이다.

"살려줘! 우린 SG 직원이야!"

마치 기다렸다는 듯이 날카로운 호각 소리가 울렸다.

"경찰! 경찰이다!"

"피해!"

오하나는 혼란에 휩쓸리지 않게 사각지대로 몸을 피하면서 그 싸움을 유심히 보았다. SG 직원들에게 실컷 겁을 주던 청년들은 경찰이 오자 빠르게 그 자리를 떠났다. 흔한 깡패처럼 보였지만 제법 조직적으로 움직인다는 점이 눈에 걸렸다.

소란이 어느 정도 정리된 후에 단골 호텔을 찾았더니, 물과 전기에 대한 추가 비용이 예전보다 두 배는 비쌌다. 다른 숙소라고 이보다 싸지는 않을 테고, 가능한 자주 모래먼지를 털고 몸을 점검해줘야 하니 선택의 여지가 없었다. 오하나는 최대한 꼼꼼하게 모래먼지를 제거한 후 바로 잠을 청했다.

카슈가르에 오면 한국에서보다 조용하게 잘 수 있

었던 것도 옛날 일인지, 그날은 두꺼운 벽 너머 길거리의 소란을 들으며 잠들어야 했다.

10월 8일, 날씨는 전날만큼 맑지 않았지만 모래바람이 불지는 않았다. 오하나는 카슈가르를 떠나 원래 목적지였던 아크수로 향했다. 동쪽으로 500킬로미터 거리였다.

타림분지 주민들은 도시에 모여 살기보다는 넓은 사막과 초원 여기저기에 흩어져 살았다. 서류 기록이 제대로 남지 않은 것으로 보아, 아이서의 고향도 도시는 아닌 듯했다. 그런 지역에서 태어나 유학을 가고 SG 연구원까지 되려면 일찌감치 두각을 드러내야 했을 테고, 그러려면 아크수처럼 큰 도시에서 학교를 다닐 수밖에 없었을 것이다.

출발한 지 한 시간쯤 지났을 때, 뭔가 달라졌음을 느낀 오하나는 창밖으로 머리를 내밀고 도로 앞뒤를 살폈다. 전쟁 막바지에 거의 끊기다시피 한 기차보다는 사정이 나았지만, 과거 중국 정부가 피로 깐 고속도로는 시간이 흐르면서 매끄러운 아스팔트 도로가 아니게 된 지 오래였다. 매장된 석유의 가치가 떨어지면서 관리의 손길은 느슨해졌고, 그 후에 계속된 분쟁으로 행정력이 약해지면서 도로는 더 망가졌다. 포장이 군데군데 파이고 깨진 데다가 도로 양옆으로 수도관을 깔아 키웠던 나무들이 말라 죽은 모습. 그것이 오하나가 기억하는 몇 년 전의 사막공로였다.

그런데 지금은 몇 년 전과 사뭇 다르게 도로가 관리되어 있었다. 매끈하지는 않지만 구멍마다 시멘트를 부어놓았고, 도로 위에 모래가 쌓여 있지도 않았다. 심지어 길가의 식물들도 조금씩 살아나 있었다. 주기적으로 길을 손질하는 사람들이 있다는 뜻이었다.

한 시간쯤 더 달리자 그 이유가 드러났다. 도로변에 큰 입간판이 서 있었다.

사막의 바다 제3현장

카슈가르의 상황을 보면서도 프로젝트 진행이 빠르다고 생각했는데, 벌써 부분 공사를 시작한 모양이었다. 공사 인력과 자재를 실어 나르기 위해서라면 도로를 정비하는 게 당연하긴 했다. 아자맛에게 프로젝트 진행 상황을 더 묻고 싶었지만 모래에 대비해서 얼굴에 칭칭 감은 스카프와 바람 소리 때문에 대화가 쉽지 않았다. 오하나는 네 시간을 달린 후에 도로변 휴게소에서 점심을 먹을 때 겨우 물어볼 수 있었다.

다만 첫 질문은 프로젝트에 대한 것이 아니었다.

"아자맛, 어젯밤에 그 소동은 뭐야? 사람들이 SG에 반감이 심한 것 같던데?"

"그 녀석들은 그냥 뭐든 불만이에요. 젊은 놈들이 일도 안 하고 조직에 합류하거나 그러고 다니죠."

"조직이라니, 무슨 조직?"

오하나는 전날 마주친 마적들을 떠올렸지만 아자맛은 멈칫했다가 엉뚱한 이름을 꺼냈다.

"무슨 해방전선인가, 그런 데도 있고."

"해방전선이라니, 어디에서 해방이야?"

이미 독립해서 위구르스탄 공화국을 세웠는데, 또 어떤 해방이 남아 있단 말인가. 아자맛은 별로 말하고 싶지 않다는 듯 얼굴을 찡그렸다.

"생태해방전선인가 있잖습니까."

오하나는 다시 물어보려다가 말고 광장에서 나눠 주던 조잡한 팸플릿을 꺼냈다. 그래, 얼핏 본 기억대로였다. "사막의 바다는 새로운 핵실험장"이라고 적힌 팸플릿에 생태해방전선이라는 명칭이 있었다.

아자맛은 그 조직을 못마땅하게 여기는 듯했지만, 분명히 그게 전부는 아니었다. 팸플릿을 나눠 주던 사

람 중에 젊은 남자는 없지 않았던가. 어딘가 앞뒤가
맞지 않았다. 모래폭풍이 일 때마다 휴대전화 신호도
끊어지는 지역의 정보는 외부에서 알아내기가 힘들
었다. 현지인 안내자가 중요한 것은 그래서였다. 오하
나는 내가 돈 주고 널 고용하지 않았느냐고 다그치지
않고 조용히 물었다.

"사람들이 이 말에 많이 동조하는 분위기야? SG 프
로젝트가 피해를 줘?"

아이서가 어디로 갔을지 짐작하려면 SG에 대한
반감이 큰지, 프로젝트에 대한 반응이 어떤지를 알아
둘 필요가 있었다. 아자맛은 어색한 얼굴로 우물우물
말했다.

"그게, 좋은 일이라고 크게 선전하는 것치고는 여
기 사람들에게 별 도움이 안 되긴 하죠. 어수선하고,
물도 많이 쓰고, 돈이 들어온다고 해봐야 물가만 미친
듯이 오르고, 여기 사람들에게는 위험한 단기 현장 일
밖에 안 주니까요."

프로젝트 공사는 빠르게 시작했는데, 핵심 인력뿐
아니라 주요 현장 인력도 외부에서 데려왔다. 이 지역
주민들은 그들을 보조할 뿐이었고 프로젝트를 위해
들어온 외국인들은 이 지역의 빈약한 자원을 펑펑 쓰

고 있었다. 불만이 끓어오를 수밖에 없었다.

　"어제 같은 충돌도 처음이 아니라는 얘기군."

　위구르 사람들은 자부심이 높았고 오랜 독립운동과 박해, 전쟁을 거쳐 상처투성이기도 했다. 폭력에 지쳤다고 무력행사를 망설일 리도 없는 데다 젊은이들은 더더욱 인내심이 없었다. 이런 작은 충돌이 이어진다면 폭력이 빠르게 심화될 가능성이 높았다. 오하나는 남은 식사 시간 동안 입을 다물고 생각에 잠겼다.

　이유야 어쨌든 도로 정비 상태가 좋다 보니 어두워지기 전에 아크수에 접근할 수 있었다. 아크수가 가까워지자 도로보다 더 놀라운 변화가 드러났다. 하늘에서 비행기 한 대가 고도를 낮추는 모습이 보인 것이다. 버려져 있던 비행장을 다시 사용한다는 뜻이었다. SG가 프로젝트를 위해 가동한 듯했다.

　아크수는 해발 약 1100미터에 위치하여 연중 기온이 서늘한 편이었고 강이 흘렀으며 모래바람의 영향을 덜 받았다. 주변 황무지에 비해 녹색식물도 많은 편이라, 예부터 실크로드의 중요한 휴식처였다. 그래서인지 오하나도 이 도시를 찾으면 언제나 긴장이 조금 풀리는 기분을 느끼곤 했다.

지금은 분위기가 달랐다. 카슈가르보다 더 날 선 긴장감이 감돌았다. 거대한 건설 차량과 대형 트럭이 곳곳을 돌아다니는 통에 건물이 계속 진동했고, 오가는 차량이 끌고 온 흙먼지가 가라앉을 줄 몰랐다. 카슈가르보다 인구도 늘어난 듯했고, 이방인이 눈에 많이 띄었다. 공항을 재가동한 데에서도 짐작할 수 있듯 카슈가르보다 공사 현장에서 가까운 탓에 아크수를 중간 보급기지로 삼은 모양이었다.

오하나가 아크수에 오면 으레 묵던 호텔에 가보니 무장 경비원이 있었다. 물과 전기에 붙는 추가 금액은 카슈가르보다 비쌌다. 최근 마적 떼의 출몰이 늘면서 사막의 바다 프로젝트 현장으로 가는 SG의 운송 트럭이 습격당하는 일이 있었다고 했다.

몇 년 전의 공식 집계상 아크수의 인구는 약 40만 명이었다. 프로젝트 공사가 시작되기 전까지는 들고 나는 사람도 그렇게 많지 않았다. 20년 전에 이 땅을 떠난 꼬마 천재를 기억하는 사람은 아직도 많았다. 낯설어진 고향에 돌아온 아이서가 연락했을 법한 사람들의 목록은 길었다. 어린 아이서를 가르쳤던 교사들, 당시 동급생 중에서 친구라고 할 만한 사람들, 먼

친척의 아이를 잠시 집에 묵게 했던 어른들.

오하나는 그 목록에서 몇 개의 이름을 추려내 현재 소재지를 파악했다. 다른 사람들은 무리 없이 아크수의 주소지를 찾을 수 있었지만, 가장 눈여겨본 사람의 소재가 나오지 않았다. 아이서의 중학교 선생님으로, 제자의 뛰어난 머리를 알아보고 장학금을 받아 한국에 유학을 갈 수 있게 도와준 인물이었다. 유수프는 아이서가 이 나라를 떠난 후에 참전했고, 죽지도 부상을 입지도 않았건만 전쟁이 끝난 후 교사로 복직하지 않았다.

유수프에 대해 좀 더 문의해보니 몇 명은 뭔가를 알면서도 말하지 않는 티가 났다. 오하나는 그 이름에 밑줄을 그었다.

10월 10일, 갑자기 기온이 떨어지면서 진눈깨비가 날렸다. 오랜 상처가 쑤시는 날씨였다.

이틀 동안 유수프의 행적을 추적해서 범위를 좁힌 오하나는 데이터 비용을 써서 의뢰인에게 연락했다. 김이영은 화상 연결이 되자 의례적인 인사말도 없이 용건부터 물었다.

"무슨 일이죠?"

"제3현장은 뭘 하는 뎁니까?"

오하나는 인간미 없을 정도로 단정한 얼굴의 김이영이 SG 직원이라는 사실만 알 뿐 직급이나 직무는 알지 못했다. 김이영은 동요 없이 되물었다.

"업무에 필요한 정보인가요?"

"그렇지 않다면 굳이 묻지 않겠죠."

이번에도 김이영의 표정에는 변화가 없었다. 생각을 정리하는 것처럼 보였지만 사실은 화상을 고정시켜두고 상사에게 연락했을 가능성도 있었다. 데이터 비용이 비싸다지만 SG 직원에게는 대단치 않은 돈일 터였다. 한 박자의 어긋남이 발생한 후 김이영의 얼굴이 다시 움직였다.

"프로젝트 기본 내용은 이해하고 있나요?"

"사막에 바다 같은 호수를 만들어서 신종 해조류를 키운다면서요. 그 이상 알아야 합니까? 난 정확히 이 현장에서 무슨 공사를 하는지만 알면 되는데요."

김이영은 눈썹을 살짝 실룩이더니 까칠한 투로 말했다.

"우선 사막에 호수를 만들려면 뭐가 필요하겠습니까. 물이겠죠? 그런데 그 물을 어디에서 가져올까요."

오하나는 40년도 더 전에 중국 정부가 티베트고

원에서 1400킬로미터의 지하 수로를 파서 물을 끌고 오겠다고 발표했던 계획안을 떠올렸다. 이 부근에 살던 어린 시절에 들은 기억이 있었다.

"천산산맥이나 파미르고원에서 끌고 오는 건 아니겠죠."

오하나가 농담 삼아 던진 말에 김이영은 코웃음을 쳤다.

"설마요. 우린 여기 있는 물을 쓸 겁니다. 타림분지의 지하 깊은 곳에 있는, 아주 오래되고 거대한 짠물호수죠. 애초에 그 물이 있다는 사실을 몰랐다면 위치를 여기로 정하지도 못했을 겁니다. 하지만 지하 호수가 존재한다고 해서 무작정 파고 내려갈 수는 없어요. 순서를 지켜서 작업을 진행해야 하죠. 계획은 간단해요. 거대한 호수가 될 구덩이를 파고, 두껍고 튼튼한 투명 돔을 씌워서 외부 대기와 차단한 후, 지하에서 물을 끌어 올려 그 구덩이를 채우는 거죠. 다만 반드시 돔을 먼저 완성한 후에 그 아래를 뚫어서 물을 끌어 올려야 하기 때문에 위치를 정확히 잡아야 해요. 지금은 이를 위한 시추 작업 단계입니다. 이 단계가 끝나면 다시 구멍을 막고, 호수 만들기로 넘어가는 거죠."

오하나는 그 순서를 기억해두고 다시 물었다.

"돔이 반드시 먼저 있어야 한다는 건, 왜 그런 겁니까?"

김이영이 잠깐 입술을 만졌다.

"타림분지의 지하 호수를 발견한 건 이미 50년도 더 된 일이에요. 이 사막의 지하는 원래부터 거대한 내해(內海)에 가깝거든요. 하지만 발견 당시에는 그 물을 어떻게 이용하기는커녕 연구 목적으로 접근할 엄두도 낼 수 없었죠. 오랜 세월 이산화탄소를 엄청나게 흡수한 상태라고 예측했기 때문이에요. 잘못해서 바깥 대기와 접촉이라도 하면 대기 중 이산화탄소의 농도를 급격히 높이는 사태로 이어질 수 있다고 본 거죠. 같은 이유로 그 물은 우리의 프로젝트 목적에 딱 알맞아요. 우린 그 물에 기존의 몇십 배로 탄소를 흡수하는 해조류를 키울 예정이니까요."

오하나는 천천히 고개를 끄덕였다. 해조류 키우겠다고 그토록 번거로운 일을 해야 하는지, 그렇게 위험한 호수를 꼭 파내야 하는지 같은 의문이 떠올랐지만 입 밖으로 꺼내놓지 않았다. 어차피 오하나는 전문가가 아니었고 당장 중요한 것도 그게 아니었다.

"그러니까 새로 만든 해조류가 기대만큼 탄소를

쫙쫙 흡수해주고 다른 부작용도 없는지를 확인하는 게 핵심인데, 그걸 확인하려면 완전히 고립된 거대 실험장이 필요하고, 그걸 위해 지금 엄청난 토목공사를 한다는 거군요."

오하나식으로 프로젝트를 요약하자 김이영은 그림 같은 미소를 지었다. 오하나는 다시 입을 열었다.

"처음 질문으로 돌아가서, 그러니까 지금 시추 단계가 아주 중요하면서 위험하기도 한 거군요. 이게 잘못되면 프로젝트가 다 흔들리겠고?"

"그렇게 단순한 문제는 아닙니다."

김이영은 애매하게 부정하더니 또 뭔가 이것저것 이야기를 늘어놓았다. 몇백 미터가 아니라 몇천 미터 지하 호수를 뚫을 때의 압력을 처리하는 문제, 건설 자재의 특수성, 그 모든 자재를 동원하고 수송하는 문제들.

"이번 1단계만 해도 역사적인 대공사예요. 100년 전에는 아예 불가능하다고 생각했던 일이고, 지금까지 전 세계에서 이 정도 투자와 합의를 이끌어낸 경우는 없었다고 자부해요. 이 프로젝트는 지구 온도 상승을 막고, 물과 식량을 공급하고, 새로운 산업을 이끌어 다시금 인류가 도약하는 계기가 될 거예요."

오하나는 더 묻지 않고 필요한 것을 요구했다.

"좋아요. 이제 대충 상황은 이해했고, 현재 제3현장 근처의 자세한 지도가 필요합니다."

모든 온라인 데이터에 요금이 매겨지고, 모든 나라가 이전처럼 정보를 공유하지 않게 된 후, 위성 지도는 개인이 쉽게 다운받을 수 있는 자료가 아니었다. 특히나 타클라마칸사막에 진입하면 지도 데이터도, GPS도 사용이 어려워질 수 있었다. SG는 상세한 지도 데이터를 가지고 있을 터였다.

김이영은 그 요청을 수락했다. 오하나는 자료를 전송받고 일어나기 전에 말했다.

"그리고 제 의뢰비, 두 배로 올려줘야겠는데요."

김이영은 여전히 한 치의 흐트러짐도 없는 얼굴로 되물었다.

"왜 그래야 하죠?"

"그렇게 중요한 프로젝트의 중요한 단계에서 문제가 생겨선 안 되니까요. 안 그런가요?"

상황을 종합해보았을 때 제3현장에 대한 공격을 예상해야 한다는 말은 굳이 하지 않았다. 아무리 보안 회선이라지만 무력행사나 살생에 대한 발언은 남겨두지 않는 쪽이 좋았다. 김이영은 또 잠시 정지했다가 말했다.

"스스로를 과대평가하는군요."

오하나는 차분하게 입을 열었다.

"일의 위험도와 중요도를 다시 평가해서 책정한 금액입니다. 요새 보급 트럭을 습격하는 마적들이 나타났다고 하더군요."

그리고 오하나의 도박은 옳았다.

"대상을 아무 잡음 없이 회수하신다면 그렇게 하죠. 부수적인 말썽 요소까지 제거하신다면 세 배도 가능합니다."

이 정도면 배짱을 더 부렸어야 했나 싶어지는 답이었다.

휴대전화로 생태해방전선의 팸플릿에 있는 코드를 찍으니 동영상으로 연결됐다. 데이터 가격이 비싼 만큼 화질이 좋을 수는 없었지만 화면에 잡힌 얼굴을 알아볼 정도는 됐다. 앞부분은 아이서가 SG에서 정직당했을 때의 인터뷰 화면이었다. 누구나 볼 수 있게 공개되어 있었지만 조회수는 아주 낮았다.

"음, 우선 사막의 바다 프로젝트는 그냥 해조류를 키우는 게 아니에요. 사막에 살면 해조류라는 말이 무

엇을 의미하는지 잘 이해하기 어렵지만, 사실 이건 막
연히 생각하시는 것처럼 물속에 사는 풀이 아니에요.
해조류에는 아주 다양한 종류가 있고…….”

남조류니 박테리아니 식물이니 원핵생물이니 하
는 장황한 설명을 넘기고 나서야 본론이 나왔다. 어째
서 이 프로젝트에 반대하느냐는 질문에 아이서는 답
답하다는 듯 고개를 내저었다.

“저는 프로젝트 취지에 반대하는 게 아니고요. 이
프로젝트의 첫 번째 단계가 문제라는 거예요. 생각해
보세요. 그냥 짠물이면서 다른 바다와 연결되지 않은
물이 필요하다면, 이미 중앙아시아 여기저기에 짠물
호수가 있잖아요. 그런데 왜 굳이 이렇게 힘든 공사를
하죠? 타림분지 지하에 있는 거대한 짠물호수는 아주
긴 세월 이산화탄소가 녹아 들어간 물이에요. 아주 짜
고, 아주 산성이죠. 한국 바다의 수십 배는 산성화되
어 있다고 봐야 해요. SG의 선전과 달리 그 물에서 해
조류 같은 건 살 수가 없어요. 유전자조작을 해도 불
가능하다고요. 그 물을 해조류가 살 수 있는 물로 바
꾸는 데에도 엄청나게 많은 에너지가 들어갈 거예요.
게다가 공기 접촉을 막기 위해 돔까지 건설해야 하
고…… 전혀 효율적이지 않다고요!”

저화질의 영상 속에서도 아이서의 갈색 눈은 불타오르듯 반짝였다. 안타까울 정도였다. 오하나는 다른 영상들을 클릭했다. 비슷한 호소가 이어졌다.

"아니요. 해조류 실험에 반대하는 게 아니라니까요. 제가 개발에 직접 참여했기 때문에 알죠. 네, 성공 가능성은 높아요. 기후 재앙이 점점 심해지는 와중에도 해조류를 바다 가득 늘리지 못한 건 어떤 부작용이 있을지 몰라서였는데, 고립된 환경에서 대규모로 실험할 수 있다면 좋기야 하죠. 그런데 그걸 굳이 타클라마칸사막에서 할 이유가 없다니까요. 다른 지역으로 쉽게 번져나가지 못할 분지니까, 원래도 살기 힘든 사막이니까, 혹시 이 땅이 망가진다고 해도 큰 피해가 일어나지 않으리라는 건 알겠어요. 하지만 지금 이 프로젝트는 굳이 감수하지 않아도 될 위험을 감수하는 거라고요. 이렇게까지 대규모 토목공사를 할 필요도 없고, 너무 위험……."

또 다른 영상.

"이 연구가 엉터리라는 게 아니라니까요! 저도 연구할 때는 지구의 미래를 위해서 도움이 되는 일을 하고 있다고 믿었어요! 하지만 SG는 결국 타클라마칸사막을 옛날의 핵실험장처럼 쓰겠다는 거예요. 무기 개발이 아니라 지구를 구할 방법을 찾는다는 핑계일 뿐이지, 똑같아요. 설령 이런 식으로 지금의 위기를 해결한들 뭐가 변하겠어요? 희생은 어쩔 수 없다, 모두가 잘 살기만 하면 된다, 나중에 생길 문제는 나중에 해결하자……. 그런 식이라면 이 실험이 성공해서 상황이 나아진다고 해도 과거와 같은 일을 반복할 뿐이에요. 또 뭔가를 망가뜨리겠죠. 그 과정에서 언제나 죽어나가는 건 변방에 있는 사람들일 테고요."

오하나는 혀를 찼다. 아이서의 호소가 왜 실패했는지 알 것 같았다. 명쾌하지가 않았다. 무엇을 반대하는지, 무엇이 안 된다는 건지, 뭐가 문제라는 건지 단순하고 깔끔하게 전해지지 않았다.

요약하자면 아이서가 하는 말은 이랬다. 변형 해조류는 성공할 가능성이 있고, 고립된 대규모 실험장도 필요한 게 사실이지만 그렇다고 타클라마칸사막의 지하를 파는, 규모도 거대하고 위험도 큰 짓을 할 필요는 없다.

그런 발표를 들은 대중의 반응은 이랬다.

거기서 안 할 이유도 없는 거 아냐? 어쨌든 필요하다며?

아이서에게 선동가 기질이 좀 더 있었다면 좋았을

지도 모른다. 이 프로젝트가 성공할 가능성은 아예 거론하지 않고 단호하고 직관적인 구호를 내세우거나, 이것도 이전에 여러 차례 있었던 '세상을 구할 수 있습니다!'류와 마찬가지의 사기 행각이라고 말하는 편이 나았을 것이다. 아니면 복잡한 토목공사는 다 누군가의 배를 불리는 짓거리라고 비난하거나, 대놓고 돈을 먹은 놈이 있다고 폭로했으면 시선을 더 모았을 것이다.

조심스럽고 복잡한 설명은 대중의 관심을 충분히 끌어내지 못했다. 관심을 가지고 들은 사람들마저도 상당수가 고개를 갸웃하며 이 정도 실험이라면 SG의 계획이 합리적이지 않느냐고, 위험에 대비해서 거대한 유리 돔도 씌운다지 않느냐고 반박했다.

무엇보다도 사막의 바다 프로젝트에서 이득을 기대하는 집단은 SG만이 아니었다. 이 프로젝트가 성공하면 인류는 시계를 어느 정도 거꾸로 돌릴 수 있었다. 기후 재난에 지쳐버린 많은 사람에게 그런 희망은 아무리 작다고 해도 먹힐 수밖에 없었다. 심지어 내가 사는 곳도 아닌 어딘가 먼 곳에서 대신 위험을 진다면 더욱 그랬다.

다만 오하나에게 중요한 건 아이서의 폭로가 왜

반향을 일으키지 못했느냐가 아니었다. 프로젝트 공사를 막는 데 실패한 아이서가 그다음에는 어떻게 해야겠다고 생각했느냐는 것이었다.

2056년 10월 12일, 날이 흐리고 먼지가 심해졌다. 오하나는 다시 아자맛에게 운전을 맡기고 남쪽으로 달렸다. 우선은 프로젝트 제3현장을 향해서였다.

"날씨가 안 좋은데요."

아자맛이 탐탁지 않은 눈으로 지평선을 훑었다. 그들이 타림분지에 진입하고 여기까지 이동하는 내내 모래폭풍이 없는 탓이었다. 오하나가 도착하기 전에도 일주일 넘게 잠잠했다고 했다. 물론 길게는 몇 주 동안 폭풍이 불지 않을 수도 있었지만, 그러다가 갑자기 불어닥치는 모래폭풍은 위력이 더 강하기 마련이라 우려스러웠다.

모래바람이 불지 않아도 남쪽으로 이동하는 속도는 카슈가르에서 아크수로 향할 때보다 느렸다. 우선 남쪽으로 달리는 차가 그들만이 아니었다. 거대한 트레일러 트럭이 몇 대나 도로를 달렸고, 공사장으로 향하는 건설 차량 외에도 오가는 통행량이 많았다.

아크수에서 호탄까지는 본래 한 줄기의 가느다란

강이 남쪽으로 끊어질 듯 이어졌다. 이 사막의 생명줄이었다. 50년 전까지는 여름에만 흐르고 다른 계절에는 말라붙었는데, 지구 전체의 기온이 상승하면서 빙하가 녹아 물이 흐르는 날이 늘었다. 수질 정화만 할수 있다면 마실 수 있는 물이었다.

제3현장은 그 강변이 아니라 고속도로를 벗어나서 동쪽으로 150킬로미터 정도 떨어진 곳에 있었다. 그러나 현장 인력 상당수가 지내는 숙소는 강변 가까운 곳에 지어졌고, 그 숙소를 중심으로 도로변을 따라 식사와 소소한 오락을 제공하는 가건물들이 들어섰다. 여기저기에서 위구르어, 영어, 한국어, 중국어가 적힌 간판들이 눈길을 끌었다. 'International Hotel'이라는 글자 옆에 '酒店' 같은 한자어가 적힌 모습이 묘한 향수와 더불어 쓴웃음을 불러일으켰다. 중국에서라면 주점이라고 쓰인 곳이 버젓한 호텔일 테지만, 여기에서는 모든 숙소가 괜찮아봐야 옛날 영화에 나오는 객잔 같았고, 그보다 못하면 창고나 천막집에 가까웠다. 물론 허술한 건물로는 모래바람을 견딜 수 없기에 여러 채가 바싹 붙어서 옹송그린 모양이었고 주위에 바람벽도 올렸다. 이건 도시 하나가 새로 만들어지는 과정에 가까웠다. 통행량이 몇 배나 늘 수밖에 없었다.

게다가 국경에도 없던 검문소가 여기에는 있었다. 도로 중간중간 오가는 차를 세워서 검문하는 초소가 생겼다. 첫 번째 검문소에 걸렸을 때 오하나는 새로 칠한 티가 확 나는 초소 옆면을 보았다. SG 마크가 들어가 있었다.

유들유들한 아자맛은 그들에게서 SG가 위구르스탄 정부에 군 지원을 요청했고, 지금은 어디까지나 그 군인들이 도착하기 전까지 회사에서 자체 경비원을 돌리고 있을 뿐이라는 정보를 알아냈다. 오하나는 조용히 관찰했고 이들이 어떤 부류의 용병인지 알아보았다. 단순한 회사 경비일 리가 없었다. 프로젝트 현장이 위험에 대비하고 있는 것은 확실했다. 지나가는 차량에 목적만 묻는 게 아니라 어디에서 출발했고, 몇 시에 출발했는지까지 확인하는 것을 보면 이 도로를 벗어났다가 돌아오는 사람들을 경계하는 것 같았다.

오하나는 건설 현장을 향해 동쪽으로 갈라져 나가는 새로운 도로를 타지 않았다. 대신 교차로 근처의 휴게소에서 차를 멈춰 세웠다.

아이서로 추정되는 인물이 아크수에서 중고 차량을 구입하여 남쪽으로 향했다는 사실을 확인했으나,

검문소와 휴게소 어디에서도 흔적을 찾을 수 없었다. 오하나의 생각에 건설 현장을 향해 동쪽으로 뻗은 새 도로는 경계 인력이 더 많이 배치되어 있으니 굳이 그 쪽으로 접근해서 위험을 감수했을 것 같지도 않았다.

아이서로 추정되는 인물은 아크수에서 차량을 구입할 때 혼자였다고 했다. 오하나는 그 점이 이상하다고 생각했다. 오하나도 운전을 할 줄 몰라서 아자맛을 고용한 게 아니었다. 이 사막에서는 어떤 돌발 상황이 일어날지 몰랐고, 어느 정도 이 지역을 안다고 해도 현지 운전사들만큼 정보에 빠를 수는 없었다. 하물며 아이서는 20년 만에 고향에 온 멋모르는 연구직이었다. 사막에 자살하러 달려 나간 게 아니고서야 뭔가 믿는 구석이 있어야 했다.

목적지가 프로젝트 현장도 아니고, 도로변에 생긴 새로운 도시도 아니라면 어디일까.

오하나가 비싸고 맛없는 라그만을 천천히 먹으면서 살펴보니, 휴게소 식탁 여기저기에 청년들이 죽치고 앉아서 도로 쪽을 보고 있었다. 손님은 아니었다. 따로 돈을 찔러주며 휴게소 주인에게 물어보니 오가는 사람들의 행패가 늘어서 경비원으로 고용한 청년들이라고 했다. 오하나는 그중 일부가 그냥 깡패일 테고, 일부는 마적과 선이 닿아 있으리라 짐작했다.

그날 밤, 간이침대에 누운 오하나는 김이영에게 받은 위성 지도를 꺼내 면밀히 살폈다. 일반 지도에는 나오지 않겠지만 SG의 지도에는 도로에서 어느 정도 떨어져 있으면서 프로젝트 현장과 너무 멀지 않은 곳에 버려진 건물이 몇 채 보였다.

10월 13일, 모래바람이 일었다. 아직 폭풍으로 발전하지는 않았지만, 사람들은 이동을 멈추거나 서둘러 피난처를 찾기 시작했다. 오후까지도 바람이 잦아들지 않자 휴게소에 사람이 점점 늘었다. 오하나는 숙박을 연장했다. 며칠 사이에 물값이 더 올랐다. 휴게소 주인은 창을 금속판으로 막았고 문도 막을 준비를 마쳤다. 이제 길에는 사람이 없어질 것이다.

오하나는 밤을 틈타 밖으로 나갔다. 아자맛과 그의 차는 놓아둔 채였으니, 오하나 혼자 걸어서 사막에 들어가리라고 생각할 사람은 없을 터였다. 모래바람은 아직 초속 4미터 정도로 불고 있었다. 안개가 자욱할 때처럼 가시거리가 짧은 데다가 몸무게가 가벼운 사람은 앞으로 나아가기 힘들 정도였다. 여기에서 폭풍이 더 심해지면 사람은 날아가고 자동차도 밀리게 된다. 그러나 오하나는 날아가지 않을 것이다.

오하나는 꺼두었던 몸의 기능을 모두 켜고, 착용한 고글을 단단히 고정한 다음 데이터를 연결해서 3차원 지도를 렌즈에 띄웠다. 이런 바람 속에서 혼자 도보로 사막에 들어간다는 건 오하나에게도 정말 달갑지 않은 짓이었다. 털어도 털어도 남는 미세한 모래는 정밀기계에 최악이었다. 그리고 기계 부분에 조금씩 문제가 쌓이면, 기계가 아닌 부분에도 염증이 쉽게 생겼다. 이 일을 끝내고 나면 몸을 정비하느라 돈이 꽤 나갈 것이다. 언제까지 이 짓을 계속할 수 있을까 하는 생각이 잠시 머릿속을 스쳤고, 오하나는 나이가 들긴 들었나 보다 하며 쓴웃음을 지었다.

자디잔 모래가 몸을 끈질기게 때렸다. 모래바람 속에서는 앞이 제대로 보이지 않을뿐더러 바람에 밀려서 방향을 제대로 잡기가 힘들었다. 오하나는 일반인보다 무게가 더 나가는 만큼 바람에 덜 밀리는 대신, 부드러운 모래에 발이 더 깊이 빠졌다. 모래언덕의 굴곡이 바람에 떨리는 바다처럼 파르르 물결을 일으켰다. 세상이 오직 모래와 바람으로 축소되었다.

몇백 년 전에 타클라마칸사막에서 길을 잃은 여행자들도 이런 풍경을 보았을까. 그들은 오하나 같은 몸이 없었을 테니 그저 눈도 뜨지 못하고 허우적거리다가 쓰러졌을까. 파도 같은 모래바람 소리를 들으면서 푹푹 빠지는 다리를 움직여 걷고 있자니 묘한 순간이 찾아왔다. 모래에 얻어맞는 신체 일부에 통증이 느껴졌고, 무리한 짓을 하는 몸 전체가 비명을 질러댔지만, 머릿속은 이상한 무아지경에 돌입했다.

건물 벽을 방패 삼아 모래를 털어내는 순간에야 현실감각이 다시 돌아왔다.

시계는 10월 14일로 넘어가 있었다.

지도에는 작은 사각형으로 되어 있었지만, 실제 건물은 낮게 웅크린 거대한 짐승 같았다. 크고 삭막한 인상에 지극히 실용적인 콘크리트 건축물이었다. 오하나는 이 건물이 어떤 용도로 지어졌는지를 되새겼다. 과거에 중국 정부가 이 지역에 사는 위구르인과 다른 소수민족들을 무작위로 데려다가 중국어가 아닌 다른 말이라도 하면 철저히 '재교육'하던 시설이었다. 40년 전, 아니 30년 전까지도 그랬다.

오하나는 그 위압적이면서도 텅 빈 느낌의 건물을 잠시 바라보다가 본래 목적을 위해 움직였다. 지키는 사람 하나 없었지만 만일을 생각해서 문은 피하고 담을 넘었다. 다행히 걱정했던 것만큼 많은 수가 모여 있지는 않았다.

그러나 적외선센서를 따라 사람들이 있는 건물 안으로 발을 들인 순간, 오하나는 뭔가 잘못됐다는 사실을 알았다. 그들은 AK47 소총으로 무장한 채 오하나를 기다리고 있었다.

"혹시나 했는데 역시나였네."

의자에 손을 뒤로 묶인 오하나는 멀찍이 떨어져선 아자맛을 한 번 쳐다보았다. 오하나가 여기로 온다는 사실을 미리 알린 이가 분명하건만, 아자맛은 이들과 한패가 아니라는 듯 두 손을 들어 올렸다.

"악감정은 없어요."

"알아."

오하나도 특별히 배신감을 느끼지는 않았다. 아자맛과 여러 차례 같이 일했다곤 해도, 고용 관계일 뿐 친구라고 할 사이는 아니었다.

창백한 LED조명 아래 보이는 사람들은 마적단이라기엔 수가 적었다. 기둥 뒤나 그늘에 몸을 감춘 사람이 있긴 해도 전체 수가 서른 명이 되지는 않았다. 그들이 그럭저럭 규율을 갖추고 있는 건 아마 아이서가 여기까지 오게 만든 단서이기도 할 참전군인들 덕분이리라.

오하나는 방 안에 있는 사람 수를 헤아리고 나서 정면에 앉은 아이서에게 시선을 돌렸다. 머리를 짧게 자르고 피로와 흙먼지로 얼굴을 더럽혔지만, 이목구비는 오하나가 받았던 사진과 같았다.

"드디어 실물을 보는군. 반가워, 아이서."

아이서는 턱을 쳐들었다.

"이쪽은 아닌데요. 날 죽이러 온 사람을 반가워하긴 힘들죠."

"뭐? 설마. SG가 제일 바라지 않는 사태가 네가 여기에서 죽는 거야."

아이서는 의심 반, 의아함 반을 얼굴에 드러내며 물었다.

"그럼 뭘 하러 왔죠?"

"널 한국으로 데려가려고 왔지."

오하나의 말에 아이서 뒤에 선 사람들이 웅성거렸다. 오하나는 누가 어떻게 반응하는지 곁눈질로 살피면서 물었다.

"그런데 넌 여기서 뭘 하는 거야? 난 왜 여기로 끌어들였고? 아자맛을 이용할 수 있었다면 한참 전에 따돌리거나 다른 곳에서 처리할 수도 있었잖아?"

"당신이 뭘 얼마나 아는지 궁금했어요."

아이서는 허리를 꼿꼿하게 펴고 오하나를 쳐다보았다. 진한 갈색 눈동자에 열기가 있었다. 사진에는 담기지 않은 독특한 에너지가 있는 사람이었다.

"그리고 개인적으로는 설득해보고 싶기도 했죠."

"나를?"

"어머니가 여기 사람이라면서요. 오하나 씨도 어렸을 때는 여기에서 살았고요. 그 후에는 한국인으로 살았다지만 언제나 순혈 한국인을 위해 존재하는 이등 시민, 삼등 시민 취급을 받았겠죠. 나도 거기서 살아봐서 알아요."

오하나는 아이서가 아주 짧게 요약한 자신의 인생에 별다른 감흥을 느끼지 못했다. 그보다는 자신을 죽이러 온 사람이라고 믿으면서도 회유하려 드는 그 성격이 흥미로웠다.

아이서의 다음 말은 다분히 예상 가능한 것이었다.

"SG는 모두를 속이고 있어요."

오하나가 멀뚱히 쳐다보기만 하자 아이서는 숨을 깊이 들이마시고 말했다.

"그래요. 이미 입이 아프도록 말했지만, 현장에 직접 와보고 더 확실히 알았어요. SG는 처음부터 여길 지킬 마음이 없었어요. 그렇다고 사람들에게 그걸 말해줄 의향도 없었죠. 살아남은 사람들에게 피해 보상을 해주는 쪽이 미리 협상하는 것보다 싸니까요."

아이서는 두 손을 마주 잡고 격하게 고개를 저었다.

"실험이 성공한다 해도 타클라마칸사막은 붕괴할 거예요. 지하 호수에서 끌어 올릴 물, 지금 계획한 양만큼만 물을 끌어 올려도 지반이 감당하지를 못해요. 그러면 사막만 가라앉고 끝나지 않을 거예요. 정말로 사람이 살 수 없는 땅이 되는 거예요. 물론 실험이 실패한다면 더 큰 문제가 되겠지만, 어느 쪽이든 우린 고향을 완전히 잃겠죠."

아이서는 잠시 말을 끊었다가 차분해진 목소리로 이야기했다.

"SG가 우리에게만 이럴 거라고 생각해요? 희생해도 괜찮다는 계산에 들어가는 게 우리뿐이겠어요? 거짓말은 또 다른 거짓말로 이어져요. 저 회사는 더 큰 목적을 위해 뼈아픈 희생을 하는 게 아니에요. 처음부터 목숨을 아무렇지도 않게 생각하는 거지. 실험을 성공시키는 것보다 지원금을 받고 주가를 올리는 게 더 중요한 회사예요."

오하나는 생태해방전선이 링크해놓은 영상 외에

도 아이서의 인터뷰를 여러 개 보았지만, 지금의 발언
이 가장 설득력 있게 느껴졌다. 그리고 뒤쪽에 선 청
년 몇이 총을 들어 올리며 호응하는 모습을 보니, 그
설득력이 여기 모인 아마추어 군대에게도 먹힌 것 같
았다. 그러나 그 젊은 얼굴들에는 단단한 결기보다 갈
곳 없는 분노와 함께 힘에 대한 도취와 폭력 욕구가
담겨 있었다.

"그건 다 들어본 이야기고. 그래서 생각해낸 방법
이 결국 이거야? 프로젝트 진행을 방해하고, 그다음
엔 게릴라전이라도 벌이겠다고?"

오하나는 고갯짓으로 주변의 사람들을 가리키는
척하면서 건물 안을 관찰했다. 천장 높이는 3미터 정
도였고, 곳곳에는 기둥이 여럿 있었다. 오하나는 혼자
였고 상대는 많으니, 저쪽에선 총기를 쓰기에 오히려
어려움이 있을 터였다.

아이서는 내키지 않는 결심을 다지는 사람 특유의
굳은 표정으로 단언했다.

"평화로운 방법으로는 아무도 관심을 주지 않는다
면, 강경한 수단이라도 써야죠. 최소한 우리가 여기에
살고 있다는 것만이라도 알려야죠. 지금 단계라면 공
사 현장을 파괴하더라도 큰 재난으로 이어지지 않아

요. 인명 피해는 막을 거예요."

오하나는 아이서 뒤쪽에 총을 들고 선 사람들의 면면을 살피다가 일부러 비웃음을 던졌다.

"그래, 마적에게는 사막을 오가는 보따리장수들을 괴롭히는 것보다 SG의 보급 물자를 한 번 터는 게 훨씬 나은 장사겠지. 혈기 왕성한 젊은 놈들에겐 제대로 총질을 할 수 있다는 게 매력일 수도 있겠고. 솔직히 여기에 정말로 네 대의에 관심 있는 놈이 얼마나 될 거 같아? 쟤들이 공사 현장을 파괴하면서 사람을 안 죽일 수 있다는 거야? 그걸 믿어?"

아이서의 얼굴이 붉어졌다.

"뭐라도 할 수밖에 없는 사람들을 함부로 비웃지 말아요! 우린……."

"우린 뭐, 의적이라고? 누가? 네 선생이 그러디? 쯧쯧, 순진하기는. 아무튼 됐다. 모래폭풍도 치고 하니 빨리 정리하고 가자."

"누구 마음대로……."

아이서는 발끈하다 말고 어리둥절한 얼굴로 변했다. 의자에 묶여 있던 오하나가 갑자기 시야에서 사라졌기 때문이다. 그 순간 건물 안에 있던 모두가 당황했다. 반사적으로 총을 들어 올린 남자들은 서로에게 총구를 들이대며 허둥댔다. 그들이 위쪽을 생각해내기까지 시간은 오래 걸리지 않았지만, 오하나에게는 그것만으로 충분했다.

가볍게 결박을 끊고 허공에 솟구쳤던 오하나는 몸을 뒤집어서 천장을 딛고 공격을 개시했다. 오하나는 거의 동시에 세 가지 행동을 했다. 바로 아래에 멍하니 서 있던 아이서를 밀어서 바닥에 쓰러뜨렸고, 그 반동을 이용해서 가까운 기둥 쪽으로 몸을 날리며 칼을 던졌다.

칼 하나가 아니라, 수십 개의 작은 칼날이었다.

흩뿌린 작은 칼은 유도 미사일처럼 움직여서 각자의 목표물을 맞혔다. 순식간에 대부분의 총기가 바닥으로 떨어졌다. 그 과정에서 몇 개의 방아쇠가 당겨지긴 했지만, 총탄은 주위에 있던 동료를 맞히거나 천장과 벽을 향했다.

한편 오하나는 칼날이 목표물들을 맞히기 전에 이미 이동해 있었다. 군대에 있을 때 개조 수술을 받은 몸은 짧은 시간이었지만 인간에게 불가능한 동작을 수행할 수 있었다. 훈련받은 군인도 아니고 혼란과 공포에 질린 아마추어들이 대응할 수 있는 수준의 공격이 아니었다. 오하나가 발로 차고, 때리고, 후려칠 때

마다 상대방의 목뼈가 부러지고 심장이 멎었다. 아자
맛을 발견했을 때 아주 잠깐 살려둘까 하고 고민했던
것을 제외하면 그 어떤 망설임도 없었다. 빠르게 정
신을 차리고 반격하거나 운이 좋아서 한두 번 공격을
피한 이들은 고통을 더 겪을 뿐이었다.

살육은 몇 초 만에 끝났다.

"아이고, 삭신이야."

바닥에 고양이처럼 착지한 오하나는 쓰러진 놈들
중 살아 있는 놈이 있는지 확인하면서 일일이 칼을
회수했다. 그 작은 칼 하나하나의 가격이 어지간한 직
장인의 월급을 상회했으니 그럴 수밖에 없었다. 오하
나는 건물 안을 한 바퀴 둘러본 뒤에야 아이서를 확
인하러 갔다.

"어이, 살아 있어?"

바닥에 쓰러진 아이서는 다행히 총탄에 맞지 않고
무사했다. 오하나는 파랗게 질린 아이서의 뺨을 톡톡
치고, 충격을 받아 커진 동공을 확인하고는 어깨를 으
쓱해 보였다.

"멀쩡하니 다행이네."

정신을 차리는 데 한참 걸릴 줄 알았건만, 아이서
는 오하나의 예상보다 빨리 대꾸했다.

"어, 어, 어째서?"

오하나는 잠시 동안 그게 '어째서 다 죽였느냐'는 질문인지 '어째서 나를 빼고 죽였느냐'는 질문인지 생각했다. 어느 쪽이든 굳이 대답해줄 필요는 없었지만 오늘은 말해줄 참이었다.

"내가 용병인 줄 알았으면 좀 더 조심했어야지. 안 일했어. 아니, 너 말고 저놈들. SG에서 나 혼자만 보낸 걸 의심부터 했어야지. 저래가지고 잘도 습격에 성공했겠다. 가봤자 경비원들 손에 다 죽었겠지."

그리고 그 과정에서 아이서가 죽었을 확률도 매우 높았다.

아이서를 산 채로 데려가는 것은 실제로 이 의뢰에서 중요한 조건이었다. SG는 한국에서 있었던 인터뷰와 반대 시위에 크게 신경 쓰지 않았다. 그러나 아이서가 공사 현장까지 와서 죽는다면 이야기가 달랐다. 낮은 확률이었지만, 누군가의 죽음은 예상치 못한 방향으로 상황을 이끌 수 있었다. 그보다는 마적들에게 휘말린 아이서를 '구해낸' SG가 기밀 유지 위반이나 회사의 손해를 근거로 아이서에게 막대한 피해 보상을 요구하는 소송을 거는 쪽이 훨씬 나았다.

오하나의 친절한 설명에 아이서는 조용히 있다가

껵꺽거렸다.

"그럼 나, 나 때문에……."

"네가 날 바로 죽이지 않고 설득해보려 해서 이 꼴이 났느냐고? 그건 아니야."

오하나는 잠시 생각하다가 말했다.

"네가 여기로 온 것 때문에 죽었느냐고 묻는다면, 그건 그럴지도 모르겠다."

아이서는 붉게 충혈된 눈으로 오하나를 노려보았다. 분노가 가득한 눈빛이었다. 오하나는 보기보다 튼튼하네, 라고 생각하며 고개를 끄덕였다.

아이서를 가뿐하게 옆구리에 끼고 건물을 나가는 오하나의 귀에 다시 모래바람 소리가 들렸다. 버려진 건물 벽을 매섭게 때리는 소리는 이제 파도 소리가 아니라 쏟아지는 총탄 소리를 닮아 있었다.

"나도 네 말이 옳다고 생각하긴 해."

오하나의 중얼거림은 아이서에게 들리지 않았겠지만 진심이었다. 오하나는 아이서가 한 말들이 옳다고 생각했다. 그러나 오하나가 그런 생각을 한들 무슨 의미가 있단 말인가.

끝내 기후 위기 시계의 시한이 지나고 지구의 온도가 1.5도 넘게 오르는 것이 확정되었을 때, 인류는 해결에 매진하는 대신 전쟁을 벌였다. 그리고 전쟁을 위해 새로운 무기를 개발했다. 바로 오하나 같은 인간 무기를 만들었다.

그리고 전쟁이 끝난 후에 군대를 떠난 인간 무기는 스스로를 유지하는 데 드는 막대한 비용을 직접 충당해야 했다. 용병 일이 아니고는 감당할 수 없는 비용이었는데, 그렇게 일하면 또 정비하는 데에 돈이 더 들었다. 당장 이번만 해도 원래 예상했던 것보다 정비료가 많이 나올 터였다. SG 같은 고객이라도 없으면 버틸 수 없는 악순환이었다.

그러니까 오하나는 인류가 옳은 길로 갈 수 있다고 믿지 않았다.

사막의 불길

그들이 왔을 때, 세미라는 침엽수림의 그림자에 서 있었다. 시선을 내리자 누런 가을 초원을 이동하는 점이 있었다. 하늘의 독수리라면 그 점이 개미가 아니라 낙타임을 쉽게 알아볼 것이거니와, 세미라도 곧 알아보았다. 어린 시절을 초원에서 보낸 덕분인지, 아니면 자손들만큼 스마트 기기에 빠져들지 않은 덕인지, 이도 저도 아닌 그저 유전인지 모르겠지만 세미라는 노년에 이르러서도 아직 시력이 좋았다.

낙타 등에는 사람이 하나 앉아 있었고, 또 한 사람이 낙타 고삐를 쥔 채 그 옆을 걷고 있었다. 둘 다 햇빛을 막기 위해 머리에 천을 둘러쓰고 얼굴도 반 이상 가렸는데 몸집이 크지는 않았다. 이동 속도는 느렸다. 기온이 높지 않다고는 해도 햇빛이 워낙 강렬하니 그늘 한 점 없는 초원은 걸을 만한 날씨가 아니었다.

숲 경계선에 서 있던 세미라는 그 모습을 내려다보며 의문했다. 때는 10월 하순, 계절은 이미 겨울을 향해 다가가고 있었다. 남쪽의 타림분지라면 몰라도 이곳은 10월이면 언제 눈이 내릴지 몰랐다. 대부분의 유목민이 가을 초지에서 철수하는 때였다. 세미라도 겨울 마을로 이동하기 전에 말을 한 바퀴 달리려고 나오지 않았다면 저들을 발견하지 못했을 것이다.

저 둘은 사람이라곤 만나기 힘든 이 허허벌판에서 무엇을 하고 있는 걸까. 그것도 남쪽이 아니라 북쪽, 곧 추워질 산맥 방향으로 오는 까닭은 무엇일까.

세미라가 그런 생각을 하는 사이에 낙타와 사람이 멈춰 서더니 걷던 사람이 픽 쓰러졌다. 그 모습을 보자 세미라의 고민도 끝났다. 혹시 위험한 자들일 수도 있겠으나 사막과 초원의 오랜 규칙은 나그네를 외면하지 않는 것이었다. 세미라가 지시하기 전에 다르하가 먼저 등에 없은 인간의 의도를 감지하고 움직였다.

"그래, 그래. 다르하, 저리로 가자."

다르하는 그럴 줄 알았다는 듯, 투레질을 한 번 하고는 비탈진 초원을 내려갔다. 총명한 말이자 좋은 친구였다. 속보로 걷던 다르하는 세미라가 움찔하자 자연스럽게 속도를 늦췄다. 낙타에 탄 사람의 움직임이 이질적으로 다가와서였다. 낙타 다리를 타고 내려가는 그림자가 왠지 거미 같았다. 다음 순간 세미라의 접근을 눈치챈 그 그림자는 빠르게 낙타 안장에 다시 올라앉으며 몽둥이를 들어 올렸다.

"워, 워."

여간해선 놀라지 않는 세미라도 그 순간에는 저도 모르게 다르하의 고삐를 당겼다. 기괴하게 움직이던 상대가 무기처럼 들어 올린 것은 몽둥이가 아니라 다리였기 때문이다.

의족인가.

세미라가 놀란 마음을 진정시키고 올려다보자, 방금 움직임 때문인지 천이 흘러내리면서 낙타에 탄 여자의 얼굴이 드러났다. 분명 괴물이 아닌 사람이었다. 햇빛에 많이 타지 않은 얼굴이 희다 뿐이지, 많이 보던 위구르인의 얼굴이었다. 세미라는 여자가 제 아들 또래일까 생각했다가 곧 그 생각을 철회했다. 언뜻 봤을 때는 젊어 보였지만 눈을 보면 최소한 40세, 어쩌면 세미라와 비슷한 연배 같기도 했다.

그 여자는 탐색하는 눈빛으로 세미라를 바라보며 위구르어로 말을 걸었다. 세미라는 고개를 저었다. 귀에는 익었지만 세미라가 잘 아는 언어는 아니었다. 여기는 30년 전까지 중국 신장성 내 카자흐 자치주였다가, 전쟁이 시작된 이후에는 암묵적으로 카자흐스탄 영향권에 들어간 땅이었다. 이전에나 이후에나 위구르인보다는 카자흐인과 키르기스인이 더 많이 살았다.

"카자흐? 키르기스?"

여자가 탐색하는 시선으로 다시 묻더니 러시아어로 인사를 건넸다. 세미라는 고개를 살짝 기울이고 낙타 위의 여자를 보다가 말했다.

"키르기스라네. 러시아어도 조금 하지만, 영어가 낫지 않을까?"

여자가 반색했다.

"오, 유목민인데 영어를 해?"

"대학 시절에 배웠지. 난 네오노마드(neo-nomad), 신(新)유목민이거든."

중앙아시아의 유목민은 대부분 20세기를 거치면서 유목을 포기하고 생활 방식을 바꿨다. 유목 생활을 가장 많이 고수하던 키르기스스탄에서도 인구의 30퍼센트가 도시로 들어갔을 정도였다. 그러나 기후변화가 극심해진 30여 년 전부터는 여기저기에서 다시 재생 방목법을 추구하는 사람들이 생겼는데, 이들을 신유목민이라고 불렀다.

"나는 세미라야."

"나는 오하나. 저쪽은 아이서."

홀쩍 말에서 내린 세미라는 우선 땅에 쓰러진 아이서부터 살폈다. 체격이 오하나보다 컸고 나이도 더 젊었다. 둥근 얼굴에 높지 않은 코가 고려인이나 중국인에게서 흔히 보던 생김새였다. 얼굴이 얼룩덜룩 부어 있기는 했지만 오래된 상처였고, 큰 문제가 있는 것 같지는 않았다. 세미라가 물주머니를 입에 대고 조금씩 흘려 넣자 아이서는 곧 정신을 차렸다.

세미라는 아이서를 부축해서 낙타에 태우려고 했지만, 오하나는 손사래를 쳤다.

"낙타는 문제없어 보이는데, 두 사람을 태우지 못할 이유가 있나?"

"내가 보통 사람보다 좀 무거워."

오하나는 무릎 아래로 떼어내어 신고 있던 의족 두 개를 들어 보이면서 말했는데, 세미라는 과연 외지인이구나 싶어서 웃었다.

"무거워봤자 생체 조직이 버틸 수 없는 무게는 아니겠지. 낙타는 말보다 훨씬 무거운 짐을 지고도 달릴 수 있어. 짐을 500킬로그램까지 싣고 다닌 낙타도 있었다네."

과연 낙타는 아이서까지 태우고도 거뜬했다. 세미라가 그들을 이끌고 갈 곳은 메마른 회전초만 굴러다니는 평야가 아니라 흑록색 나무들이 점점이 자란 산자락 아래였다. 잘 모르는 사람들은 이런 땅이 낙타에게 어울리지 않는다고 생각했지만, 사실 낙타는 고원지대에서 말보다도 더 쓸모 있는 귀한 짐승이었다.

시선을 위쪽으로 향하면 검푸른 숲 위로 가파르게 치솟은 바위와 얼음의 벽이 무심하게 아래를 굽어보고 있었다. 동서 길이가 2000킬로미터, 너비가 400킬로미터에 이르는 세계에서 가장 거대한 산맥인 하늘산[天山], 이 지역 사람들이 부르던 이름으로는 텡그리 토그의 남쪽에 속하는 봉우리들이었다.

세미라 가족의 유르트는 그 천산산맥의 남동쪽에 서 있었다.

세미라가 난데없이 낙타와 손님들을 데리고 도착하자, 유르트에 있던 딸과 손자와 손녀들이 우르르 뛰쳐나왔다. 탈진한 아이서는 비몽사몽한 상태로 부축을 받으며 낙타에서 내렸지만 오하나는 여러 명이 자신을 들어 옮기려고 하자 질색을 했다. 세미라는 혀를 차며 영어로 말했다.

"싫어도 참으시게. 팔 힘만으로 움직일 수 있다는 건 알지만, 고장 난 의족을 질질 끌고 다니다가 더 나빠질 수도 있지 않나."

그사이에 오하나가 떼어놓았던 의족을 대충 붙인 것을 보고 하는 말이었다. 잠깐만 보아도 오하나가 타인에게 의존하는 것을 지독히도 싫어한다는 정도는 알 수 있었다.

세미라 가족은 자급자족을 위해 태양열 충전기와 정비 도구들을 갖추고 있었고, 특히 세미라의 딸은 기계를 다루는 손재주가 남달랐다. 그러나 오하나의 기계 몸은 그동안 그들이 보았던 의족이나 의수와는 완전히 달랐다. 고치는 건 무리였고, 압축공기 스프레이를 써서 모래를 최대한 털어내는 게 고작이었다. 그 정도만으로도 오하나는 안도하는 것 같았다. 모래를 최대한 제거하고 나자 불편하기는 해도 혼자 움직일 수는 있었기 때문이다.

예기치 않은 손님이 와서 다들 잠시 달라붙었다지만, 지금은 목초지에서 철수하느라 온 가족이 한창 바쁠 때였다. 양과 말들은 세미라의 자식들이 직접 몰고 마을로 돌아가더라도, 여름 내내 사용하던 유르트 세 채는 해체하여 마을 공용 트럭을 몰고 와서 실어 가야 했다. 트럭은 쓰임새가 많다 보니 아직 며칠을 더 기다려야 했다. 아무리 손님이 중요하다 해도 정해진 일정을 바꿀 수는 없는 노릇이었다.

가족은 의논 끝에 두 사람을 마지막까지 남겼다가 트럭이 오면 유르트와 함께 마을로 태워 가기로 했다. 그곳이라면 도시로 가는 방법이 있을 터였다. 오하나는 크게 반겼고, 아이서는 주저하면서도 그게 제일 좋은 방법이라는 데 동의했다.

세미라의 자식들이 양 떼와 말 떼와 낙타 한 마리를 몰고 먼저 이동하는 동안, 세미라는 어린아이들을 데리고 남았다. 그러니 오하나와 아이서가 주로 접하고 대화하는 사람도 세미라뿐이었다. 세미라는 곧 두 사람에 대해 여러 가지를 알게 되었다.

흔치 않은 기계 몸에서 짐작했지만, 오하나는 군인 출신의 용병이라고 했다. 유목 생활을 해보지는 않았다지만 이래저래 야생에서 지내본 경험이 있어서 그런지 바로 적응했다. 가리는 것도 없고 부끄러움도 없었다. 목소리나 표정은 풍부하지만 실제 감정은 아주 건조했다.

반면에 아이서는 조금만 지켜보면 도시인이라는 사실을 알 수 있었다. 게다가 학자 같았다. 끊임없이 뭔가를 물어봤고, 놀라울 정도로 빠르게 키르기스어를 배웠다. 경계를 바짝 세우면서도 세미라가 하는 말을 의심할 줄은 몰랐다. 유목 생활이야말로 이 지역에 가장 잘 맞는 생활 방식이며 생태적으로도 옳다고 심각한 얼굴로 말해놓고서는, 염소젖이나 말젖을 짤 때 오줌이 섞이는 모습을 보고는 어떻게든 핑계를 대며 마시지 않으려 들었다. 무엇이든 분석적으로 대하지만 그 밑에는 끓어오르는 감정을 숨기고 있었다.

오하나는 한국인이었고 아이서는 위구르인이었다. 다만 둘 다 위구르스탄에서 태어나 청소년기부터 한국에서 자란 것은 같았다. 오하나는 세미라에게 거리낌 없이 굴었고, 아이서는 아이들과 잘 놀았다. 그러나 둘 다 어쩌다가 여기로 오게 되었는지는 좀처럼 말하지 않으려 했다.

계기는 어느 쌀쌀한 저녁, 진한 차에 염소젖을 섞다 말고 오하나가 툭 던진 질문이었다.

"그러니까 주된 연료는 말린 말똥과 태양열발전이고, 백신을 보관하는 냉장고는 없지만 첨단 지진계와 기상관측 기계는 갖추고 사는군. 염소젖과 말젖은 살균 없이 마시고…… 이런 걸 네오노마드답다고 해야 하나. 혹시 위성통신도 가능한 거 아냐?"

"가능하지만 비상용으로만 쓰지."

유목민의 방식으로 생활하면 자급자족 비율이 높았다. 그러나 이 산맥에서 나지 않는 기계와 가공물 구입은 다른 문제였다. 위성통신에는 비용이 너무 많이 들어갔다. 아주 급할 때가 아니고서야 사용할 여유가 없었다. 일반적인 뉴스 같은 것은 드넓은 초원을 한 바퀴씩 도는 장사 차량이나, 더 작은 규모로 말을 타고 산골까지 여행하는 장사꾼들에게 전해 들을 뿐이었다.

오하나는 탐색하는 눈빛으로 물었다.

"혹시 남쪽 소식은 뭐 들은 거 없어? 위구르스탄에 무슨 일이 있다거나…… 사막의 바다 프로젝트에 대한 소식이라거나."

옆에서 염소젖 없는 차를 마시던 아이서가 긴장하는 모습이 눈에 보였다. 세미라는 눈썹을 슬쩍 들어 올렸다.

"무슨 큰 공사를 한다는 말을 들은 기억이 나는군. 왜, 무슨 일이 있었나? 마을에 가면 알아볼 수 있을 거야."

오하나는 실망인지 안심인지 모를 모호한 얼굴을 했다. 세미라는 무엇이 문제인지 더 물어볼 생각이 없었다. 다만 그날따라 예전 생각이 났다.

"그나저나 그 프로젝트 이름이 사막의 바다라고? 이름 짓는 건 늘 비슷하군. 30년 전에는 '사막의 숲'이라는 프로젝트가 있었는데, 혹시 들어봤나?"

아이서에게는 너무 어릴 적의 일이었고, 오하나는 한국에 살 때의 일이라 고개를 저었다.

2020년대는 아직 탄소 중립을 달성할 기회가 남아 있다고 여기던 시기였다. 극단적인 기후변화와 재난 증가가 눈에 보이면서 기후 위기 자체를 부정하던 목소리는 줄어들었다. 탄소 배출을 0으로 낮출 수만 있다면 앞으로 어떻게든 해볼 수 있으니, 인류 모두가 힘을 모아 방법을 찾자는 목소리도 커졌다.

다만 그 해결 방법이 일각의 주장대로 인류의 생활 방식을 바꾸고, 극심한 빈부격차를 해소하고, 지금의 자본주의 체제를 버리자는 방향으로 향하지는 않았다. 다급한 마음과, 그럼에도 생활을 바꿀 수는 없다는 마음이 결합하면서 다시 한번 과학기술로 해결할 수 있다는 생각에 힘이 실렸다. 지금부터 아무리 탄소 배출량을 줄여봐야 소용없으니 공기 중 탄소를 재흡수하는 기술만이 해결책이라는 소리였다. 여기저기에서 다양한 프로젝트가 지원과 승인을 받았다.

그때도 새로운 실험장으로 주목받은 곳은 사막이

나 황량한 초원 같은, 소위 사람이 살지 않는 땅이었다. 정확히는 사람이 적게 사는 땅이라고 해야겠지만 말이다.

들고 있던 오하나가 의문을 표시했다.

"어, 근데 세미라 씨는 원래 키르기스인이라고 하지 않았어? 키르기스에는 사막이 없잖아?"

"원래는 별로 없었지. 지금은 있네. 기후가 급격히 변하면서 북쪽에 사막화가 진행되고 있거든. 산지가 점점 더워졌고, 만년설도 녹기 시작했어. 물론 어떤 나라들에 비하면 나은 상황이었지. 원래도 이 근방에서 물이 가장 풍부했고, 기후변화에 적응도 가장 잘했으니까. 유목을 포기하지 않았기 때문에 탄소 기반 산업도 적었고, 자급자족 비율도 높았거든. 다만 그때는 뭐라도 해야 한다는 분위기가, 지구 전체를 위해 뭐라도 해야 한다는 분위기가 있었어."

세미라는 작은 한숨을 내쉬었다.

"그래서 우리도 작게나마 그 프로젝트에 꼈다네. 실험은 이 산맥 반대편, 우즈베키스탄과 카자흐스탄에 걸쳐 있는 키질쿰사막에서 주로 행해졌지만 비슈케크 근처의 황야도 쓰였지. 무엇보다도 인력이 차출됐고."

사막의 숲 프로젝트는 숲을 만들고자 했지만 물을 필요로 하지는 않았다. 그 숲을 이루는 나무는 인공 나무였다. 유전자를 조작했다는 의미의 인공이 아니었다. 이름만 나무일 뿐, 실상은 금속으로 만든 탄소 포집 기계장치였다. 실제 나무의 9000배에 달하는 탄소를 흡수하는 기계. 그 장치를 사막과 황무지에 대규모로 만든 이유는 첫 번째가 사람이 살지 않는 땅이었고, 두 번째는 태양열 충전에 좋았기 때문이다.

인공 나무 숲은 계획대로 만들어졌다. 공기 중의 탄소 포집도 일부 이루어냈다.

듣고 있던 아이서가 의아한 표정을 지었다.

"성공했다면 제가 왜 못 들어본 거죠?"

"성공이면서 성공이 아니었으니까."

나무와 달리 인공 나무는 제작 과정에서 이미 막대한 탄소를 배출했고, 멀리 실어 나를 때 또 탄소를 배출했다. 필터는 영구적이지 않아서 계속 갈아줘야 했고, 고장 나면 인간이 고쳐야 했다. 날씨 변화가 심하지만 않으면 인공 나무가 자연의 나무보다 관리하기 쉽다던 주장은 곧 사라졌다. 급하게 발주한 나무들은 자주 고장이 났다. 날씨는 이전보다 변덕스러워졌다. 이제는 사막에도 가끔 폭우가 내리고 심한 바람이 몰아쳤으며, 본래도 큰 문제였던 모래바람까지 가세하여 기계를 망가뜨렸다. 척박한 황야에 상주할 정비 인력을 찾기는 힘들었다.

프로젝트 참여 회사 몇 곳이 파산을 선언하고 발을 빼버린 후, 인공 나무 숲은 폐허가 되었다. 전쟁 기간에 재활용을 위해 철거한 숲도 있었지만, 대부분 사막에는 번쩍이는 은빛 숲이 거의 그대로 남았다. 더는 탄소를 흡수하지 못하고, 그렇다고 다른 일에 쓰이지도 않은 채 새롭고 기묘한 풍경이 되었다. 거대한 설치미술 같기도 했다. 그걸 구경하겠다고 여행하는 부자들을 위한 관광 상품도 생겼다. 그러니까 그 프로젝트를 기억하는 사람이라면 사막의 바다라는 이름도 미심쩍을 수밖에 없었다.

가만히 듣던 오하나는 툭 던지듯이 말했다.

"그러니까 그 프로젝트에서 일하다가 뛰쳐나온 거구먼? 그때 실망하고는 아예 유목 생활로 회귀했고? 아예 산 반대편으로 온 것도 그 숲이 보기 싫어서야?"

배려라곤 없이 아픈 데를 찌르는 말이었지만 세미라는 화가 나지 않았다. 그러기에는 오랜 세월이 지난 일이었다. 되레 옆에서 듣던 아이서가 격분해서 외쳤다.

"그런 역사가 있었는데 또 비슷한 짓을 허용하다

니. 왜 주변 국가들이 이번 프로젝트에 반대하지 않았
는지 이해가 안 가네요. 이대로 진행하면 사막의 바다
가 더 큰 해악을 미칠 거예요! 실패하면 그냥 버려진
바다만 남는 게 아니라고요. 성공해도……."

세미라는 유르트 천장의 환기 구멍을 올려다보며
담뱃대를 물었다.

"역사가 있다고 같은 짓을 되풀이하지 않았다면
인간이 여기까지 오지도 않았겠지. 게다가 인류는 인
류, 나라는 나라, 지역은 지역……. 타클라마칸사막은
키질쿰사막이 아니잖아. 먼 곳의 일이라는 거지."

두루뭉술한 일반론이었지만 오하나가 냉큼 끼어
들어서 또 얄미운 말을 했다.

"프로젝트가 위구르스탄으로 넘어간 것도 그래
서 아냐? 카자흐스탄이나 우즈베키스탄이야 사막의
숲 이전에도 당한 일이 있었잖아. 더 옛날 소련 시절
에 기후에도 안 맞는 목화 플랜테이션하다가 바다 같
은 호수 하나가 다 마른 적이 있었지. 거기에다가 지
금 말한 그 프로젝트 기억까지 있으니 안 내켰을 거
야. SG야 지하에서 물을 퍼내느라 공사 규모가 커져
서 돈을 더 벌지는 모르겠지만, 상식적으로는 원래 있
던 짠물호수를 쓰는 게 맞는데 이상하다 했어."

중앙아시아에는 실제로 염수호가 많았다. 그러니까 오하나의 말은 이런 거였다. 이 옆 나라들은 사막의 바다 프로젝트를 못 미더워했고, 자기 땅에서는 하고 싶지 않았을 것이다. 그러나 산맥 너머에서라면 딱히 반대할 이유가 없었다는 것이다. 마침 위구르스탄 정부는 돈이 필요했고, 그러니 모두가 공범이었다.

아이서의 얼굴이 한층 더 우중충해졌다.

"남의 나라 일이라고, 남들 일이라고 뒷짐 지고 있다가 불이 번지는 꼴을 몇십 년이나 겪고서도……."

아이서가 주먹에 핏줄이 서도록 힘을 주고 중얼거리자 오하나와 세미라는 얼핏 시선을 마주쳤다. 입장이나 생각이 같지는 않았지만 서로가 무슨 생각을 하는지는 알 수 있었다. 그들은 늙었다. 아무것도 하지 못할 정도로 늙지는 않았어도, 지금 아이서처럼 실망하고 슬퍼하고 분노하기에는 피곤하다고 여길 정도로는 늙었다. 무뎌졌다.

오하나가 거북이처럼 목을 움츠리더니 말했다.

"그래도 내가 굳이 위험을 짊어지기 싫다는 마음은 이해할 만하지? 당연한 본능이잖아."

세미라는 잠시 사이를 두고서 천천히 말했다.

"하는 말을 들어보니 두 사람은 지금 그 프로젝트

에 문제가 있다는 사실을 이미 아는 모양이군?"

오하나를 노려보던 아이서가 움찔하며 세미라를 돌아보았다. 그러나 오하나는 가볍게 대꾸했다.

"애초에 그게 아니었으면 내가 쟤랑 얽힐 일도 없었지."

그렇게 해서 세미라는 어쩌다가 이 어울리지 않는 두 사람이 낙타를 끌고 산간 초원에 이르렀는지 알게 되었다.

어쩌면 그들도 말할 기회를 기다렸는지 몰랐다. 누구에게나 털어놓고 싶은 이야기는 있는 법이고, 잘 알지 못하는 사람에게 말하기가 더 쉬울 때도 있다. 또 어떤 면에서 그것은 두 사람이 나누는 대화이기도 했다. 둘 다 주로 세미라를 향해 말했지만, 서로의 이야기를 주의 깊게 듣고 있었다. 몰랐던 이야기가 나오면 반응했고, 아는 이야기에는 딴죽을 걸었다. 그들이 마주 앉아서 지금까지의 일을 말한 적이 없는 것은 분명했다. 세미라는 매개가 없었다면 영원히 그랬을지도 몰랐다.

오하나는 프리랜서 용병으로, 다국적기업인 SG의 의뢰를 받아 아이서를 찾으러 왔다고 스스로의 입장을 설명했다.

"이 친구는 SG의 연구원으로 일하다가 위구르스탄에서 시작한 프로젝트 공사에 문제가 있다는 걸 알고 회사를 뛰쳐나왔는데, 그냥 인터뷰하고 대중에게 호소하는 정도로는 소용이 없으니까 직접 뭔가 해보려고 날아온 거야. 그런데 20년 만에 고향 돌아와서 대기업 반대운동을 하려다 보니 위험한 사람들과 닿았지 뭐야. 겁도 없이 마적들과 어울리고 있었는데, 그러다가 큰 사고라도 나면 곤란하니 내가 구하러 들어갔지."

오하나의 요약에 발끈한 아이서는 세미라가 모르는 언어로 욕을 퍼부었다. 오하나는 못 들은 척 귀만 후볐다.

"걔네 진짜 위험한 애들이었다니까? 나중에 봤으니 알잖아?"

위구르스탄 진입 일주일 만인 10월 14일, 오하나는 타클라마칸사막 한구석에서 아이서를 찾아내 데리고 나오는 데 성공했다. 문제는 그다음부터였다.

오하나의 원래 계획은 단순했다. 회수한 아이서를 차에 태우고 서둘러 사막을 가로질러 위구르스탄 북쪽의 도시 아크수로 돌아가기만 하면 됐다. 현재

SG는 사막의 바다 프로젝트 때문에 아크수 공항을 운영하고 있었고, 그곳에는 한국을 오가는 화물기도 있었다. 그러니 비행기를 하나 얻어 타면 임무는 끝이나 다름없었다.

그런데 모래바람이 그쳐야 할 때 그치지 않았다.

기상예보에서 처음에는 분명 중급의 모래바람이라고 했는데, 아크수를 향해 출발한 지 얼마 지나지 않아서 모래폭풍 경고가 떴다. 간당간당하게 유지되던 위성 신호도 끊어지려 했다. 모래폭풍의 범위도, 그것이 얼마나 오래 이어질지도, 자동차가 어디를 달리는지도 확실히 알 방법이 없어진다는 뜻이었다. 결국 오하나는 이동을 멈추고 바람이 조금이라도 잦아들기를 기다리기로 했다.

그러나 차를 멈추자마자 아이서가 문을 벌컥 열고 뛰쳐나갔다.

오하나는 그 순간을 돌이키며 인상을 썼다. 이동을 포기해야 할 정도로 모래바람이 불고 있었는데 맨몸으로 뛰쳐나가다니, 미친 짓이었다. 그대로 내버려뒀다면 바람에 휩쓸려 날아가서 시체도 못 찾았을지 몰랐다. 타클라마칸사막이 과거에 괜히 '돌아올 수 없는 사막'이라는 악명을 얻은 게 아니었다. 다행히 오하나는 빠른 반사신경으로 아이서의 다리를 잡았다.

"다행? 어쩌나 다행인지."

이 대목에서 아이서가 빈정거렸다. 오하나는 안색도 변하지 않고 말을 이었다.

"차에서 내리는 사람 다리를 급하게 붙잡았더니 말이야. 날려 가는 사태는 피했는데, 차체에 머리를 부딪쳤어. 뭐, 모래바람에 날려 가지도 않고 뼈가 부러지지도 않았으니 그만하면 다행이지."

아이서는 코웃음으로 대꾸했다.

"나도 당황하긴 했어. 쟤는 머리를 부딪쳐서 혹이 났지, 토하고 몸을 못 가누는 걸 보니 뇌진탕이 온 거 아닌가 싶기도 하고. 그런 상태로 모래바람이 그칠 때까지 차 안에서만 버티기는 아무래도 어렵겠더라고. 문을 열고 실랑이를 벌이는 통에 모래가 잔뜩 들이쳐서 차 안이 엉망이 되기도 했고. 그래서 차는 포기하고, 쟬 짊어지고 도로변 휴게소를 찾아갔어. 다운받아 둔 지도가 있었거든."

평범한 사람이라면 날아갈 정도로 세찬 바람 속에서 자기보다 큰 사람을 짊어지고 움직였다는 것도, 운전을 포기할 정도였으면서 휴게소는 찾아냈다는 것도 평범한 이야기는 아니었다. 그러나 오하나의 하반신과 한쪽 팔이 기계라는 사실을 이미 알고 있는 세미라는 심상하게 들어 넘겼다.

문제는 휴게소였다. 모래바람을 견디기 위해 문과 창문을 다 막아놓았던 휴게소 사람들은 캄캄한 새벽에 미친 듯이 문을 두들기다 못해 강제로 뜯어내고 안으로 들어온 오하나를 보고 경악했다. 자동차가 코앞에 있다고 주장해도, 서둘러 다시 문을 막는 작업을 도와도 수상해 보이기는 마찬가지였다.

그로부터 모래바람이 그칠 때까지 조마조마한 이틀을 보냈다.

"인근을 지나던 사람들이 전부 휴게소에 피신해 있었잖아. 둘만 쓸 수 있는 방이 있었을 리가 있나. 수상하다는 눈총을 받으면서 아이서까지 감시해야 하니 이틀 동안 거의 쉴 수가 없었어. 그나마 쟤가 정신을 차리지 못하고 누워만 지내서 숨 돌릴 틈이라도 있었지."

"웃기시네. 그 휴게소 안에 있는 사람들을 생각해서 허튼짓 말고 얌전히 있으라고 날 협박했잖아."

아이서가 날카롭게 반박하자 오하나는 느물느물 손을 내저었다.

"협박은 말이 좀 세고, 설득한 거지. 내가 민간인

을 막 해치고 그런 사람은 아닌데 생명의 위협을 느끼면 어쩔 수 없지 않겠냐, 그러니까 그런 일은 없도록 하자, 뭐 그렇게 말하지 않았던가?"

"그게 협박이 아니면 세상에 협박이 없겠다."

세미라는 두 사람을 번갈아 보았다. 그런 말을 하면서도 오하나를 전혀 겁내지 않는 아이서의 태도가 흥미로웠다. 자신을 해칠 거라고는 생각하지 않는 듯했다. 스톡홀름증후군 같은 것일까, 아니면 시간이 지나면서 일종의 신뢰가 생긴 걸까. 그렇게 생각하자마자 오하나가 진지한 얼굴로 덧붙였다.

"내가 무슨 사람 죽이는 걸 즐거워하는 미친년도 아니고, 비용이 너무 든단 말이야. 수지 타산이 안 맞아요. 곤란하다고."

세미라는 떫은 얼굴로 오하나를 보았지만, 오히려 그렇게 말하는 편이 '나는 믿어도 된다' 같은 말보다 신뢰가 가기는 했다.

오하나의 이야기가 이어졌다.

휴게소에서 긴장 가득한 이틀을 보내고, 겨우 모래바람이 잦아들었을 때였다. 프로젝트 제3현장에서 사고가 나서 여러 명이 죽었다는 소식이 전해졌다. 모래바람이 불어도 벽 안에서 일하는 데에는 문제가 없다고 판단한 현장감독이 공사를 강행한 탓이었다.

오하나는 겨우 기운을 차린 아이서를 데리고 서둘러 그곳을 떠났다.

아무리 초조해도 아크수까지 날아갈 방법은 없었다. 도로를 파묻어버린 모래, 바람에 떨어지고 날려와서 길을 막은 잔해 때문에 이동 속도는 현저히 느려졌다. 아크수에서 남쪽으로 이동할 때는 이틀 거리였는데 돌아가는 길은 두 배도 더 걸렸다. 오하나 혼자 운전할 수 있는 시간에도 한계가 있었고 피로감도 심했다.

어쩔 수 없이 휴게소에 들를 때마다 분위기가 점점 험악해지는 것이 피부로 느껴졌다. 공사 현장에서 노동자가 죽는 것이 하루이틀 일은 아니라지만, 이번에는 대처가 나빴다. 보상금은 빨리 나왔다. 지나치게 빨랐다. 아무런 조사도 절차도 없이 보상금이 먼저 나왔다. 사과와 재발 방지는 어떻게 되는 거냐고 묻자 관리자는 돈을 줬으니 된 거 아니냐고 대꾸했다. 곧 현장에서 무력 충돌이 일어났다는 소식이 바람을 타고 전해졌다.

소문은 자동차보다 빨랐으나 사실 여부는 불투명

하기만 했다. 휴게소 몇 곳은 문을 잠그고 피신했다. 검문소를 지키는 용병들의 눈에 살기가 돌았다. 오하나는 그나마 아크수를 목전에 두었을 때라서 다행이라고 생각했다.

큰 착각이었다.

오하나가 내내 프로젝트 현장 소식에만 온 신경을 곤두세우는 사이, 진짜 불길은 아크수에 도착해 있었다. 부분적으로만 복구된 통신, 혼란스러운 정보의 물결, 직접 움직이면서 그 혼란스러운 정보를 퍼트린 사람들의 합작이었다.

아크수에 진입하고 얼마 지나지 않아서 차를 달릴 수 없어졌다. 도시 바깥으로 밀려 나오는 차량과 사람들이 도로를 다 차지해버린 탓이었다. 아차 하는 사이에 뒤쪽도 막혔다. 신경질적으로 사방을 둘러보던 오하나의 눈에 멀리 피어오르는 연기가 보였다. 희미하게 사이렌 소리도 들렸다.

아크수가 불타고 있었다.

오하나는 상황을 깨닫고 욕설을 내뱉으며 몇 번인가 운전대를 때렸지만, 아이서는 아무 소리도 내지 않았다. 휴게소를 떠난 순간부터 집요하게 도망칠 궁리를 하고 오하나를 욕하더니 불타고 혼란스러운 시내의 모습을 보자 마비된 것처럼 조용해졌다. 아이서가 처음 보았을 풍경은 아니었다. 아이서가 어렸을 때, 한국으로 떠나기 전에는 아직 전쟁이 진행 중이었으니 오히려 익숙했을 풍경이었다. 그러나 오랫동안 보지 못했을 모습이기도 했다. 오하나는 얼어붙은 아이서를 흘긋 보고 그렇게 파악했다.

한 겹의 방어막이기도 한 자동차를 쉽게 버릴 수는 없었다. 오하나는 인도와 골목길 위를 이리저리 움직여서 방향을 돌렸다. 시내 중심가로 들어갈 생각은 없었다. 옆으로 돌아서 공항으로 가는 것이 목표였다.

곳곳에 부서진 SG의 간판이 보였다. 새로 짓던 건물 공사장도 불타고 있었다. 대체 아크수에서 어떤 일이 벌어졌는지는 몰라도 SG가 공격 대상이 되었다는 점은 짐작할 수 있었다.

간신히 도착한 공항은 비행기가 뜰 수 있는 상태가 아니었다. 옆으로 쓰러져 부서진 화물수송기 한 대가 활주로를 막고 있었다.

나중에 확인해보니 하루, 딱 하루 차이였다. 두 사람이 겨우 아크수에 도착한 것이 10월 20일, 공항에 있던 비행기가 마지막으로 이륙한 게 10월 19일이었다. 하루만 빨리 도착했어도 아크수를 탈출하는 마지막 비행기에 탈 수 있었을 것이다. 잠도 제대로 자지 못하고 달렸으나 하루가 늦었다.

잠시 머릿속이 하얘져서 정지해 있다가 겨우 정신을 차린 오하나는 일단 공항 외곽에 차를 세웠다. 피로감에 머리가 무거웠지만 생각을 최대한 단순화하려고 노력했다. 최우선 목표는 둘이 살아남는 것이었다. 당연히 아이서도 그렇게 생각하리라고 여긴 오하나는 자신의 의도와 선택지를 설명했다.

"여기서 까딱하면 우리 둘 다 죽기 십상이야. 그러니까 당분간은 협력하자."

택할 수 있는 경로는 세 가지였다. 우선 사태가 진정될 때까지 아크수 어딘가에 숨어서 눈에 띄지 않게 지내는 방법이 있었다. 그러나 오하나는 아크수에 연고가 없었고, 그나마 알고 지내던 운전사 아자맛은 사막에서 죽었다. 아자맛을 아는 사람들도 피하는 게 나을 터였다. 더구나 오하나는 국적이 한국인 데다 SG의 의뢰를 받아서 일했다. 그 사실이 드러나기라도 하면 위험했다. 종합하면 이곳에 잠시면 몰라도 길게 머물기는 힘들었다.

두 번째로 공항에서 그대로 산맥을 넘어 카자흐 영역으로 들어가는 방법도 있었다. 카자흐스탄은 다

른 나라로 이동하기 편한 나라였고, 오하나가 아는 사
람도 있었다. 그러나 하필이면 아크수 북쪽은 해발고
도 6000미터를 넘기는 설산들이었고 높기만 한 게 아
니라 폭이 넓기까지 했다. 등산 준비도 없이, 그것도
아이서까지 대동해서 그런 산을 넘기란 불가능했다.
결국 서쪽이나 동쪽으로 산맥을 돌아야 하니 경로가
길어질 터였다.

그러니 남은 것은 세 번째 방법이었다. 다시 서쪽
으로 카슈가르 근처까지 가서 다른 나라로 넘어가는
것. 그러려면 정보도 구하고 물자도 보급해야 했다.

오하나는 이런 생각을 아이서에게 요약해서 전달
한 다음, 아크수 외곽의 상업 지구로 차를 몰았다. 시
내 중심가는 혼란이 극심할 테고, 주택가에서는 낯선
사람들을 들여보내주지 않을 거라는 판단에서였다.

두 사람은 겨우 작은 호텔에 방을 구하고 나서야
알았다. 아크수가 격렬한 폭력에 휩쓸린 것은 시위 때
문이 아니었다. 프로젝트 현장의 사고 때문도 아니었
다. 사고 소식이 전해지면서 시위가 시작되기는 했지
만, 사태에 기름을 부은 사건은 따로 있었다. 프로젝
트 현장에서 멀지 않은 곳에 오래된 빈 건물이 하나
있었는데, 그 안에서 수십 구의 시체가 발견된 것이었

다. 죽은 사람 대부분이 젱이스 마적단원이었다.

젱이스가 움직일 명분으로 충분했다.

오하나가 거기까지 말했을 때 아이서가 요란하게 콧방귀를 뀌었다.

"자기한테 유리하게 말하는 것도 정도껏 해야지. 더는 못 들어주겠네."

아이서가 이를 갈며 끼어들자 웬일인지 오하나가 두 손을 들어 보이며 입을 다물었다. 아이서는 그쪽을 노려보더니, 세미라만 보면서 말을 이었다.

불타는 아크수를 본 시점에서부터 오하나는 아이서의 생각을 완전히 잘못짚었다.

"완전히 잘못짚었지. 난 겁먹은 게 아니라 화가 나서 조용했던 거고, 당장의 안전이 최우선도 아니었어요."

오하나에게는 아크수 사태가 계획을 방해하는 성가시고 불편한 위험이었을지 모르지만, 아이서에게 그곳은 고향이었다. 오래 떠나 있었다고는 해도 아크수가 평화를 찾았다는 사실에 기뻐했던 만큼 지금 이 상황에는 화가 났다. 부당하다는 생각도 많이 들었다. 한국을 떠나기 전에 보았던 강원도의 평화로운 풍경이 눈앞을 스쳤다. 왜 지금 불타는 곳이 거기가 아니라 여기여야 하나.

그런 아이서를 더 화나게 만든 것은 새로운 정보였다. 아크수가 불탄 것은 빈 건물에서 발견된 시체들 때문이 맞지만, 오하나는 몇 가지 중요한 정보를 빠뜨렸다. 그 건물은 하필이면 중국 정부가 남기고 간 재교육훈련소 건물이었다.

위구르스탄의 현대사는 이곳에 사는 사람들에게 깊은 상처를 남겼다. 21세기 초, 그들은 평화롭게 독립을 쟁취할 방법은 없다는 사실을 뼈에 새겼다. 얌전히 살아봤자 재교육훈련소라는 이름의 수용소에 잡혀가서 인격이 조각날 뿐이었고, 강제로 언어와 문화와 종교를 빼앗길 뿐이었다. 그런 그들에게 과거 수용소 자리에서 발견된 동포들의 시체가 무엇을 상기시켰겠는가.

건설 현장 사고가 전형적인 산업재해였다면, 재교육훈련소 학살 사건은 민족주의와 반(反)SG 감정을 확 끌어올렸다.

"그러니까 아크수가 불탄 건 당신 때문이지!"

아이서가 뾰족하게 쏘아붙이자 오하나가 도리질을 쳤다.

"아니, 그건 아니지. 핑계야 어쨌든 간에 실제로 아크수를 불태운 건 젱이스잖아? 공식 발표로는 젱이스의 부하들이 멋대로 벌인 짓이라지만, 그 마적 떼의 두목이 젱이스니까 그게 그거라고."

세미라는 두 사람을 번갈아 보다가 망설이며 입을 열었다. "아크수가 불탄 건 당신 때문"이라는 위험한 발언은 일단 못 들은 척하고, 아는 이름에 대해 물었다.

"아까부터 젱이스라고 하던 거, 혹시 젱이스 칸 말인가?"

세미라의 말을 듣고 오하나와 아이서는 동시에 고개를 끄덕였다.

"신유목민도 알 정도로 유명한 인물이었나?"

오하나가 중얼거리자 세미라는 쓴웃음을 지으며 설명했다.

카자흐어로 '승리'를 뜻하는 젱이스(Zhenis)는 꽤 흔한 이름이었고, 칸(Khan)도 이 일대에서는 흔했다. 하지만 젱이스 칸이라는 이름이 본명은 아니었다. 칭기즈칸을 연상시키도록 자칭한 이름이었다. 그는 야심이 큰 남자였다. 마적으로 시작해서, 독립전쟁으로 치안과 행정이 황폐해진 틈을 타 도시까지 세력을 키운 젱이스는 전쟁 막바지 전투에 참여해서 이후의 살길을 모색했다. 위구르스탄 정부가 설립된 지금도 그는 여전히 황무지에서 마적 떼를 움직이고, 도시에서는 마피아처럼 각종 사업을 굴리며 일대의 지배자 노릇을 하고 있었다. 정부는 이를 묵인했다.

"아하, 지난 범죄는 없던 걸로 치고 말이지?"

오하나가 차를 한 잔 더 따르면서 웃었다. 새로운 이야기는 아니었다. 부당한 질서라도 존재하는 편이 완전한 혼란보다 나을 때가 있다. 예컨대 1990년대, 소련이 무너진 직후의 혼란기에는 오히려 마피아가 장악한 지역이 그렇지 않은 지역보다 치안이 낫기도 했다. 그리고 이런 식으로 치안 유지에 공을 세운 집단은 새로운 질서가 수립되고 나서도 세력을 쉽게 잃지 않았다.

어렸을 때 떠난 고향에 아무 감정도 없는 오하나는 시큰둥하게 말했다.

"그래도 그렇지, 위구르스탄 정부는 마적이 군벌 행세를 하게 둘 정도로 힘이 없는 건가? 견제도 못해?"

"한국은 그런 일이 없던가?"

세미라의 덤덤한 질문에 오하나는 잠시 턱을 긁

었다.

"글쎄, 한국이 독립했을 때는 치안력이 모자라서 친일파 경찰을 그냥 썼다고 들은 거 같긴 하다. 하지만 그거랑 이거는 조금 다르잖아? 어느 쪽이 나쁜지는 잘 모르겠지만."

오하나는 아이서를 흘긋 보고 비아냥거렸다.

"어쨌든 네가 그놈을 만나겠다고 간 건 연이은 충격에 판단력이 떨어졌기 때문이라고 봐야지. 그런 놈을 믿냐."

세미라는 놀라서 눈을 크게 떴다.

"잠깐만, 젱이스를 만나러 갔다고? 둘이 같이?"

"에이, 설마요. 내가 그렇게 앞뒤 못 가리겠어요. 쟤가 날 따돌리고 갔지."

아이서는 이죽거리는 오하나를 쳐다보지 않고 심호흡을 몇 번 하더니 이야기를 계속했다.

아이서는 아크수가 불탄 것이 재교육훈련소 학살 사건 때문이라는 사실을 알고 나서 오하나에게서 도망쳤다. 누가 다칠까 걱정하지만 않았다면 진작에 벌였을 일이었다. 아이서는 먹을 것을 사러 들어간 가게에 사람이 여럿 있을 때를 노려 큰 소리로 비명을 지르고 소동을 일으켰다. 오하나를 가리키면서 이 여자가 사람을 죽였다고, SG 직원이라고, 스파이라고 외쳤다. 앞뒤가 맞는 말은 아니었지만, 이미 공포에 사로잡혀 있던 사람들은 말의 내용보다 아이서의 태도에 반응했다. 몇 명은 도망쳤고, 다른 몇 명은 오하나에게 덤벼들었다.

아이서는 그 틈을 타서 몸을 빼냈다. 그리고 젱이스라는 남자를 만날 방법을 찾으려 했다.

사막의 바다 프로젝트 현장의 사고 이후, 부근에서 발견된 시신들 때문에 상황이 악화된 것은 사실이었다. 그러나 아크수에만 영향을 미치는 일은 아니었고, 당연히 수도인 카슈가르에서 더 큰 시위가 일어났다. 그럼에도 카슈가르에서는 SG 건물이 불타거나 공항이 공격당하지 않았다.

아크수와 카슈가르의 차이는 한 사람에게 있었다. 그게 젱이스였다.

시위가 격해지면서 싸움이 일어나고 유리창이 깨지기 시작했을 때쯤, 그리고 아크수와 SG가 이 사태에 물리적으로 대응해야 할지를 두고 고민할 때쯤, 젱이스 칸이 등장해서 모든 고민을 날려버렸다.

아크수 시내에 총성을 울리고, 공항에 서 있던 화

물기를 파괴한 것은 분노한 시민들이 아니라 젱이스 칸의 마적들이었다. 나중에 나타난 젱이스의 변명에 따르면 이들은 "분노를 못 이겨" "젱이스에게 허락을 구하지도 않고" 달려와서 SG에 보복했다고 했다.

시외의 마적들이 시내에 있던 갱들과 힘을 합쳐 폭력을 휘두르자 시 행정부는 공황 상태에 빠졌다. 그리고 뒤늦게라고 해야 할지, 때를 맞췄다고 해야 할지 그때쯤 도착한 젱이스는 관록을 발휘하여 어쩔 줄 몰라 하는 시 행정부를 손에 넣고 빠르게 혼란을 수습했다. 젱이스는 우선 아크수 공격 선봉에 섰던 측근부터 재빨리 처리하고 대략 이런 내용을 공표했다.

"내 부하들이 섣불리 무고한 시민들에게 피해를 입혔으니 엄중히 처벌했다. 그러나 분노 자체는 정당했다. 외국 기업인 SG가 우리 정부를 무시하고 함부로 힘을 휘두르고 있다. 마치 우리가 무슨 위협이라도 된다는 듯이 외국에서 용병을 들여오더니, 이제는 근처에 있었을 뿐인 내 부하들을 멋대로 죽인 것을 보라. 나는 이 부당함을 바로잡기 위해 일어섰을 뿐이다. 정부가 힘이 없다면 나라도 싸우겠다."

아이서는 오하나에게서 벗어나자마자 이 발표를 듣고 젱이스와 대화를 해봐야겠다고 생각했다. 아크

수에서 파괴 행위를 벌이긴 했지만, 젱이스는 SG와
싸우겠다고 했다. 적의 적은 친구가 아니겠는가. 그리
고 한때 아이서의 선생님이었고 이번에 돌아왔을 때
도 여러모로 도움을 준 유수프도 젱이스를 좋게 이야
기했다. 유수프는 독립전쟁 때 참전했는데, 그때 젱이
스 부대와 함께 싸운 것이 지금까지 인연이 되었다고
했다. 막 고향에 돌아온 아이서는 마적에 대해 잘 몰
랐지만, 정부가 사람을 탄압하고 사람들이 정부와 싸
우고 있을 때는 범죄자의 의미가 달라지기 마련이라
고 받아들였다. 그러니까 유수프가 말하는 사람들이
레지스탕스 같은 존재이리라 이해했다. 아직도 중국
서부 군벌 세력, 일명 서중국과의 경계선은 시끄럽고
위구르스탄 정부는 힘이 없으니 무기를 내려놓지 못
한 사람들이라고 말이다.

　이 대목에서 잠시 오하나가 요란하게 기침을 했
지만 아이서는 무시하고 말을 이었다. 마침 프로젝
트 제3현장 근처 폐건물에서 아이서와 함께 있던 이
들도 유수프 선생님의 소개로 만난 이들이었다. 그때
는 그들이 젱이스의 부하였다는 사실을 몰랐지만, 이
제는 알게 되었으니 더더욱 만나볼 이유가 생긴 셈이
었다.

물론 한 지역을 지배하는 인물을 아무 연줄도 없이 쉽게 만날 수 있을 리는 없었다. 차라리 아크수 시장이나 SG 지사장이 더 쉬웠을 것이다.

아이서는 접촉할 만한 사람을 몇 명 알았다. 위구르스탄에 돌아왔을 때 인연을 다시 이은 먼 친척들도 있었고, 소수의 생태운동가도 있었다. 그러나 그들은 아이서가 마적들과 만나는 것을 탐탁하게 여기지 않았다. 젱이스를 긍정적으로 보는 사람들이라 해도 그랬다.

망설임이 없지는 않았다. 젱이스가 도착해서 질서를 잡았다고는 하지만 그 무리는 시내에서 말 그대로 점령군처럼 굴었다. 총성이 멎고 불도 꺼졌다고 해서 진짜 평화와 질서가 돌아온 것은 아니었다. 사람들은 공포에 질려 숨죽이고 있었다.

그럼에도 아이서는 한 번 더 스스로를 설득했다. 역사상의 어떤 혁명도 당시에는 혼란스럽고 공포스러웠다고, 무고한 사람이 죽는 일도 더러 벌어졌다고, 대의의 깃발을 든 집단이라 해도 완전히 통제되지는 않기 마련이라고 말이다. 아이서에게 사막의 바다 프로젝트는 이 땅에 현 사태보다 더 큰 피해를 입힐 재난이었다. 때로는 더 큰 선을 위해 작은 악은 용인해야지 않을까.

아이서는 말리는 지인들을 뿌리친 채 당당하게 시청으로 직행했고, 신분을 밝히면서 젱이스를 만나게 해달라고 요구했다. 범죄 집단이라 해도 당연히 사람들이었다. 미친 괴물들이 아니었다. 게다가 조직으로서 일정 기간 존재했다면 내부 질서가 있기 마련이었다. 평범한 시민을 재미로 해치지는 않았다. 다만 아이서가 생각하지 못한 점이라면 첫째는 젱이스 조직의 문화였고 둘째는 자신의 특수성이었다.

젱이스는 스스로를 전통에 충실한 민족주의 파벌로 정의했는데, 그 '전통'의 실상이란 유목 문화의 다른 면은 버리고 호전성만 남긴 다음 뒤틀린 이슬람 근본주의와 외세에 대한 배타성을 뒤섞은, 근본 없는 무언가였다. 즉 이슬람의 교리와도, 오래된 유목 문화와도 별 상관이 없으면서 전통을 모든 것의 평계로 삼았다는 뜻이다. 예를 들면 진지하게 기도를 드리지 않았고, 지식을 추구하지 않았으며, 음주를 허용했고, 여성은 바깥일을 할 수 없다고 여겼으며, 새로운 뭔가가 보이면 무조건 서구 문화의 오염이라고 몰아붙이는 식이었다.

하필 아이서는 여성인 데다 외국 문화에 찌들었

고, 무신론자였으며, 생김새도 애매했다. 결정적으로 젱이스가 싫어하는 SG에서 일했으며 그걸 또 자기 입으로 밝혔다.

소식이 젱이스의 귀에 들어가기 전에, 그 밑의 부하들이 먼저 판단을 내렸다. 그들은 아이서를 건방진 여자라고 생각했다.

"그리고 제 발로 걸어 들어온 먹잇감이었겠지."

오하나가 세미라에게 다시 찻잔을 내밀면서 살살 긁는 소리를 했다.

아이서는 세미라에게 변명하듯 말했다.

"이전엔 안 그랬어요. 사막에서 같이 지낸 마적들은 그렇지 않았어요. 겉보기에야 난폭해 보였지만 다들 절 존중하고 이야기도 잘 들어줬어요."

옆에서 오하나가 귀를 후비며, 역시 세미라를 향해서 말했다.

"그거야 경우가 다르지. 그때는 그 선생, 뭐라더라 유수프? 그 사람이 같이 있었을 거 아냐. 나이 많은 남자였겠지. 교사 출신에 참전군인이었다니 집단 안에서 위치도 좋았을 거고, 그 남자가 뒷받침을 해줬으니 여자라도 발언권이 생겼던 거야. 하지만 그런 보호자가 없으면 얘기가 완전히 달라지지."

아이서는 태워 죽이고 싶다는 눈빛으로 오하나를 노려보았다. 오하나는 아랑곳하지 않고 못을 박았다.

"네가 믿고 싶지 않다고 해도 사실이야. 사막에서 너와 같이 있던 놈들도 그 상황이었으면 완전히 다르게 굴었을걸. 심지어 아크수 놈들은 도시를 뒤집어놓고 피에 취해서 흥분한 상태였잖아. 멀쩡해 보이는 사내새끼들도 그럴 땐 얼마나 쉽게 미친다고."

아이서는 입술을 짓씹었다. 세미라는 그저 입을 다물고 한쪽 주전자에서 우려낸 차를 찻잔에 따른 다음 다른 주전자에 담긴 뜨거운 물을 부어 희석시키고, 다시 염소젖과 소금을 섞어서 오하나에게 내밀었다. 아이서는 한입 맛보자마자 질색을 했는데 오하나는 이 지역 전통 방식으로 만든 차를 잘 마셨다.

"실제로 일어난 일은……."

표정이 없어진 아이서가 입을 열었다가 닫았다. 말하기가 힘겨운 모양이었다. 그러나 포기하지는 않았다. 아이서는 느릿느릿 말했다.

"거기, 아크수 시청 1층에 죽치고 있던 남자들은 제 말을 제대로 듣지 않았어요. 저를 위아래로 훑어보며 웃기만 하더군요. 무슨 물건을 품평하는 듯한 눈으로요. 저는 제 말을 듣고 있느냐고 목소리를 높였죠."

스스로가 아는지 모르겠지만 아이서의 목소리는 점점 작아지다가 속삭임이 되었다.

"그러더니 때렸어요. 너무나 가볍고 아무렇지도 않게 손을 휘둘러서, 때리더군요. 그건 제가 지금까지 알던…… 아니, 안다고 생각했던 폭력과는 또 달랐어요. 그 남자는 심지어 진지하지도 않았어요. 건방지다고 한 것 말고는 제게 뭘 요구하지도 않았고 그냥 재미로 그러는 것 같았어요. 그때 저는 충격을 받았던 것 같아요. 기억이 잘 나진 않아요. 하지만 정신없는 와중에 유수프의 이름을 댔던 건 기억해요."

아이서는 잠시 빈 찻잔만 내려다보았다. 세미라는 그 이야기에 빠진 부분이 있다는 사실을 알아차렸지만 잠자코 있었다. 키르기스스탄은 이슬람을 진지하게 받아들였지만, 레닌의 사상도 진지하게 받아들였다. 그와 동시에 유목의 전통 역시 완전히 끊어진 적 없이 이어왔다. 키르기스 여자들은 강인했고, 모두가 말을 탔으며, 세미라처럼 가장의 역할을 하는 경우는 드물지언정 존엄을 잃지는 않았다. 그러나, 어쩌면 그래서 더욱, 그런 폭력이 어떤 것인지 모를 수 없었다.

"유수프라는 이름을 몇 번이나 말했는지 모르겠지만, 누군가가 정말로 유수프의 여자일지도 모르니까 확인해보자고 말렸던 건 기억나요. 그게 아니었으면 얼마나 더 맞았을지, 아니면 다른 일을 당했을지 모르겠네요."

아이서는 그렇게 말하며 갑자기 소리 높여 웃었다.

"세상에, 그게 제일 끔찍했어요. 맞았다는 사실보다도요. 아니, 아마 다른 종류의 끔찍함일 테지만, 돌아보면 그게 제일 수치스러워요. 누군가의 소유물일지도 모른다는 이유로 폭력을 유예받다니. 그 사람들이 절 사람 취급하지 않는다는 게 뼈저리게 느껴지더라고요."

"그렇게 분석해서 말할 수 있는 것만도 대단한 일이야."

세미라는 아이서에게 염소젖을 섞지 않은 차를 새로 따르며 그렇게만 말했다. 찻잔을 받는 아이서의 손이 부들부들 떨리고 있었다. 그때까지 조용히 있던 오하나가 짐짓 쾌활하게 두 팔을 벌렸다.

"그리고 쟤가 울고 있을 때 짜잔, 하고 내가 등장하지."

누군가가 유수프의 여자일지 모르니 확인해보자고 한 후, 아이서는 대충 묶여서 시청 어느 방에 감금

당했다. 그 상태로 시간이 얼마나 지났는지 몰랐다. 갑자기 덜컹 소리가 나더니 천장의 환기구를 열고 나타난 오하나가 거미처럼 줄을 타고 내려왔다. 아이서는 놀라서 말도 못 하고 딸꾹질만 연거푸 했다. 손이 묶여 있지 않았다면 손가락질도 했을 것이다.

상황에 비해서는 코믹한 재회였다. 오하나는 느긋하게 바닥에 내려서서 허리를 두들기며 스트레칭부터 했다.

"아이고, 삭신이야. 역시 늙긴 늙었나 보다. 반나절 정도 몸을 구기고 있었다고 이렇게 힘이 드냐."

아이서는 입만 뻐끔거리다가 간신히 목소리를 찾아서 물었다.

"여긴 어떻게, 무슨 수로, 언제부터, 봤어? 기다린 거야?"

질문이라기에는 엉망진창이었지만 오하나는 대충 알아듣고 쯧쯧 혀를 찼다.

"설마 했는데 정말로 여길 올 줄은 몰랐다. 순진하긴, 지금까지 얼마나 곱게 살았기에 대가리가 그렇게 꽃밭이야?"

오하나는 물론 아이서가 벌인 소동에서 잘 빠져나왔지만, 아이서의 종적은 놓쳤다. 그 시점에서 아이서를 포기할 수도 있었다. 그러나 그것은 프로의 자존심 문제이자 신용 문제였다. 내내 쌓인 피로 때문에 머리가 잘 돌지 않는다는 점을 인정한 오하나는 일단 모든 일을 내려놓았다. 푹 자고 나서 추적을 재개했다. 아크수에서 아이서가 접촉한 사람을 여러 명 파악해놓은 후였다. 그들을 다시 확인해보니 아이서가 무슨 생각을 하는지 알아낼 수 있었다.

하지만 아이서가 무작정 젱이스를 만나러 가리라고는 예상하지 못했다. 오하나가 아크수 시청에 잠입해서 염탐한 건 다른 실마리가 없어서, 정확히 아크수에서 무슨 일이 벌어진 건지 알아보기 위해서였다. 그러다 보니 아이서가 들어서는 것을 보았고, 그 후에 일어난 일도 보았다.

오하나는 얻어맞고 울어서 부은 아이서의 얼굴을 무감하게 내려다보며 물었다.

"자, 어떻게 할래?"

아이서는 바로 이해하지 못했다.

"날 따라갈래, 아니면 여기서 기다렸다가 이놈들이 어떻게 나오나 볼래?"

잔인한 질문이었다. 뻔히 상황을 다 알면서 항복 선언을 요구하다니, 아이서는 그 순간 정말로 오하나를 죽여버리고 싶었다. 그러나 오하나는 진지했고, 나름의 논리적인 이유도 있었다.

"괜히 하는 소리 아니야. 이 녀석들이 일 처리는 허술할지 몰라도, 싸움을 못진 않아. 여기 숨어드는 것까지는 어렵지 않았지만 널 데리고 아크수 바깥으로 도망치는 건 다른 얘기라고. 심지어 지난번처럼 네가 작정하고 훼방을 놓으면 매우 곤란해. 그러니까 네 판단으로 나한테 협조해야 한다고."

아이서는 숨을 크게 들이마시며 마음을 안정시키려고 했다. 오하나는 재촉하지 않고 참을성 있게 기다렸다. 아이서는 한 번 더 숨을 크게 들이마셨다가 한참 만에 내쉬면서 말했다.

"따라갈게. 이놈들한테서 도망치는 동안엔 최대한 협조하겠어."

"그렇게 나와야지."

만족한 오하나는 결박을 끊고, 아이서의 손발을 거칠게 문질러 혈액 순환을 도운 후에 통째로 들어 올렸다. 아이서는 얼떨떨한 상태로 먼지 가득한 환기구에 기어 들어가야 했다. 바로 뒤에서 오하나가 명랑하게 말했다.

"그래도 옛날식 환기구가 있는 건물이라 다행이지

뭐냐. 아, 거기서 오른쪽이야. 가다 보면 구멍이 나올 테니 내려가."

환기구는 청소 도구가 가득한 다용도실로 이어졌고, 오하나는 그 방에서 이것저것을 찾아내어 아이서에게 입히고 씌워 청소부처럼 꾸몄다. 마침 저녁때가 가까웠다. 둘은 생각보다 쉽게 그 건물에서 빠져나올 수 있었다.

그다음부터는 쉽지 않았다.

오하나가 묵었던 곳으로 돌아가서 짐을 꾸리고 차를 훔쳐내려는 사이, 검문검색이 시작됐다. 난폭하기는 해도 허술하던 마적들이 갑자기 군기가 바짝 들어서 시내를 뒤지기 시작했다. 좋지 않은 변화였다.

밤을 보내고 혼자 상황을 알아보러 나갔던 오하나는 조금 난감한 얼굴로 돌아왔다.

"아무래도 네 선생이 도착한 모양이야."

유수프가 정확히 무슨 말을 했는지는 몰라도, 그의 도착 이후 젱이스가 무슨 지시를 했는지는 확실했다. 마적들은 놓쳐버린 아이서를 찾고 있었다. 둥근 얼굴, 많이 타지 않은 피부, 삼십대 여성, 멍들어서 부었을 상태까지 알려져 있었다.

"게다가 널 때렸던 놈 있지? 그놈도 수색조에 합류

했는데 다리를 절뚝이더라. 징계라도 받은 거 아닐까?"

아이서는 의심스러운 눈으로 오하나를 보았다.

"뭐 하러 그런 것까지 나한테 알려주지? 내가 다시 마음을 바꾸면 어쩌려고?"

"그렇다고 숨길 일도 아니잖아. 그러다가 우연히 알게 되면 더 위험하지. 어차피 우리 합의를 어길 거라면, 그걸 내가 말해주든 말든 어길 거 아냐."

오하나는 시원시원하게 말하고는 화제를 바꿨다.

"그보다 궁금해지는데? 유수프가 뭐라고 했길래 젠이스가 널 이렇게 열심히 찾는 걸까. 그놈들에게 네 가치가 뭐길래?"

"나에 대한 신의를 지키기 위해서 찾는다고는 생각 안 해?"

"널 찾아서 사과하려고 이런다고? 설마."

오하나의 답에 아이서는 짜증스레 물었다.

"그래서, 어떻게 하자는 거야? 어차피 날 얌전히 그놈들한테 넘길 생각은 아닐 거 아냐. 우린 어떻게 도망쳐야 하는데?"

경로를 생각하고 있던 오하나는 선뜻 대답했다.

"동쪽으로 달려야겠어. 아예 당당하게 치고 나가자."

동쪽은 원래 오하나가 생각했던 방향이 아니었다.

원래는 서쪽, 카슈가르 방향으로 가려고 했다. 아크수 동쪽에 카자흐스탄과 바로 연결되는 이리 지역이 있기는 했지만, 그곳까지 가려면 높은 산맥을 피해서 빙 도느라 서중국 국경 근처까지 가야 했다. 타림분지 동쪽의 대표 도시인 우루무치와 투르판은 지금도 위구르스탄이 아니라 서중국 땅이었고, 그보다 서쪽에 있는 유전 도시 코를라는 지난 몇 년간 양쪽을 오가다가 지금은 서중국 영역에 남아 있었다. 분쟁이 멈추지 않는 경계선에 진입하는 것은 별로 선호할 만한 선택지가 아니었다.

그러나 지금은 바로 그 점이 그쪽으로 갈 이유가 되었다. 한두 명의 민간인이 국경선에 접근했을 때 위험한 정도라면, 무장한 마적 무리가 접근했을 때는 전쟁 선포나 다름없었다. 그러니 젱이스 조직도 동쪽으로 오래 추적하지는 않을 거라는 계산이었다.

오하나는 가장 좋은 차를 훔쳐내어 호쾌하게 출발했다. 너무 당당해서 아크수 시내를 벗어날 때까지 아무도 막지 않을 정도였다. 시를 완전히 벗어나기 전에 검문에 걸렸지만, 계획한 대로 바리케이드를 밀어버리고 계속 달렸다. 아크수에서 분쟁 지역인 코를라까지는 550킬로미터였다. 코를라까지 가기 전에 마적들을 따돌리고 북쪽으로 방향을 틀 작정이었다.

세미라는 슬슬 이야기의 패턴을 알 것 같았다.

"그런데 그 계산이 어긋났겠군."

"어긋났지."

진한 차를 벌써 세 잔이나 마신 오하나는 푹신한 쿠션에 기대 누워서 허공을 향해 두 손을 파닥였다.

"정말 은퇴할 때가 된 건지, 이번에는 예상을 빗나간 일이 너무 많았어. 그놈들이 아이서를 그렇게까지 찾고 싶어 할 줄은 몰랐지."

오하나는 아직까지 젱이스 조직에게 들키지 않았다. 아크수를 탈출할 때도 누구 하나 죽이지 않았다. 그러니 오하나가 복수의 대상이 되었을 리는 없고, 마적들이 집요하게 추적하는 건 아이서였다.

오하나는 찜찜한 얼굴이었다.

"이유는 아직도 잘 모르겠지만 말이지."

아이서는 오하나를 흘겨보고는 세미라를 향해서 말했다.

"저도 그…… 게릴라들에게 뭔가 이득이 있으니까 제 말을 받아들였을 거라고 생각했어요. 이 지역에 이미 반SG 감정도 상당히 쌓여 있었고, 프로젝트 현장에서 챙길 수 있는 물건도 많으니까, 그런 거라고 생각했죠."

"나도 걔들이 소규모 마적이거나 어중이떠중이 찌끄레기 모임인 줄 알았을 땐 그 정도로 가볍게 생각했지. 하지만 젱이스의 부하들이라면 좀 그렇잖아. 부하들이 멋대로 움직였다는 변명도 한두 번이지, 이 정도로 기강을 못 잡는다면 이 조직 망했습니다, 하는 거랑 다를 게 없거든. 한 나라를 먹고 싶어 하는 놈 치고는 너무 형편없는 행보지……. 물론 그런 형편없는 야심가도 흔하긴 하지만."

오하나가 중얼거리자 아이서는 잠시 멍청한 얼굴이 되었다.

"젱이스가 위구르스탄을 먹고 싶어 한다고?"

"마적에서 군벌이 된 놈이 외적 앞에서 정부가 힘이 없네, 어쩌고 운운하면서 무력을 휘두르는 건 사실상 쿠데타잖아? 당연히 아크수에 그치지 않고 통째로 먹겠다는 욕심이 있겠지."

아이서가 얼이 빠져 있는 사이 세미라가 오하나의 말을 받았다.

"그건 나도 같은 생각이네. 분명히 젱이스는 위구르스탄의 지배자가 되고 싶어 해."

오래전 일이었지만 세미라는 행정 일을 경험했고, 정치와 행정 분야 사람들의 사고방식을 조금은 알았다. 세미라의 분석은 이랬다.

정치가들에겐 언제나 사람들을 현혹하고 결집시킬 만한 명분이 필요했다. 투표로 선출되는 이들은 물론이고 독재자라 해도 크게 다르지 않았다. 경제 발전, 나라의 부흥, 완전한 독립, 새로운 시대, 영광스러운 과거의 부활 같은 것들. 이데올로기도 잘 먹히지만, 대체로 그 이데올로기 역시 먹고사는 문제가 뒷받침되어야 했다.

현 위구르스탄 정부가 대기업 SG와 손을 잡은 것도 그래서였다. 거대한 건설 프로젝트를 유치해서 돈을 벌 수 있었고, 심지어 그 프로젝트에 지구 전체를 위한다는 대의까지 있었으니까. 반면 젱이스는 그 기업이 오히려 우리를 못살게 하는 주범이라는 카드를 만지작거리고 있는 셈이었다. 그러나 그것으로 충분할까?

"단순히 반기업 감정을 부추기는 정도로는 부족해. 젱이스에게도 SG를 대신해서 사람들에게 내밀 뭔가가 필요할 거야. 본인 생각인지, 참모 누군가의 생각인지는 몰라도."

세미라는 과거 아이서의 선생님이었다는 유수프가 그런 참모 역할이 아닐까, 하고 생각했다. 뒹굴거리며 듣던 오하나는 그 말을 의심스러워했다.

"흐음, 그렇다고 얘를 내세워서 써먹을 만한 뭐가 있나? 그런 이유가 있다고 쳐도 국경 충돌까지 불사하는 건 오버 같은데. 난 잘 모르겠네. 실은 하도 열심히 쫓아오길래 젱이스가 뒤에서 SG와 손잡고 화해 선물로 아이서를 넘겨주기로 했나, 같은 생각도 했어."

그때까지 멍하게 있던 아이서가 파르륵 살아났다.

"잠깐만, 젱이스가 SG와 손을 잡다니, 그게 말이 돼?"

"흔한 이야기잖아? 내가 이제까지 본 독재자들은 대개 대기업과 싸우는 척하다가 뒤로 돈 받고 그랬거든. 무기도 사야 하고, 돈은 늘 필요하니까."

"그렇게 생각했다면 왜 그렇게 열심히 도망친 거야? 당신 목적도 SG에 날 넘기는 거잖아."

"그야 당연한 거 아닌가? 걔들이 널 잡아다 넘기면 나는 의뢰비를 온전히 못 받아."

오하나의 망설임 없는 대답에 잠시 침묵이 내려앉았다. 오하나는 그러거나 말거나 경쾌하게 두 손을 맞부딪치고 다시 말했다.

"아무튼, 우리를 쫓아온 멍청한 놈들이 바보짓을

했다고 쳐도 윗선의 누군가가 너를 꼭 찾아오라고 한 건 확실해. 너한테 뭐가 있길래 이렇게 열심히 찾는지는 너도 생각을 더 해봐라. SG가 갖고 싶어 하는 정보라면 다른 곳에서도 갖고 싶어 할 수 있으니까. 그게 네가 거래할 수 있는 무기가 될지도 몰라."

아이서는 그런 게 있었나, 하고 생각에 빠져서 허공을 보다가 몸을 빙글 돌려서 오하나와 눈을 마주쳤다.

"그런데 이런 조언을 해주는 이유가 뭐야? 이젠 날 돕겠다는 거야?"

오하나는 왜 그런 걸 묻느냐는 얼굴을 했다.

"처음부터 말하지 않았나? 나도 네가 옳다고 생각한다고. 네가 SG와 잘 싸웠으면 좋겠다고도 생각해."

"그럼 왜 SG와 싸울 생각은 하지 않지?"

"우선, 난 못 이길 싸움은 안 해. 그리고 대기업 놈에게 한 방 먹인다 한들 세상이 별로 달라질 거라고 생각하지도 않아. 얼굴만 바뀔 뿐이지, 또 비슷한 놈이 세상을 말아먹겠지. 젱이스만 봐도 그렇잖아?"

"허, 그러면서 나보고는 잘 싸웠으면 좋겠다고?"

"너는 나처럼 생각하지 않으니까. 뭐라도 이룰지 모르지."

"한국으로 끌고 가진 않겠다는 뜻이야?"

"그건 아니지. 한국에 가더라도 계속 싸울 기회는 있을 거라 이거야."

"뭘 어떻게 하라는 거야? 일단 한국에 들어가면 내가 다시 나올 기회가 있을 것 같아?"

"야, 야, 넌 아직 젊어. 지금은 방법이 없어 보이 겠지만 일단 죽지만 않으면 뭐든 길이 생기게 되어 있어."

오하나는 자신의 말과 행동에서 아무런 모순도 느끼지 못하는 것 같았다. 아이서는 씩씩거리면서 잠시 숨을 골랐다. 말이 나온 김에 제대로 부딪쳐보겠다는 기세였다.

그 순간 세미라가 끼어들었다.

"그래서, 아크수를 벗어난 후에 어쩌다가 낙타 한 마리만 끌고 이 산을 오르게 된 건가? 분명히 둘이서 차를 타고 달아났다고 했던 것 같은데."

그러자 긴장이 깨졌고, 오하나와 아이서는 세미라 에게로 다시 시선을 돌렸다.

운전대를 잡은 오하나는 젱이스 조직이 3012번 도로에 막 설치해놓은 엉성한 검문소 바리케이드를 부수고 동쪽으로 달렸다. 200킬로미터 정도 달리고 나면 북쪽으로 갈라지는 도로가 나왔다. 그 전까지는 따라오는 놈들을 뒤에 달고 확실하게 동쪽으로 향하는 모습을 보인 후에 북쪽으로 방향을 틀 작정이었다.

초반은 순조로웠다. 아니, 싱거울 정도였다. 바리케이드를 부수고 나가자마자 따라오던 몇 대의 차와 바이크는 대부분 오하나가 모는 차보다 성능이 떨어졌고, 나름 열심히 뒤쫓다가 나가떨어졌다. 그 단계에서 어려운 부분이라면 위협사격을 잘 피해가며 도로를 달리는 것 정도였다. 100킬로미터쯤 갔을 때는 그들을 멀리 따돌린 덕분에 잠시 차를 세우고 휴식까지 취할 수 있었다.

그러나 북쪽으로 방향을 꺾기 전 오아시스가 나타날 무렵에 다시 추격 차량이 나타났다. 심지어 앞쪽에서 튀어나오는 바람에 까딱하면 그대로 포위망에 걸려들 뻔했다. 근처 마을에도 젱이스의 부하들이 있었던 모양이었다.

"어쩐지 빨리 없어지더라니."

오하나는 혀를 차면서 아이서에게 운전을 맡기고 가까이 붙은 차들의 바퀴를 터뜨렸다. 상대가 이쪽을 산 채로 잡아가려는 이상, 괜히 놈들을 죽여서 복수심에 불을 지필 생각은 없었다. 그러나 추격만 저지한다는 건 투척용 칼을 회수할 수 없다는 점에서 피눈물 나는 지출이기도 했다. 바퀴가 터지면서 균형을 잃고 도는 차에 부딪히지 않기 위해서도 집중력이 보통 필요한 게 아니었다. 아이서 혼자는 역부족이라 오하나가 옆에서 한 손으로 핸들을 같이 붙잡기도 여러 번이었다.

결국 그들은 북쪽으로 산을 오르는 도로를 타지 못하고 계속 동쪽으로 달렸다. 마적들은 없어진 듯했다가 다시 나타나고, 잠시 쉬다 보면 또다시 나타나서 그들의 신경과 체력을 갉아먹었다. 비포장길에서 추격당하면 도망치기가 더 힘들 수 있으니 도로에서 벗어날 수도 없었다. 몇 번인가 아이서가 교대하긴 했지만, 대부분의 운전과 공격을 감당한 오하나는 눈에 핏발이 섰다. 피곤한 추격이 반복되다 보니 어느새 투척용 칼도 떨어졌다.

그들은 결국 코를라의 전진 기지가 가까워질 때까지 계속 도로를 달렸다.

코를라는 석유 때문에 생긴 신도시였지만, 당나라 때 북방 유목민으로부터 실크로드를 지키기 위해 철문관이라는 요새를 두었던 곳이기도 했다. 지금도 그 이름을 딴 톄먼관이라는 전진 기지가 도시 외곽에 있었다. 그 군사 기지의 사정거리에 들었는데도 추격대는 차를 돌리지 않았다.

"저것들은 국경이 있다는 것도 까먹었나."

오하나는 단내 나는 입으로 욕설을 뇌까렸다. 서중국 수비대 앞에 정통으로 뛰어들고 싶지는 않았다. 그러나 이제 남은 방법은 그것 아니면 돌아서서 추격대와 싸우는 것뿐이었다.

정면에서 총탄이 먼저 날아왔다.

오하나는 신들린 솜씨로 차체를 틀어 첫 총격을 뒤에 따라오던 마적에게 돌리는 데 성공했다. 그러나 결과는 좋지 않았다. 앞쪽 바위 사이로 말을 몰고 나온 서중국 수비대가 총을 쏘자 뒤에서 오던 마적들도 급히 차를 세우고 총을 쏴대기 시작했다. 순식간에 생긴 전선에 낀 오하나는 오가는 총알을 다 피할 수 없었다. 곧 차가 정지했다.

오하나는 급하게 아이서를 밀어내고 차에서 뛰어내려 바닥을 기었다. 총소리, 자동차 엔진 소리, 헛도는 바퀴 소리, 말들의 울음소리, 사람들의 욕설 소리로 시끄러웠다.

그 와중에도 오하나는 정작 마적들이 말을 타지 않고, 중국 수비대가 말을 탄다는 게 조금 웃겼다. 그 생각은 코를라 수비대에게 보급 상황이 원활하지 않을지도 모른다는 생각으로 이어졌다. 그렇다면 공중 지원은 없을 테니 다행이었다.

낙타들만 먹을 수 있는 가시 돋친 소소초 사이를 기어가려니 드러난 살갗은 물론이고 옷 안쪽으로도 상처가 생기는 것을 피할 수 없었다. 게다가 아이서는 바닥을 기어 이동하는 훈련 같은 것을 받아본 적이 없었다. 힘들어서 자꾸 고개를 들거나 몸을 세우려 하는 것을 계속 옆에서 오하나가 눌러야 했다. 두 사람은 영원 같은 시간을 보내고서야 겨우 전장을 벗어나 바위 뒤로 몸을 숨겼다.

아이서가 벌게진 얼굴로 헉헉거리며 흙을 터는 사이 오하나는 멀리 전장을 관찰했다. 소규모 교전이 끝나서 양쪽이 갈라지면 다시 가서 쓸 만한 물건을 털어 오고 싶었다. 그러나 계획된 교전이 아니었던 만큼 상황은 혼란스러웠다. 잠잠해지려면 오래 걸릴 것 같았다.

오하나는 단념하고 걷기 시작했다. 걷다 보면 민가든 도로변의 휴게소든 나오리라는 생각이었다. 그러나 지난 몇 년간 서중국과 위구르스탄 사이를 오가며 전투를 경험한 코를라 인근은 생각보다 더 황폐해져 있었다. 철문관 바깥의 인가는 모두 불타거나 버려진 상태였다.

10월에도 낮에는 햇살이 뜨거웠는데 해가 지자 기온이 뚝 떨어지면서 추워졌다. 그들은 버려진 건물에서 잠시 쉬었다가 새벽같이 다시 움직였다. 둘 다 몸에 지니고 있던 물통 말고는 물이 없는 게 제일 큰일이었다. 오하나가 이대로 체력을 낭비하느니 차라리 중국 측 병력을 찾아서 한국인이라는 점을 호소해봐야 하나 고민하고 있을 때, 차바퀴 소리가 들렸다. 오하나는 낮은 벽 뒤로 빠르게 몸을 숨겼지만 아이서의 반응이 느렸다.

히치하이크를 시켜줄 인심 좋은 시민이길 기대하는 건 양심 없는 짓이었다. 수비대와의 충돌에서 무사히 빠져나왔는지, 아니면 처음부터 벗어나 있었는지 모르겠지만 버려진 민가 쪽으로 달려오는 지프차는 운전부터 거칠었다. 차창 밖으로 고개를 내민 남자가 아이서를 보고 대뜸 욕지거리하면서 총을 겨눴다. 아이서는 총구가 정확하게 자신을 향한 것을 보고 몸이 굳어버렸다.

오하나는 반사적으로 움직였다.

투척용 칼은 추격해 오던 마적들의 자동차를 저지

할 때 다 써버렸다. 총은 원래 쓰지 않았다. 만약의 만약에 대비한 무기도 있긴 했지만 그걸 쓸 상황은 아니었다. 남은 무기는 몸 자체밖에 없었다.

달리는 차 한 대와 그 안에 탄 남자 여섯 명을 단번에 해치울 수 있는 방법은 그 차체를 방해물이자 공격 무기로 활용하는 것이었다. 그래도 이미 총을 쏘기 시작한 남자는 따로 처리해야 했다. 오하나는 남보다 빠르게 움직일 수 있는 아주 짧은 시간을 둘로 쪼갤 작정이었다. 처음 절반의 시간에는 창밖으로 몸을 내민 남자의 팔을 잡아 꺾으면서, 동시에 그 남자를 지렛대 삼아 두 다리로 지프차 아래쪽을 걷어차 올렸다.

우선 한 명을 처리하면서 차를 뒤집는 데까지 성공하자, 오하나는 지프차가 바닥에 내려앉기 전에 바로 다시 움직여서 나머지 다섯 명을 끝내려고 했다. 세 명의 목을 꺾기까지는 문제가 없었다. 그러나 그 직후 몸 어딘가에서 뚝 하고 뭔가가 끊어지는 느낌이 났다. 실제로 어디가 부러진 것은 아니었지만 그렇게 느꼈다. 다리가 끊어졌다, 라고.

그런 상태로 창 안에 손을 넣어 운전자의 목을 부러뜨린 것이 마지막이었다. 이미 죽은 자들의 반사적인 움직임 때문에 차 안에 총성이 마저 울리고, 지프

차가 땅에 내려앉고, 그 반동으로 인해 오하나도 내동 댕이쳐졌다.

그동안 아이서가 인지한 것은 시끄러운 소리와 정 신없는 움직임, 흙먼지, 그리고 비명이 다였다.

귀를 막고 주저앉아 있던 아이서가 겨우 일어났을 때는 정적이 내려앉은 후였다. 깊이 파인 바큇자국 양 옆으로 몇 명이 구겨진 빨래처럼 떨어져 있었고, 지프 차는 창문이 다 깨진 채로 뒤집혀 있었다. 안에도 사 람이 있는 것 같기는 했는데, 움직임은 없었다.

오하나는 지프차 옆에 쓰러져 있었다. 아이서가 조심조심 다가가자 누운 채로 눈을 굴려 아이서를 쳐 다보았다. 바로 일어나지는 못했다.

"다쳤…… 다쳤어? 총에 맞았어?"

아이서는 물었다. 오하나는 고개를 흔들고는 두 팔을 천천히 움직였다. 상반신도 살짝 일으켰다가 다 시 누웠다.

"고장 난 거 같다."

"못 움직이겠어?"

"다리는."

아이서는 잠시 고민하는 것 같더니 툭 물었다.

"기다리면 나아질까?"

오하나는 어깨만 으쓱였다. 상반신은 움직일 수 있으니 팔로 몸을 끌 수는 있겠지만 오래 그럴 수는 없었다.

돌이켜보면 모래폭풍을 정면으로 마주했고, 며칠간 쉬지도 못한 만큼 날아든 모래를 그때그때 씻어내거나 손질할 틈이 없었다. 몸에 쌓인 피로도 좋은 영향을 미치지는 않았을 것이다. 총기를 꼬박꼬박 손질하고 자동차를 정기적으로 정비해야 하듯이 기계를 제대로 움직이려면 관리를 잘해야 하는 법이었다. 안 그래도 관절 부품 몇 개는 마모가 심해서 이번에 돌아가면 교체하려 했었다. 그런 상태로 지프차를 걷어차서 엎는 무리한 짓을 했으니…….

오하나가 스스로의 상태를 분석하는 사이 아이서는 지프차 옆에 서서 어떻게든 그걸 다시 뒤집을 방법이 있을까 궁리하는 것 같더니 안에서 물통과 건량과 권총을 꺼냈다. 아이서는 그 물건들을 야무지게 챙겨 들고 말도 없이 걷기 시작했다.

오하나는 그 뒷모습을 노려보았다.

욕을 하고 싶기는 한데, 딱히 아이서에게 뭐라고 할 말은 없었다. 열받지만 이해가 가는 결단이었다. 서로 입장이 바뀌었다면 모를까, 아이서가 오하나를 둘러메고 움직일 방법은 없었다. 아이서는 협력해서 같이 도망치자는 약속을 여태껏 잘 지켜줬다. 오하나에게 그 이상을 해줄 이유는 없었다.

"야, 물이라도 좀 놓고 가지?"

아이서 뒤에 대고 중얼거리기는 했지만 이미 들리지도 않을 거리였다.

오하나는 몸을 뒤집어서 두 팔로 다리를 끌며 자동차 그림자 속으로 기어들었다. 지프차 안을 마저 뒤져서 남은 물도 조금 마셨다. 그리고 모래를 퍼서 햇빛에 노출된 몸을 덮어놓고 잠시 눈을 감았다.

일단 쉬고 나서 어떻게든 몸을 수리할 방법을 찾아야겠다는 생각이었건만 기절하듯 잠들어버렸다. 오하나는 누군가의 발에 옆구리를 툭 차이고 나서야 눈을 번쩍 떴다.

잠시 헛것을 보나 싶었다.

"뭐야, 죽었어?"

아이서가 오하나를 내려다보고 있었다. 이건 지금까지 일어난 모든 예상 밖의 일보다 더 예상치 못한 일이었다.

심지어 아이서 혼자가 아니었다. 뒤에 낙타가 한 마리 있었고 사람도 두 명 같이 있었다. 왜 다시 돌아왔는지, 처음부터 도와줄 사람을 찾으러 간 거였는지 같은 말들은 오하나의 입 밖으로 나오지 못했다. 아이서가 권총으로 두 남자를 위협해서 오하나를 낙타에 태우라고 하는 모습을 보니 하려던 말이 쏙 들어갔다.

"이야, 낙타도 훔치고 총으로 사람 위협도 하고, 발전이 정말 빠른데? 훈련만 받으면 나보다 나은 용병이 되겠어."

말이 떨어지기가 무섭게 아이서는 총을 쥔 채 어쩔 줄 몰라 했다. 낙타에 오하나를 태운 후 그 남자들을 어떻게 할지는 생각하지 않은 모양이었다. 오하나는 쓴웃음을 짓고는 팔을 길게 뻗어 두 남자의 목덜미를 쳐서 기절시켰다.

아이서는 오하나를 태운 낙타를 끌고 무작정 초록색이 보이는 방향으로 걸었다. 초록색이 있다면 생명이 있고, 물이 있을 것이라는 판단에서였다.

"그 초록이 이렇게 멀 줄은 몰랐죠. 세미라 씨를 만나지 못했다면 죽었을 거예요."

이야기가 끝나자 세미라는 아이서의 얼굴을 뚫어져라 보았다. 아이서는 아직도 얼룩덜룩한 멍이 가시지 않은 얼굴을 만졌다.

"제 얼굴에 뭐 묻었어요?"

"그러니까 아이서가 오하나 씨 목숨을 구한 거군. 안 그럴 수도 있었는데 말이야. 오하나 씨를 미워하지 않았나?"

아이서는 유르트 천장을 보면서 한숨을 내쉬었다.

"그대로 버려두고 가면 분명히 죽을 거라고 생각했죠."

세미라가 끈기 있게 기다리자 아이서는 스스로도 어이없다는 듯이 고개를 저으며 말을 이었다.

"차라리 그 생각을 안 했으면 괜찮았을 텐데, 생각하니까 기분이 너무 안 좋더라고요. 게다가……."

"게다가?"

"그렇게 된 게 저 때문인 걸 알고 있었으니까요. 그 차가 나타났을 때 저 사람은 바로 숨었어요. 저는 멍청하게 서 있었고. 아마 저 인간이 끼어들지 않았다면 저는 그대로 총에 맞았겠죠. 그걸 알면서 외면할 순 없었어요."

비스듬히 누워 있던 오하나가 명랑하게 박수를 쳤다.

"미운 인간이라도 생명을 구해준 은혜는 갚는다니, 훌륭한 인격이라니까. 비겼다고 하기엔 아직 내가 구해준 횟수가 좀 더 남아 있지만."

아이서는 그런 오하나를 쳐다보기도 싫다는 듯 세미라를 보고 말했다.

"저 인간은 아무것도 나아지지 않을 거라고 말했지만 저는 그렇게 생각하지 않으니까요. 정말로 그렇게 믿는다면 뭐 하러 계속 사는데요? 계속 살 거라면 뭔가를 믿어야 해요. 인간의 선의를 믿고, 희망을 믿어야 한다고요. 지금도 우리는 세미라 씨 덕분에 살아 있잖아요!"

"아니, 자꾸 믿음에 대해 이야기하지 말자고. 뭘 믿느냐와 어떻게 사느냐는 꼭 일관되지 않는 법이거든. 그리고 나에게도 중요한 건 있어. 난 무엇보다 내 일이 중요해. 명성이 중요하고, 신용은 프리랜서의 생명이야. 의뢰받은 걸 뒤집을 수는 없어."

아이서는 여전히 이해되지 않는다는 얼굴이었지만 세미라는 오하나의 말을 알 것도 같았다.

오하나의 나이에 현장에서 싸우는 용병은 거의 없었다. 대개 그 나이면 관리직이거나 은퇴를 했다. 그러나 오하나는 관리직이나 가르치는 자리에 들어가지 않았다. 여전히 막대한 돈이 드는 신체를 유지했고, 그 신체를 유지하기 위해 위험한 일을 하며 살았다.

독립적으로.

그건 쉽게 되는 일이 아니었다.

세미라가 안타까운 마음으로 차를 한 모금 마시는 사이 아이서는 못 본 체하던 것도 잊고 고개를 돌려서 오하나를 향해 말하고 있었다.

"그게 원하는 대로 사는 게 맞긴 해? 뭐든지 수지타산을 따지고 모든 것을 돈에 따라 결정하는 게 과연 자유이긴 하고?"

오하나는 입이 찢어져라 하품을 하더니 느릿느릿 말했다.

"이 세상에 완전한 자유라는 게 있긴 한가? 이런 세상이라도 뭔가를 믿어야 한다며. 나는 사람도, 이상도 믿지 않지만 살아가는 데 기준은 있어야 한다고 생각해. 그게 나에게는 직업 윤리이고 원칙이야."

계속 말해봐야 평행선일 것도 분명했지만 오하나가 연신 하품을 하며 말하니 진심 같지가 않았다. 아이서는 씩씩거리다가 벌떡 일어나서 문을 젖히고 나갔다.

세미라는 침착하게 찻잔을 정리했다. 아이서가 마음을 가라앉히고 돌아왔을 때, 오하나는 잠들어 있었다. 세미라는 들어서는 아이서의 팔을 잡고 짐 꾸러미를 안겼다.

"왜…… 무슨 일이에요?"

"곧 내 딸이 말을 몰고 올 거야. 그 말을 타고 떠나게. 아니, 말을 몰 줄 모른다는 건 알아. 내 딸이 태워줄 테니까 중간에 트럭을 만나면 그걸로 바꿔 타고 계속 가면 돼."

아이서는 엉거주춤하게 서서 세미라를 보았다. 이해하지 못하겠다는 눈빛이었다. 아이서의 고개가 오하나에게 향했다. 조용히 코 고는 소리만 들려왔다. 오하나는 깊이 잠들어 있었다.

"오하나 씨는 푹 자고 내일 일어날 거야."

말뜻을 이해한 아이서의 얼굴에 경악한 빛이 떠올랐다.

"재운 거예요? 세미라 씨가? 우리가 마신 차…… 염소젖에 뭘 넣은 거였어요? 어쩐지 세미라 씨도 차를 전통식으로 마시지 않는구나 생각하긴 했지만!"

"그냥 수면제를 탔을 뿐이야. 아무 문제 없을 거라네. 저 몸이 약에 어떻게 반응할지 모르다 보니 조금 세게 타긴 했지만."

아이서는 경계의 날을 세우고 주춤주춤 물러섰다.

"이건 뭐죠. 또 내가 모르는 무슨 첩보전이었어요?

세미라 씨는 누구 편인데요?"

"나야 네오노마드지. 생태해방전선에 친구를 둔."

생태해방전선이라는 말을 듣자 그제야 아이서의 얼굴이 조금 밝아졌다. 세미라는 지금까지 이런저런 일을 겪고도 여전히 상대의 말을 바로 믿는 아이서를 보며 조용히 미소 지었다.

"어떤 길이 옳은지까지는 나도 모르겠지만 SG에 잡혀가게 내버려둘 순 없지. 얼른 떠나. 가서 자네 싸움을 계속해."

아이서는 돌아서서 나가려다 말고 머뭇거렸다.

"고맙습니다. 그렇지만 저 인간이 깨어나면 괜찮을까요?"

세미라는 확신을 가득 담아서 대답했다.

"아, 오하나 씨는 날 귀찮게 하지 않을 거야. 그 점은 걱정하지 않아도 돼."

세미라는 오하나가 깨어날 때까지 옆을 지켰다. 아이서가 떠나고 하루가 꼬박 지날 때까지였다. 수면제를 과하게 썼나 걱정스러울 정도로 긴 잠이었다. 그러나 정작 깨어난 오하나는 늘어지게 기지개를 켜더니 세미라를 흘긋 볼 뿐 놀라지도 화를 내지도 않았다. 그저 밀린 잠을 실컷 잤다는 듯한 태도였다.

세미라는 어기적어기적 바깥의 화장실부터 다녀 오는 오하나에게 물주머니를 내밀면서 웃었다.

"그 차에 수면제가 든 걸 알고 있었지?"

"내가 아무리 녹슬었다지만 그 정도로 눈치가 없 다면 진작 죽었겠지."

오하나는 그렇게 말하면서 세미라가 내민 물을 거 리낌 없이 받아 마셨다. 그리고 스트레칭을 시작하면 서 말했다.

"이게 다야? 나야 하룻밤 푹 잤다 뿐이지, 이제부 터 다시 아이서를 쫓아가서 잡으면 그만인데."

"글쎄, 그럴 작정이었으면 굳이 나한테 당해주지 않았겠지."

"댁이 뭘 하려나 궁금해서 그랬을 수도 있지."

"사실은 아이서를 놓아줄 마음이 있었던 거 아닌가. 그 '직업 윤리'를 해치지 않는 방법으로?"

오하나는 빙긋 웃었다.

"댁이야말로 뭔가 제시할 일이 있는 거 아냐? 어 디 말해봐."

세미라가 천천히 고개를 끄덕이며 입을 열었다.

"일단 SG의 의뢰가 아직 유효한지부터 알아보는

게 좋을걸. 내가 그놈들 사고방식을 좀 알거든."

유르트 천장에 난 연기 구멍으로 겨울의 첫 눈송이가 떨어지기 시작했다.

사막의 숲

아이서는 도망치고 있었다.

바로 뒤에서 누가 쫓아오는 것은 아니었다. 그러나 쫓기고 있기는 했다. 멈춰 있으면 초조했다. 끊임없이 어깨 너머를 돌아보고, 최대한 흔적을 지우려 머리를 굴려야 했다.

생각해보면 한국을 떠나 중앙아시아로 돌아오고부터 계속 그랬다.

어릴 때부터 기업 장학금을 받고 공부한다는 건 사실상 SG가 투자한 상품이라는 뜻이었다. 아이서도 그 점에 불만은 없었다. 촉망받는 인재답게 빠르게 공부를 마치고 연구소에 들어갔고, 그대로 계속 일했다면 한국 시민권도 순조롭게 받았을 터였다. 종신 노비라고 비아냥거리는 사람도 있었지만 사실은 아주 많은 사람이 원하는 경로였다.

투자 상품이 반기를 들고 뛰쳐나갔으니 회사가 그

냥 놓아둘 리 없었다. 아이서가 대단히 중요한 사람이라서가 아니라 본보기를 위해 작은 배신도 용납할 수 없었기 때문이다. 아이서도 그 사실을 알기에 조심했다. 아니, 조심했다고 여겼다.

다만 SG는 아이서의 생각보다 더 강하게 나왔다. SG가 고용한 용병 오하나는 아이서를 잡으러 온 김에 타클라마칸사막의 건설 현장을 습격하려던 계획까지 박살 냈다.

그 후부터 아이서에게는 도망이 생활이 되었다.

초반에는 오하나에게서 도망치거나 오하나와 도망치는 일이 번갈아 벌어졌다. 타클라마칸사막에서 아크수로, 코를라로, 다시 천산산맥으로, 동선을 따라가면 별이라도 그려질 것 같은 경로였다.

키르기스 유목민인 세미라의 도움으로 겨우 오하나를 떨쳐내고 도망친 밤, 산자락의 유르트를 나서자 세미라의 딸인 나지라가 말을 준비한 채 기다리고 있었다. 아이서는 말을 잘 타지 못했다. 고삐를 쥐고 말을 모는 것은 나지라의 몫이라 해도 몇 시간씩 말 등에 앉아 있는 건 고역이었다. 산속 어딘가에서 트럭으로 갈아탔는데, 덜덜 떨리는 다리로 어떻게 말에서 내렸는지 기억이 나지 않았다.

　기절한 것처럼 잠들었다가 깨어나 보니 새벽이었고, 나지라는 이미 사라지고 없었다.

　작은 유목 마을이었다. 주로 신유목민들이 살았지만 세미라처럼 영어를 구사하는 사람은 없었다. 그들은 아이서를 하룻밤 재워주고 식사를 대접한 후에 다시 누군가에게 인계했다. 그런 날이 며칠 연속으로 이어졌다. 누구도 최종 목적지가 어디인지 알려주지 않았다. 그들도 모르는 것 같았다.

　길도 제대로 없는 산지에서 말을 타고 가다 보면 사막에서 있었던 일들이 아주 오래전 일처럼 멀어졌다. 사막에서 있었던 일은 산까지 따라오지 못하는 것 같았다.

　아이서의 머릿속에서 사막은 고향인 위구르스탄, 산은 두 번째 고향인 한국과 연결되어 있었다. 그러나 이 산은 한국의 산과 완전히 달랐다. 산'속'에 있다기보다 산 '위'라는 표현이 더 어울렸다. 어디를 보아도 높은 바위와 눈 덮인 봉우리가 보였으나 그 안에 감싸인 느낌은 들지 않았다.

　이곳의 숲과 초지는 선을 그은 것처럼 깔끔하게 나뉘었다. 겨울이 다가오면서 풀이 마른 황량한 초지는 마치 평지처럼 보이기도 했다. 그러다가 수평이 맞

지 않아 몸이 기울어지면서 짧은 현기증을 느끼면, 뒤
늦게 발 디딘 곳이 엄연히 비탈임을 깨닫게 되었다.
이 산에는 시야를 가리는 무성한 나뭇가지도 없었고,
올라갔다가 내려가고 내려갔다가 올라가는 식의 굴
곡도 없었다. 무엇보다도 습기가 없었다. 이곳의 건조
함은 살을 찢고 입술을 벨 정도로 공격적이었다.

그 건조함이 조금이나마 덜해졌다고 느낀 날, 새
로운 마을에 도착한 아이서의 눈앞에 바다가 펼쳐졌
다. 한국의 바다를 떠올릴 수밖에 없었다.

아이서가 한국에 도착하자마자 들어간 학교는 산
속에 있었지만 조금만 동쪽으로 가면 바다가 나왔다.
산도 신기했지만 바다는 더 신기했다. 아이서는 쉴 때
마다 바다를 찾았다. 바람이 많이 부는 바닷가에는 늘
소나무가 보였고, 맑은 날에 그 너머로 보이는 바다는
새파랬다. 어릴 때 가끔 보던 맑은 하늘의 빛깔과는
또 다른 파란색이었다.

다만 그 바다는 꽤 자주 붉은색이나 검은색으로
물들었다.

바다가 붉어지는 것은 적조 현상, 초록색으로 물
드는 것은 녹조 현상이라고 했다. 둘 다 산소나 영양

분이 과다할 때 해조류가 폭발적으로 번식하면서 수
면을 덮는 현상이었다. 바다가 검어지는 것은 그 해조
류가 썩었다는 뜻이었다. 이런 일이 벌어지면 산소 공
급이 차단되면서 바닷속 생물들이 떼죽음을 당하고
죽은 생물도 빠르게 분해됐다. 기분 나쁜 색깔의 바다
에서는 기분 나쁜 냄새가 났다. 가끔은 독이 있을 때
도 있었다. 아무도 그런 바다를 좋아하지 않았다.

특이하게도 아이서는 바로 그 바다를 보면서 해조
류에 매료됐다.

한국은 해조류 연구의 선두에 있었다. 이전부터
다양한 해조류를 먹고 양식해온 경험 덕분이었다. 정
작 한국 연안 바다는 오염이 심해져서 이제 김을 필
두로 한 식용 해조류는 육지로 옮겨 키웠다. 대신 바
다에서 키우는 해조류로는 인공 석유와 플라스틱을
생산했다. 이는 해양 산성화가 진행되는 것을 막고 이
산화탄소를 흡수할 수 있다는 해조류의 장점을 최대
한 살린 프로젝트로, 일명 '연안 이산화탄소 제거 벨
트'라고 했다.

아시아 전역에서 벌어지는 프로젝트였지만 특히
한국의 해안선을 따라서 해조류 변환 공장이 줄줄이
자리 잡았다. 강원도 바닷가에서는 한 번씩 재앙처럼

바다를 뒤덮는 해조류를 거둬들여 쓸 만한 재료로 전환하는 연구도 계속했다. 안정적인 재료 수급을 위해서였고, 바다가 죽음의 세계로 변해감을 조금이라도 막기 위해서였다.

그러나 아이서가 안정적인 환경에서 열심히 공부하던 기간 내내 인류는 돌림노래처럼 전쟁을 계속했다. 기술은 발전했지만 정치는 혼란스러웠다. 누군가는 1보 전진, 2보 후퇴를 거듭한다고 말했다. 정치가 후퇴하고 전쟁이 터지면 발전한 기술도 제대로 빛을 볼 수가 없었다.

한국 연안 바다에서의 해조류 양식은 점점 더 힘들어졌다. 전 세계에서 비슷한 일이 벌어졌다. 한쪽에서 열심히 탄소를 포집해줄 바다숲을 키우고, 해조류 활용 방안을 다양화하는 동안에도 바다는 꾸준히 황폐해졌다. 수온이 높아지고 오염이 심해지는 것을 막을 수가 없었다.

결정적으로 2040년대에 들어서면서 두 가지 대규모 프로젝트가 큰 실패를 맛보았다. 우선 호주 연안에서 해양 재난이 발생했다. 이 재난은 인도와 중국 간의 전쟁이 한창 벌어지던 당시에 터졌고 인명 피해도 적었기에 많이 보도되지 않았지만, 실상은 호주 바다숲을 재건하기 힘들 정도의 타격이었다. 다음으로 2044년에는 한국이 주축이었던 연안 이산화탄소 제거 벨트가 붕괴했다. 극도로 변칙적이고 맹렬해진 태풍의 연타 때문이었다.

두 사건으로 인류는 바다가 계산한 대로 돌아가지 않는다는 사실을 절감했다. 바다는 착실하게 죽어가고 있었고 인류가 통제할 수 없었다.

그러나 해조류를 위기의 해결책으로 믿고 추구하던 이들은 쉽게 포기하지 않았다. 곧 '통제할 수 있는 바다', 즉 사막에 있는 짠물호수가 빛나는 대안으로 떠올랐다. 2030년대 초까지 주요 해조류 양식장으로 쓰이다가 건설에 너무 많은 돈이 든다는 이유로 버려졌던 사막들이 다시 귀한 자원이 되었다.

전 세계가 함께 손잡고 위기를 헤쳐나가자고 말은 해도 부유한 국가들은 기후 위기 해결마저 새로운 지배 영역 확장에 이용했다. 아프리카의 사막은 진작부터 유럽 회사들의 실험장이었고, 아메리카 사막이나 호주 사막 역시 한국이 손댈 수 있는 곳은 아니었다. 결국 한국이 눈 돌리고 손 내밀 곳은 중앙아시아밖에 없었다.

그 무렵 아이서는 SG의 사막의 바다 프로젝트 원

안을 보았다. 고향과 가장 먼 전공이라고 생각했던 해
조류 연구가 그곳으로 이어졌으니 운명이라 느낀 것
도 당연했다. 심지어 세상을 구하는 데 일조할 수 있
다니 자원할 수밖에 없었다.

그때의 부풀었던 마음이 지금은 액자 속에 든 그
림 같았다.

아이서가 보자마자 바다라고 생각한 물은 거대한
호수였다. 그날 아이서를 차에 태우고 이동하던 사람
이 물을 보자마자 기뻐하며 "으슥쾰"이라고 말했기에
어디인지 알았다. 키르기스스탄의 바다, 천산산맥에
자리 잡은 열해(熱海), 공식 표기로는 이식쿨호였다.
워낙 넓은 데다 날이 흐리기까지 하니 반대쪽 기슭이
보이지 않아 더 바다 같았다.

그 호숫가를 따라 서쪽으로 하루를 이동하자 카라
콜이라는 도시에 도착했다. 어느새 카자흐스탄 국경
을 통과하여 키르기스스탄 북동부에 들어섰다는 뜻
이었다. 남쪽으로 직선 이동을 할 수만 있다면 위구르
스탄과 멀지 않은, 그러나 실제로는 해발 7000미터에
이르는 설산들이 가로막아 까마득히 먼 곳이었다.

카라콜이 큰 도시는 아니었지만 휴대전화 신호는

들어왔고, 뉴스를 볼 수 있었고, 전기차가 돌아다녔다.

그리고 생태해방전선 사무실이 있었다.

그곳에서는 세미라와 비슷한 나이로 보이는, 푸근한 인상의 살집 있는 여성이 아이서를 맞이했다.

"안녕, 난 타티아나라고 해요."

며칠 만에 드디어 제대로 대화할 수 있는 상대였다. 게다가 생태해방전선은 아이서가 한국에서 SG를 상대로 폭로전을 벌이기 시작할 때부터 돕겠다고 연락해오던 단체였다. 타티아나의 따뜻한 환영이 온몸에 스미는 것 같았다.

2주 넘도록 이어진 긴장이 풀려서일까. 아이서는 그날 저녁부터 앓아누웠다.

키르기스스탄 영토의 대부분이 생태 보존 지역이었지만 이식쿨호 주변은 특히 귀중했기에, 생태해방전선을 비롯하여 여러 단체가 환경 훼손을 감시하는 일을 돕고 있었다. 타티아나는 그런 활동가 모두의 리더 같은 존재였다. 온갖 자질구레한 문제를 들고 오는 사람들로 사무실이 빌 새가 없었다. 아이서는 그 평화로운 소란이 싫지 않았다. 방에 누워 있으면 마치 거실에서 가족들이 나누는 대화가 들려오는 것 같아서 마음이 편해졌다.

그렇게 이틀을 누워 있다가 일어나서는 뉴스부터
확인했다.

젱이스 칸이 위구르스탄의 도시 아크수를 점령하
고, 사막의 바다 프로젝트 현장도 점거했다는 뉴스가
세계적으로 큰 관심을 끌고 있었다. 대부분 전자보다
후자에 쏠린 관심이었다. 도망치는 데 성공한 SG 직
원들의 증언이 국제 뉴스에서 계속 흘러나왔다. 위구
르스탄의 정치 상황이나 주변 나라들과의 관계 같은
것들은 곁다리로 다룰 뿐이었다.

키르기스스탄 뉴스는 다른 나라와 또 달랐다. 위
구르스탄과 서중국 국경에서 작은 충돌이 일어나며
다시 양국 간의 긴장감이 올라가고 있다는 보도가 같
은 비중으로 다뤄졌다.

아이서는 그 충돌의 원인을 제공했다는 생각에 찔
리는 마음으로 뉴스를 열심히 보았다. 더 많은 소식을
알고 싶었지만, 이 문제는 키르기스스탄 뉴스에서만
다룰 뿐 국제 뉴스에서는 점점 보이지 않아 답답했다.
위구르스탄의 전쟁 소식을 거의 알 수 없었던 한국
생활도 떠올랐다.

"언론들은 여전하네요. 변방의 전쟁 따위엔 관심
도 없고."

아이서가 푸념하자 함께 뉴스를 보던 타티아나는 고개를 끄덕였다.

"이번 사건이야 SG가 열심히 보도하라고 독촉하고 있겠죠. 회사에 손해가 막심하니까요. 그렇다고 분쟁에 관심이 없지는 않을 거예요. 당장 SG도 저 분쟁 때문에 바로 움직이지 못할 테고, 위구르스탄 정부도 전쟁 위험이 커지면 젱이스 칸을 버릴 수가 없거든요. 하필 서중국과 다시 싸우는데 SG 용병들을 끌어들여서 젱이스를 토벌하기라도 하면 국민들에게 젱이스의 비난이 옳았다는 인식만 심어주게 될 테고요."

"그런 거였어요?"

아이서는 생각지 못한 역학이었다.

아크수에서 도망칠 때 오하나는 중국 서부 국경 쪽으로 달아나면 국경수비대와의 충돌을 꺼리느라 마적들이 끝까지 추적하지 못할 거라고 했었다. 그래서 계산이 어긋났을 때는 마적들이 왜 그렇게 끈질기게 따라오는지 의아해하기도 했다. 아이서에게 본인도 모르는 큰 가치가 있는 게 아니냐면서 말이다.

그런데 지금 타티아나의 분석을 들으니 오하나의 계산이 틀렸던 것뿐이었다. 그냥 틀린 정도가 아니었다. 타클라마칸사막에서 오하나가 수십 명을 죽였을 때도 그랬고, 이번에도 젱이스만 도와준 셈이었다. 아이서는 속으로 코웃음을 쳤다.

'오하나 그 인간, 프로페셔널한 척은 다 하더니 완전 허당이었네.'

이 모든 게 아이서와 오하나가 앞뒤 없이 저지른 짓들의 나비효과라고 해야 할지, 아니면 젱이스가 생각보다 훨씬 무서운 사람이라고 봐야 할지 알 수 없었다. 아이서는 저도 모르게 중얼거렸다.

"젱이스가 생각보다 똑똑한가 봐요."

"아무래도 보통 사람은 아니죠. 주위에 참모들도 있을 테지만 이대로 오래 버티지는 못할 거예요."

타티아나의 말을 이해하기는 어렵지 않았다. 뉴스가 여론을 어디로 끌고 가려는지는 뻔히 보였다. 처음에는 군인도 아닌 민간인들을 죽였다는 사실에 초점을 맞추던 뉴스들이 점점 프로젝트 현장 점거에 대한 비난을 늘렸다. 사막의 바다 프로젝트가 이런 식으로 중단되면 하루에 경제 손실이 얼마씩 나는지 이야기했고, 이 프로젝트가 세계에 얼마나 중요한지를 이야기했다.

프로젝트를 승인하고 자금의 50퍼센트를 대고 있는 국제기구 유넵에서도 젱이스를 비난하는 성명을 냈다. 위구르스탄 정부는 SG를 지지하는 한편, 바로 젱이스를 비난하는 발언을 하지는 않았고 서중국과의 회담을 발표했다. 아마 회담에서 국경수비대와의 충돌은 위구르스탄의 뜻이 아니라 젱이스의 독단적인 만행이며, 책임을 지울 것이라고 선언하리라는 예측이 대세였다.

이대로라면 젱이스를 테러리스트이자 국제사회의 공적으로 낙인찍고, 위구르스탄 정부와 SG가 손잡고 토벌한 후에 프로젝트 공사를 재개하는 그림이 무난하게 그려졌다.

그런 생각을 하다 보니 아이서는 열이 다시 오르는 것 같았다. 아크수에서 젱이스 조직의 폭력에 직접 노출되었을 때는 이들이 대안일 수 없다고 생각했지만, 멀찍이 거리를 두고 뉴스를 보자 모든 것이 원점으로 돌아갈 것만 같아 마음이 초조했다.

"이럴 때 뉴스에서 프로젝트의 문제점도 짚어주면 좋을 텐데, 그런 일은 없겠죠."

타티아나도 씁쓸한 웃음을 지었다.

"우리 채널에서도 노력은 하고 있지만요. 아무리 진실을 이야기해도 다들 들을 생각이 없으니 소용이 없죠. 저화질의 독립 영상이 관심을 끌 때는 자극적이거나 엉뚱한 내용을 다룰 때뿐이고, 공식 뉴스는 보다 시피 큰 사고나 터져야 뛰어들어요."

"결국 또 돈이네요."

며칠 동안 많은 대화를 나누면서 아이서도 알게 되었지만, 밝고 따뜻해 보이는 타티아나에게도 꽤 비관적이고 냉소적인 구석이 있었다. 지금도 그랬다. 타티아나의 얼굴에 찬 기운이 돌았다.

"아이서에겐 터놓고 말할게요. 사실 난 사막의 바다 프로젝트의 근본부터 회의가 들긴 해요. 위구르스탄에 미치는 피해 때문만이 아니라, 성공한다고 해도 길게 보면 나쁜 영향을 미치지 않을까 싶어요. 당장 눈에 보이는 것보다 긴 시간과 넓은 범위로 말이에요."

"무슨 뜻이에요?"

"난 나이가 있다 보니 30년 전에 사막의 숲이라는 프로젝트가 실패했던 걸 아직 기억하거든요. 한창 탄소 포집과 저장 기술이 인류를 구할 거라고 떠들던 때라 그 프로젝트 말고도 지구 곳곳에서 비슷한 계획이 나왔죠. 그런데 지금 뭐가 남았나 봐요. 다 실패했어요. 예산이 너무 많이 들어서 도중에 멈춰버리거나 사막의 숲처럼 성공해봤자 별 도움이 안 되었죠. 사실은 이런 신기술로 모든 문제를 해결할 수 있다는 생각 자체가 잘못된 희망 아닐까요? 이 문제를 해결하려면 신기술만 도입할 게 아니라 우리의 생활 방식 자체를 바꿔야 하는데, 한참 전부터 그랬어야 했는데 기술이라는 게 핑계를 제공하는 거죠. 이대로 살아도 신기술이 다 해결해줄 거야, 하면서요."

아이서도 사막의 숲에 대해서라면 세미라에게 들었다. 그게 아니어도 비슷한 프로젝트들이 다 실패했다는 것을 알아서 타티아나의 말에 반박할 말이 바로 떠오르지 않았다. 10여 년 전에 있었던 연안 이산화탄소 제거 벨트의 실패도 기억났다. 그래도 아이서는 그 말에 다 동의할 수 없었다.

"그렇지만 천천히 해결할 수 있는 상황이 아니잖아요. 게다가 변형 해조류는 옛날 그 기술하고 달라요. 수리해야 하는 기계 같은 것도 아니고요. 저는 프로젝트 원안이 잘못됐다고 생각하지 않아요. 지금처럼 하는 게 문제죠. 그건……."

타티아나는 일어나서 아이서의 담요를 여며주었다.

"아이고, 아파서 생각이 부정적으로 흐르기 쉬운 건 아이서 쪽인데 내가 부추겨버렸네요. 일단은 더 자요. 회복하면 또 다른 방법을 찾을 수 있을 거예요."

공교롭게도 다음 날, 일주일 가까이 언론의 공격만 받으면서 침묵하던 젱이스가 국제사회에 입장을 발표했다. 연설하는 젱이스의 모습은 생각만큼 거칠거나 위압적이지 않았다. 몸집도 그렇게 크지 않았다. 분명히 단단해 보이고 눈빛도 날카로웠지만 마적이고 무법자라고만 생각하기는 힘들었다. 젱이스의 연설 앞부분은 아크수에서 이미 내놓았던 공식 해명과 같았다.

"나는 위구르스탄에 다시 무질서를 가져오려는 게 아니다. 국제사회는 오해하고 있다. 나는 부당함을 바로잡기 위해 일어섰을 뿐이다."

이어지는 내용은 아이서가 한국에서 여러 번 기자회견을 통해 말했던 내용과 비슷했다. 단지 조금 더 자극적일 뿐이었다.

"SG는 지구를 구하겠다고 큰소리를 쳤다! 당신들은 그걸 믿었다. 우리도 그걸 믿었다. 그러나 그자들은 우리 땅과 사람들이 짊어질 위험에 무관심했다. 프로젝트 현장에서 노동자가 얼마나 죽어나갔는지 아는가? 멀리 있는 당신들은 눈감으면 그만이겠지만 우리는 그럴 수 없다. 이런 회사가 이렇게 큰일을 제대로 하리라 믿을 수도 없다. 이 프로젝트는 돈만 벌려고 하는 자들에게 맡기기엔 너무나 중요하지 않은 가?"

연설 능력의 차이였을까, 아니면 힘 있고 명료한 목소리 탓이었을까. 비슷한 내용이었지만 어느 해양 생명공학자의 중언부언보다 훨씬 설득력이 있었다. 아이서는 그 대목에서 박수를 칠 뻔했다. 젱이스가 대 안이라는 생각이 들 정도였다. 하지만 연설 마지막 부 분은 아이서의 뒤통수를 때렸다.

"우리는 이 프로젝트의 의미를 잘 알고 있으며 인 류 모두에게 중요한 일을 우리 위구르스탄의 손으로 해낸다는 데에 큰 자부심을 품고 있다. 다만 SG가 모 든 결정권을 가져서는 안 된다고 생각할 뿐이다. 이 프로젝트는 우리가 더 잘할 수 있다. 반드시 우리 손 으로 해내겠다. 국제사회는 우리를 믿고 맡겨달라. 얼 마든지 조사단을 파견해도 좋다. 용병대가 아니라 유 넵의 민간 조사단이라면 말이다."

그 후에 뉴스 진행자들이 덧붙이는 말들은 귀에 제대로 들어오지 않았다. 아이서는 입을 딱 벌리고 타 티아나를 돌아보았다.

"지금 제가 제대로 들은 게 맞아요? 지금 젱이스 가 사막의 바다 프로젝트를 빼앗아서 직접 하겠다고 한 거예요? 사막에 호수를 파는 공사를?"

아이서는 대답을 기다리지도 않고 비명처럼 말을 쏟아냈다.

"미친 거 아니에요?"

타티아나도 얼굴을 찌푸리긴 했지만 아이서보다 냉정하게 분석에 들어갔다.

"우선 시간을 벌려고 한 말일 수 있어요. 가만히 있다가 여론이 더 나빠져서 국제사회의 승인을 업은 SG가 무력을 휘두르게 되면 이길 가망이 없으니까요. 이렇게 해두면 잠시 시간을 벌 수 있겠죠. SG와 협상할 여지도 남고요. 말하다 보니 혹시 저 프로젝트를 SG의 손에서 빼앗고 싶어 할 기업이 손을 내밀 수도 있겠단 생각이 드네요."

"그렇지만 SG와 협상을 하든 다른 회사와 손을 잡든 프로젝트는 그냥 진행하겠다는 소리잖아요."

다시 생각해보니 젱이스에게는 프로젝트를 아예 무산시키려고 할 이유가 없었다. 이미 세미라가 말하지 않았던가. 젱이스가 원하는 건 위구르스탄의 권력이라고. 현대인에게 권력이란 돈과 영향력이었다. 아이서의 입에서 말이 쏟아져 나왔다.

"SG가 위구르스탄 사람들과 땅이 감당할 위험을

무시했다지만, 그래도 이 프로젝트를 원안부터 만들어 온 회사예요. 게다가 지하수 탐사 분야 전문가들이며 시추 전문가들도 있고요. 잘 알지도 못하면서 함부로 지하를 파다가는 제가 예상한 것보다 더한 참사가 벌어질 수 있어요. 지하 호수를 잘못 뚫어서 그 안에 갇혀 있던 탄소가 한꺼번에 빠져나오기라도 하면 위구르스탄 정도가 아니라 우리 모두 망해요. 아니, 이미 망하고 있긴 하지만 훨씬 더 빨리 망한다고요!"

사막의 바다 프로젝트가 원안과 얼마나 멀어졌는지 알았을 때와 똑같은 위기감이 덮쳐왔다. 앞이 캄캄했다.

"자, 일단 진정, 진정해요."

타티아나는 아이서의 어깨를 감싸안고 다독였다. 앓아누운 동안 의지하게 된 나이 든 활동가의 품은 따뜻했다. 아이서의 두 배를 살면서 나쁜 일들을 훨씬 많이 보아왔을 활동가가 이렇게 굳건한데, 자신은 무슨 뉴스만 나오면 동요한다고 생각하니 부끄럽기도 했다. 아이서는 겨우 진정하고 코를 훌쩍였다.

"자꾸 모자란 모습만 보여서 죄송합니다."

"아직 몸이 다 낫지도 않았잖아요. 짧은 시간 동안 겪은 일이 워낙 많으니 그렇죠."

타티아나는 이번에도 당연하다는 듯이 아이서를 다독이며 말했다.

"그렇게 걱정된다면 아이서도 차라리 젱이스에게 합류하는 건 어때요?"

처음에는 거부감부터 들었다. 아크수에서 겪은 일도 끔찍했지만 젱이스에게서 도망치는 과정에서 또 얼마나 많은 사람이 죽었던가. 그래도 타티아나의 말이기에 잠자코 듣기는 했다.

"중간에 일이 엉망진창이 되어서 그렇지, 사실 아직까지 유수프나 젱이스의 진의는 모르잖아요. 내가 그 사람들을 잘 아는 건 아니지만 아이서가 겪은 일에는 오해가 있을 수도 있어요. 타클라마칸사막에서 있었던 일이나 국경선에서 있었던 일이나 그 이상한 용병 탓이지, 아이서 잘못은 아니고요. 아이서가 이 프로젝트에 대해 전문가라는 점을 내세우면 돌아가는 일에 영향을 미칠 수 있을지 몰라요. 너무 위험한 짓은 저지르지 않게 막을 수도 있겠죠. 최선이 없을 때는 차선, 아니 차악이라도 필요할 때가 있죠."

타티아나와 그런 대화가 몇 번 더 이어지다 보니 아이서의 마음도 조금씩 흔들렸다. 무엇보다 프로젝트를 제대로 추진할 기회가 될지 모른다는 생각이 유혹적이어서였다.

우연히 그 대화를 듣지만 않았다면 아이서는 그대로 위구르스탄으로 향했을지도 몰랐다.

"어떻게 되어갑니까?"

아이서는 그 목소리를 들은 순간 말 그대로 가슴이 내려앉았다. 너무나 잘 아는 목소리였다. 여기에서 들을 거라고는 생각지 못한 목소리이기도 했다.

"조금만 더 이야기하면 될 거 같아."

타티아나가 아무렇지도 않게 대답하는 목소리를 듣고 착각인가 싶었던 마음은, 그다음에 이어지는 말을 들으며 다시 차갑게 식었다.

"그러면 아이서는 제가 데려가죠."

"아니, 아니야. 이제 거의 넘어왔는데 자네 얼굴을 봤다가는 마음이 변할지도 몰라. 눈에 띄지 말고 물러나 있어."

"하지만 시간이 별로 없습니다. SG가 언제 움직일지 몰라요."

"그렇다고 서두르다간 경계심만 품을 수도 있어. 멋모르는 학자 같아도 고집이 강하던데, 자기 뜻으로 헌신하게 해야지. 책임감은 강하니까……."

밤새 잠을 이루지 못하고 고민하지 않았다면 들을 일 없는 대화였다. 그러나 아이서는 듣고 말았다. 타티아나와 잘 아는 사이처럼 대화하는 상대는 아이서의 선생님이자 아이서를 젱이스의 마적들과 연결해주었던 참전군인, 유수프였다.

아이서는 얼어붙어 있던 머리가 서서히 돌아가자 상황을 이해하려 애썼다.

타티아나가 유수프와 원래부터 아는 사이라면 서로 연락한다고 이상할 것은 없었다. 생태해방전선도, 유수프도 처음부터 아이서가 하는 말에 귀 기울여준 사람들이지 않은가.

그러나 아무리 논리를 맞춰봐도 배신감이 너무 강했다.

지난 며칠간 타티아나는 젱이스도 유수프도 잘 알지 못하는 척했다. 어느 정도 거리를 두고 객관적으로 평가하는 척했다. 젱이스라면 내가 잘 아니까 믿어도 된다고 말할 수도 있었을 텐데, 거짓말을 했다.

유수프도 마찬가지였다. 처음부터 젱이스에 대해 말할 수 있었다. 그 사람들이 그저 아이서의 말에 마음이 움직여 나선 참전군인인 척하지 않을 수도 있었다.

그래도 뭔가 이유가 있을 거라고, 숨어 있지 말고

따져 물을까, 하고 갈등하던 마음은 타티아나의 냉정한 말을 듣자 완전히 식어버렸다.

"그리고 얼른 시추 기술자부터 찾아서 건설 현장에 배치하라고 전해. SG가 침투대라도 보낸다면 거기가 우선일 거야. 오늘 아이서에게 들으니 그 프로젝트 건설 현장이 폭탄이나 다름없어. 지하 호수를 그냥 뚫어버리면 막대한 탄소가 한꺼번에 흘러나와서 기후 변화를 가속할 거라던데. SG가 지금까지 눈치를 보고 있는 것도 그것 때문이겠지. 여차하면 거길 터트릴 수 있다고 협박할 준비를 해놓는 게 좋겠어."

그건 지금까지 아이서가 생각했던 타티아나라는 사람의 이미지를 완전히 뒤집는 말이었다. 아이서는 그 자리에서 등을 돌리고 소리 없이 방으로 돌아갔다. 이런 사람들을 믿을 수는 없었다. 생각이 다른 사람들과는 함께할 수 있어도, 거짓말을 일삼는 사람들과 함께할 수는 없었다. 아이서는 화가 났고, 슬프기도 했고, 넌더리가 났다. 그러고 나서는 너무나 피곤해졌다. 지금까지 뭘 한 건지 알 수가 없어졌다. 의욕은 죽었지만 이대로 남에게 이용당하기도 싫었다.

아이서는 다시 도망쳤다.

당장 뒤쫓아 오는 사람은 없었지만 지난 몇 주보다 더 도망치는 기분이 들었다. 가야 할 곳이 아니라 가지 말아야 할 곳만 먼저 생각났다.

남쪽은 드높은 설산들이 가로막고 있을뿐더러 넘어가봤자 젱이스의 영역이었다. 동쪽의 산지에는 세미라와 신유목민들이 있었다. 서남쪽의 산지에는 생태해방전선의 영향력이 뻗어 있을 터였다. 남은 방향은 서북쪽뿐이었다. 천산산맥을 떠나야 했다.

아이서는 산과 사막을 가리지 않고 탈 수 있는 쿼드바이크를 한 대 훔쳤다. 키르기스스탄의 수도인 비슈케크로 향하면 카자흐스탄이 코앞이었지만, 그쪽 국경은 감시체계가 제대로 작동하고 있었다. 게다가 카자흐스탄은 SG의 입김이 강한 나라였다.

아이서는 서쪽으로 산을 타고 가다가 황무지에서 우즈베키스탄 국경을 넘어 북쪽으로 방향을 틀었다. 번화한 수도는 피하고, 작은 마을에만 들르면서 이동하다 보니 어느새 또 사막이었다. CCTV도, 여권 확인도, 휴대전화 코드 추적도 제대로 작동하지 않는 곳. 그런 황량한 땅에 다시 들어서자 원래 있어야 할 곳에 온 기분이 들었다.

'난 여기 속한 사람이었던 거야. 애초에 한국에 갈

운명이 아니었는지도 몰라.'

　잠시 쿼드바이크를 멈춰 세운 아이서는 고글에 낀 성에를 닦고 불그스름한 사막 위에 드리운 회색 구름을 보았다. 몇 겹으로 싸맸는데도 손이 곱아들었다. 한국처럼 뼈에 스미는 추위는 아니었지만, 영하에 쿼드바이크를 타고 달리는 건 할 짓이 아니었다. 우즈베키스탄이 겨울에 이렇게나 추울 줄 몰랐다.

　다운받아둔 지도를 확인한 아이서는 가까운 도시를 찾아 동쪽으로 방향을 틀었고, 눈이 흩날리기 시작할 때쯤에는 우츠쿠둑에 도착했다.

　중앙아시아의 도시들은 원래 오아시스 아니면 산맥 자락에 있었다. 물이 있어야 사람이 살 수 있으니 당연한 이야기였다. 그러니 사막 한가운데에 도시가 있다면 대부분 특수한 이유가 있었다. 석유, 우라늄, 핵실험 같은 이유.

　우츠쿠둑의 경우는 우라늄 광산이어서 오래전에는 존재 자체가 기밀로 취급되기도 했다. 우라늄 광산으로서의 쓸모가 거의 없어졌을 즈음에는 사막의 숲 프로젝트의 거점 중 하나로 선정되었다. 아이서는 낡디낡은 표지판을 보고서야 그 사실을 알았다.

'세미라 씨가 말했었지. 타티아나도 말했고.'

사막의 숲. 중앙아시아의 여러 나라가 합심해서 벌인 꽤 큰 프로젝트였다지만, 아이서도 이번에야 그 존재를 처음 알았다. 그만큼 잊히고 아무도 신경 쓰지 않는 곳이었다.

쇠퇴한 지 오래된 우츠쿠둑 시내는 유난히 을씨년스러웠다. 그래서 지금은 오히려 마음이 놓였다. 여기는 생태해방전선이 있을 법한 곳이 아니었다. 사무실을 두고 시위를 하거나 사람들에게 홍보할 수 있는 곳도 아니고, 지킬 만한 자연도 없었다. 실패한 프로젝트의 유물만 남은 곳이니 그들이 없을 게 분명했다.

골목길 안쪽의 문을 몇 개나 두드린 다음에야 재워주는 데 그치지 않고 뜨거운 물을 쓰게 해준다는 집을 찾아냈다. 약속을 받으면서도 큰 기대는 하지 않았는데, 뜻밖에도 난방이 훌륭했다. 욕조의 반 가까이 채워진 뜨거운 물은 온몸의 피로를 녹여주는 것 같았고, 라디에이터를 켠 방에는 훈기가 돌았다. 집주인이 갑부가 아닌 이상 이 집은 분명히 불법 석유나 속칭 찌꺼기유를 구할 연줄이 있는 듯했다.

사치스러운 목욕을 한껏 즐기고 오랜만에 길게 잔 아이서는 집주인과 조용히 대화를 나눈 뒤 쿼드바이크를 낡은 자동차와 바꿨다. 앞 유리에 금이 크게 간 데다 연비도, 배기가스 배출도 좋지 않은 낡은 차였다. 예상 밖은 아니었다. 다만 연료가 반도 차 있지 않아서 그 점은 곤란했다.

집주인은 탄소세를 내지 않는 불법 휘발유를 구할 수 있는 곳을 알려주겠다고 했다. 당연히 공식 주유소는 아니었다. 옛 광산 마을 깊숙한 곳에 있어서 차를 세워놓고 찾아갔다가 휘발유 통을 들고 골목길을 돌아와야 했다.

말썽은 그곳에서 아이서를 따라잡았다.

휘발유 통을 양손에 들고 골목길을 걷기 시작하자마자 뒤에서 발소리가 들렸다. 흘긋 돌아보니 몸집이 작고 마른 남자였다. 별일 아닐 수 있었지만 불길했다. 아이서는 일부러 멈춰 서서 통을 내려놓고 잠시 장갑을 고쳐 끼는 척했다. 남자는 앞서 지나가지 않고 뒤에 멈춰 있었다. 머릿속이 복잡해졌고, 빠르게 판단을 내려야 했다. 왜소한 남자라면 한 명 정도는 상대할 수 있었다. 아이서는 품에서 슬그머니 호신용 삼단봉을 꺼냈다.

그러나 삼단봉을 펴면서 몸을 돌리고 보니 그 남자 뒤로 두 명이 더 나타났다.

아이서의 판단 실수였다. 휘발유 통을 버리고 최대한 빨리 골목길 밖으로 달렸어야 했건만. 하지만 이미 늦었다. 겁먹은 티를 내는 것은 좋지 않았다. 아이서는 주머니에 손을 넣어 손전등을 꽉 쥐었다. 운동능력은 나쁘지 않았지만 싸움을 잘하지는 못했다. 설령 총이 있다고 해도 세 명이나 쓰러뜨릴 자신은 없었다. 전력을 다해 도망쳐야 했다.

몸이 떨리지는 않았지만 마음은 떨렸다.

'방향은 맞지? 스위치를…… 누르고!'

순간 팟, 하고 빛이 켜졌다. 3000루멘짜리 빛이 터지면 누구나 일단 눈을 감거나 가리게 되어 있었다. 안구에 직사하면 실명할 수도 있는 광량이었다. 아이서는 버튼을 누르고 그대로 손만 뒤로 뻗은 채 냅다 뛰기 시작했다. 빛 공격이 먹혔는지 여부조차 살필 수 없었다.

답은 몇 초 만에 알 수 있었다. 뒤쪽에서 욕설이 터졌고, 아이서는 뒷덜미를 잡혀서 뛰어나가던 자세 그대로 주저앉았다. 그래도 아이서는 온 힘을 다해서 뒤에 있는 사람을 팔꿈치로 찍고 다시 도망치려 했다.

팔꿈치는 뭔가를 분명히 때렸지만, 다음 순간 아이서는 균형을 잃고 넘어져버렸다. 낙법을 시도했지만 충격이 없지 않았다. 멍한 상태로 겨우 얼굴을 들어 올리자 먼지투성이 장화의 앞코가 보였다. 이걸로 끝인가. 아이서는 그 발이 땅을 박차고 날아드는 모습을 슬로모션으로 보는 듯한 기분으로 눈을 감았다.

그러나 아무리 기다려도 발길질이 날아오지는 않았다.

조심스레 눈을 뜨고 몸을 돌리자 생각지도 못한 광경이 눈앞에 펼쳐졌다. 누군가가 아이서가 떨어뜨린 삼단봉을 집어 들고 깡패들을 두들겨 패고 있었다. 몸집도 크지 않은 데다 옷도 두껍지 않은 뒷모습이 경쾌하게 한쪽 다리를 직 끌었다.

이내 또렷한 목소리가 울려 퍼졌다. 오랜만에 듣는 한국어였다.

"넌 또 이러고 있냐. 아직까지 살아 있는 게 신기하다니까."

바닥을 짚고 몸을 일으킨 아이서는 잠시 멍해 있다가 다시 넘어질 뻔했다.

"당신이 여기서 왜 나와!"

오하나였다.

아이서보다 열 살쯤 많은 용병은 이 추위에도 두

껍게 껴입지 않아 더 호리호리해 보였다. 오하나는 한쪽 다리가 불편한 상태로도 날렵하게 움직여서 삼단봉으로 마지막 한 명의 무릎 안쪽을 쳤다. 그 남자가 몸이 뒤로 넘어가지 않게 버티는 틈을 노려서 배를 때리고, 다시 목덜미를 후려갈겨서 때려눕혔다.

아이서는 폭력적인 기억이 떠올라 몸서리가 쳐지는 동시에 이상하게 안심이 되기도 했다. 순식간에 남자 셋을 때려눕히고 건들건들 걸어오는 오하나가 반갑게 느껴졌다.

"진짜 징글징글하다. 설마 또 날 쫓아온 거야?"

반가움을 숨기려 부러 짜증스럽게 말하자 오하나는 대답 대신 손가락을 네 개 펴 보였다.

"그게 뭔데?"

"이걸로 네 번째라고. 내가 널 구해준 게."

아이서는 잠시 두 손으로 얼굴을 벅벅 문질렀다. 어이없는 와중에도 아크수 시청에서 잡혀 있었을 때 오하나가 나타났던 일, 총에 맞을 뻔했을 때 오하나가 차를 뒤집었던 일이 떠올랐다. 하지만 그렇게 쳐봐야 지금까지 세 번이었다.

"어째서 네 번이야? 설마 처음에 수용소 일까지 날 구한 거라고 우기려는 건 아니지?"

"맞다, 그것까지 치면 다섯 번이네. 네가 모래바람에 날아갈 뻔할 때 잡아주기도 했잖아."

"날 패대기쳐서 뇌진탕을 선사했던 일 말이지?"

"그런 사소한 부분은 신경 쓰지 말자."

만나자마자 또 울화가 치밀어 올랐다. 오하나는 아이서가 화나서 김을 내뿜거나 말거나 뻔뻔한 태도로 말했다.

"그래서, 넌 이 사막 마을에서 뭘 하고 있는데? 위구르스탄으로 돌아가려고 도망친 거 아니었어? 왜 남쪽이 아니라 이 북쪽에서 튀어나와?"

아이서는 눈을 가늘게 뜨고 오하나를 바라보았다. 마지막으로 보았을 때보다는 상태가 나았지만, 아직까지 한쪽 다리를 어색하게 움직이고 있었다. 수리하지 못했다는 뜻이었다.

"그러고 보니 아까 대답을 안 했잖아. 또 날 잡으러 온 거냐고. 여전히 SG 의뢰를 수행하는 건가?"

"널 잡으러 온 건 아니야. 기막힌 우연이지?"

"순전히 우연이라 믿으라고?"

오하나는 형용하기 어려울 정도로 얄미운 표정을 지었다.

"우리가 대단한 인연인가 보지. 음, 그런 의미에

서 역시 내가 널 한국으로 데려갈 운명이었나 싶긴
하다."

오하나는 급할 게 없다는 듯 여유만만했다. 아이
서는 그 페이스에 휘말리면 안 된다는 생각에 심호흡
을 몇 번 하고 나서 빨랫감처럼 널브러져 있는 남자
들 쪽으로 화제를 돌렸다.

"죽였어?"

"아무리 첫인상이 나빴다지만 너무 날 살인귀로
생각하는 거 아냐?"

오하나는 남자 하나를 발로 툭툭 치더니 잡아 일
으켰다. 정체를 알아내기 위해서였다.

놈들을 깨워서 끌어낸 결과는 실망스러웠다. 그들
은 그저 아이서의 돈을 노렸다고 했다.

"SG나 젱이스 쪽 추적자가 아니라고?"

"이렇게 아마추어를 쓰지는 않았겠지. 그냥 네가
휘발유 사는 데 돈을 턱턱 내는 걸 보고 따라왔나 봐."

다시 보니 확실히 평범한 행색이었다. 길바닥에
칼이 떨어져 있는 것도 보였다. 아이서는 뒤늦게 목덜
미가 확 달아올랐다. 추적자들이라면 도망쳐봤자 얻
어맞고 끝이었겠지만 칼을 든 강도였다면 죽을 수도
있었다. 아이서는 민망함을 감추며 휘발유 통을 찾아

들었다.

"이제 나한테 볼일 있는 거 아니면 각자 갈 길 갑시다."

그러나 골목길을 걷다 보니 오하나가 나란히 걷고 있었다.

"잠깐만, 왜 우리가 같이 걷고 있지?"

오하나는 두 손을 가볍게 들어 올렸다.

"우연히 방향이 같은 걸 어쩌라고? 내가 일부러 널 피해 다녀야 해?"

아이서는 짜증을 누르며 걸음을 서둘렀다. 무슨 꿍꿍이인지는 몰라도 오하나가 여유를 부리고 있으니, 어떻게든 차 있는 곳에 도착하면 내빼자는 생각이었다.

그러나 골목길을 나선 아이서는 휘발유 통을 양손에 든 채 황망한 표정을 짓고 말았다. 세워놓았던 차가 없었다. 상황을 알아챈 오하나가 낄낄거리며 웃어댔다.

"이거 봐라. 그냥 날 따라오는 게 낫지 않겠어? 여기는 작은 마을이야. 네 돈을 노리는 놈이 또 있을지 모르는데, 무사히 도망칠 자신 있어?"

할 말이 없었다. 혹시 모를 추격자들만 신경 쓰고

정작 다른 범죄에 대해서는 생각이 미치지 않았다. 전
날 밤에 본 집주인이나 휘발유를 판 사람이 작정한
거라면 이게 끝이 아닐 게 분명했다.

선심 쓴다는 듯한 오하나의 표정을 보자 어쩐지
힘이 빠졌다.

"표정 보니까 너도 이젠 이 운명을 받아들이기로
했나 보네. 잘 생각했어, 너한테는 여기보다 한국이
낫다니까."

아이서는 휘발유 통을 내려놓고 한숨을 내쉬었다.
급격히 팔다리가 무거워지는 기분이었다. 또 도망칠
방법을 생각하기도 귀찮았다.

잠시 후 아이서는 오하나가 운전하는 트럭 옆자리
에 앉아 있었다. 오하나에게는 먼저 해야 할 일이 있
다고 했다.

우츠쿠둑에서 사막의 숲으로 이어지는 도로는 아
직 남아 있었지만, 버려진 이후 줄곧 보수를 하지 않
아서 상태가 썩 좋지 않았다. 트레일러가 딸린 큰 트
럭을 몰고 가자니 느리게 운전해야 했다.

아이서는 황야를 내다보면서 다시 한번 복잡한 감
정을 느꼈다. 오하나와 다시 동행하고 있다는 사실이

이제는 화나기보다 허탈했다. 오하나가 운전대를 잡지 않은 손으로 아이서의 팔을 툭툭 쳤다.

"야, 그래서 넌 여기 왜 있는 건데?"

"당신은? 내가 있을 줄 몰랐다면서 여기에서 뭐 하는 건데."

"난 다리 고치러 왔지."

"다리? 이런 곳에서?"

의아한 이야기였다. 한국에 가지 않을 작정이라면 타슈켄트나 알마티 같은 대도시로 갈 것이지, 이런 허허벌판에 다리를 고치러 오다니. 그러나 오하나는 숨길 게 없다는 듯 시원시원하게 대답했다.

"빈손으로 한국에 갈 수도 없고, 정식 수리 기술자를 찾기에는 돈이 쪼들려서 말이지. 의뢰를 마치려면 몸부터 고쳐야 하지 않겠냐. 마침 세미라가 널 놔주는 대가로 싸게 고쳐줄 기술자를 소개해준다잖아. 속는 셈 치고 와봤지."

아이서는 세미라의 이름이 나오자 얼굴을 찡그렸다.

"수면제까지 먹어놓고선 용케 세미라 씨 말을 또 믿었네."

오하나가 운전대를 잡은 채 흘긋 돌아보았다.

"어째 말에 가시가 박혔다? 툭하면 내가 사람을 죽였을까 걱정하더니 세미라 걱정은 안 하는 것도 그렇고…… 무슨 일 있었냐?"

"내가 그걸 왜 말해줘야 하는데?"

아이서 딴에는 날카로운 반격이었지만 오하나는 아무렇지도 않게 웃어넘겼다.

"그럼 말든가. 이게 무슨 대단한 정보전이라고, 나야 너만 데려가면 그만이지."

"마음대로 해. 댁이 수리 기술자에게 몸을 맡겼다가 부품이라도 다 뜯기면 나야 좋지."

"무슨 철 지난 괴담 같은 소릴 하고 있어. 사이보그 수리하다가 괜한 짓 하면 골로 가는 거 모르냐? 아니, 지금 그게 문제가 아니지. 대체 무슨 일이 있었길래 자길 도와준 세미라를 모른 척해?"

아이서는 잠시 입술을 안으로 말아 물었다.

"목적을 위해 수단을 전혀 가리지 않는 사람들이야. 아무리 좋은 목적이라 해도, 그래서는 SG와 다를게 없어. 애초에 목적이 좋은지도 잘 모르겠고."

오하나는 길이 심하게 무너진 구간을 덜컹대며 넘어가고 나서야 물었다.

"그게 왜 문제야? 너도 목적을 위해서는 수단을

가리지 않잖아. 젱이스의 부하들과 같이 건설 현장을 공격하려고 했던 것도 그래서 아니었어?"

아이서는 발끈했다.

"똑같이 취급하지 마! 난 지금까지 한 번도 누굴 속여서 이용하려고 한 적 없어. 사람을 함부로 희생시키려 한 적도 없어. 그 마적들…… 분명히 나한테는 사람이 없을 때 습격해서 시설만 부수겠다고 약속했어. 당신 주장대로 말뿐이었는지 어땠는지는 이제 영원히 알 수 없겠지만, 말은 그렇게 했다고. 난 그걸 믿었고……."

말하다 보니 구질구질한 변명 같았다. 아이서가 다시 입을 닫자 오하나는 한가롭기까지 한 투로 말했다.

"좀 겪어보니까 이제야 사람을 못 믿겠다 싶어졌나 봐? 뒤늦게 어른이 된 걸 환영한다."

아이서가 뭐라고 대꾸하기 전에 트럭이 다시 덜컹거리면서 내리막으로 접어들었다. 오하나는 턱짓으로 앞쪽을 가리켰다.

"저 앞에 슬슬 보이네. 저게 사막의 숲이란다."

지평선을 뒤덮은 금속의 반짝임이 아이서의 시선을 사로잡았다.

실제로 본 사막의 숲은 두 가지 면에서 아이서의 예상을 벗어났다.

첫째, 사막의 숲은 숲이 아니었다. 그래도 이름 때문에 흐릿하게나마 품었던 이미지가 있었는데 보자마자 실망감이 들었다.

"나무 비슷하지도 않네."

아이서는 저도 모르게 중얼거리고 말았다. 통신이 가능할 때 찾아본 오래된 뉴스에는 판타지 소설에 나오는 나무처럼 생긴 포집기 그림이 실려 있었다. 그러나 실제로 본 인공 나무는 금속 기둥에 달린 거대한 환풍기처럼 생겼다. 멀리서 보면 탁구채가 줄줄이 서 있는 것 같았다. 버려진 폐허가 지닌 특유의 뒤틀린 아름다움마저 없었다.

더 가까이 다가가도 마찬가지였다.

멀리서 봤을 때는 촘촘하게 박혀 있는 것 같았지만, 인공 나무 사이에는 트럭 한 대쯤 지나갈 만한 거리가 있었다. 바닥은 아스팔트를 깔지 않았으나 단단하게 다져놓았고, 파이프도 놓여 있었다. 포집한 탄소를 지하에 저장하기 위해 설치한 파이프일 터였다. 가까이에서 본 인공 나무는 흰색으로 칠했던 페인트가 군데군데 벗겨진 상태였고, 모래를 뒤집어쓴 기계 덩어리에 불과했다. 버려진 도시의 뼈대처럼 황폐했다.

문명의 희망이라기보다 오히려 무덤 같았다. 인류가 사라진 후에 남을 묘비들.

아이서는 어째서 세미라나 타티아나가 이 숲을 그렇게 보기 싫어했는지 알 것 같았다. 눈앞의 풍경은 보기 흉하다기보다 슬펐다. 인류의 미래를 걸고 싸워야 했던 시기에 많은 돈과 시간을 들여서 한 짓이 겨우 이런 거였다니, 답이 없는 막막함 같은 것이 찾아왔다.

인공 나무들 사이를 30분쯤 달리고 나자 겨우 다른 조형물이 나타났다. 친숙한 사각형 건물이었다. 숲 바닥에 깔려 있던 파이프들도 그 건물로 연결되어 있었다. 오하나가 쾌활하게 말했다.

"저기가 이 심부름 트럭의 목적지야."

트럭을 몰며 가까이 다가가자 커다란 셔터 문이 천천히 위로 올라가면서 정비소와 폐차장을 섞어놓은 듯한 내부 공간을 드러냈다. 안쪽에서 여러 군데를 덧댄 작업복과 야구 모자 차림의 남자가 밖으로 나왔다. 중앙아시아에서 보기 드문 검은 피부였는데 덩치가 컸고 걷어 올린 소매 아래로 드러난 팔에는 근육이 잡혀 있었다. 오하나가 경쾌하게 손을 흔들었다.

"나 왔어, 스테판."

남자가 모자챙을 들어 올려 수염이 까끌까끌하게 돋아난 얼굴을 드러냈다. 첫눈에는 나이가 꽤 많아 보였는데, 표정을 펴고 유수한 말투로 입을 열자 인상이 달라졌다.

"하나, 누굴 데려온 거예요?"

아이서가 뭐라고 하기도 전에 오하나가 냉큼 대답했다.

"지나가던 관광객인데 우연히도 내가 아는 사람이었지 뭐야."

아이서는 비난하는 듯한 눈빛으로 오하나를 보았다. 이런 곳에 지나가던 관광객이 있을 리 있나. 터무니없는 말이었다. 그러나 스테판은 그 말을 곧이곧대로 받아들였다.

"지금은 나 혼자라서 볼 게 없긴 한데요. 그래도 괜찮다면 들어와요."

오하나는 빙글빙글 웃으며 아이서에게 손짓했다. 안에 들어간 아이서가 둘러보니 한쪽에 고물상이라고 해도 좋을 정도로 다양한 물건이 쌓여 있었다. 대부분 전자 제품과 부품들이었다.

그리고 오하나가 몰고 온 트레일러의 뒷문을 열자

또 다른 기계와 전자 제품들이 쌓여 있었다. 오하나는 아이서를 내버려둔 채 무게가 나가는 물건들을 꺼내어 옮기기 시작했다. 수분채취기, 정수기, 소형 난방기, 컴퓨터, 반파된 바이크, 냉장고도 있었다. 스테판은 상대적으로 작은 물건들을 옮기거나 어떤 상태인지 살피는 것 같았다. 두 사람이 일을 시작하자 민망해진 아이서도 거들어보려 했지만, 스테판은 손을 휘휘 내저었다.

"어어, 이건 분류도 같이해야 해서요. 심심하면 구경이나 하고 있어요."

아이서는 뻘쭘하니 물러나 있다가 작업장 내부를 한 바퀴 돌아보았다. 공간을 보아서는 비슷한 트레일러트럭이 두 대 정도 더 들어갈 자리가 있었고, 옆으로 생활 공간도 연결되어 있었다.

거대한 공간 한쪽 벽을 다 차지한 기계와 부품은 자세히 보니 나름의 질서를 갖추고 있었다. 그냥 쌓은 물건들이 있었고, 따로 열을 맞춰놓은 물건들이 있었다. 작업대 위로는 플라스틱과 금속 조각들, 분해된 전자 제품, 반쯤 조립된 제품, 그리고 각종 부품이 보였다. 전자 기판과 회로판 같은 것은 또 따로였다. 짐을 들어 옮길 때 주로 쓰는 의복형 로봇 장치도 분해

되어 널려 있었다.

한쪽 구석에는 투명 칸막이 안에 꽤 큰 3D프린터 하나가 자리 잡고 있었는데, 텅 빈 재료 카트리지를 드러낸 상태였다.

아이서는 그 넓은 공간을 한 바퀴 돌아보고 나서 두 사람 옆으로 돌아갔다.

"여긴 뭐 하는 곳이죠? 사막의 숲 관리센터 같은 곳?"

"관리센터는 무슨, 그냥 수리하는 곳이에요."

아이서는 잠시 눈을 깜박였다. 안에 널려 있는 물건들만 보면 정말 물건을 수리하는 곳처럼 보였다.

"수리점을 왜 이런 곳에서 해요?"

스테판은 안쪽을 한 번 슥 둘러보고 어깨를 움츠렸다.

"근처에서 수리하거나 버려야 할 물건이 있으면 다 여기로 보내요. 그러면 우리가 그걸 고쳐주거나, 안 되면 분해해서 쓸 수 있는 부품과 재료를 골라내 다른 데 쓰거나 하지요. 그런데 주로 하는 일은 인공 나무 수리니까 멀리 갈 수 없죠."

남자의 설명은 조금 더 이어졌지만, 아이서는 "인공 나무 수리"라는 말을 듣고 이미 셔터 문 밖으로 뛰쳐나갔다.

제일 가까이 선 인공 나무까지 한달음에 달려간 아이서는 기둥에 손을 얹었다. 그리고 다시 뒷걸음질 쳐서 위를 올려다보았다. 눈도 깜박이지 않고 보고 있자니 환풍기 같은 부분의 수평 날개가 천천히 아래위로 움직이는 것이 보였다. 얼른 옆 나무로 달려갔다. 또 옆 나무로도. 전부 다는 아니었지만 서너 개 중 하나씩은 움직이고 있었다.

사막의 숲은 아직 살아 있었다. 흥분을 누르지 못한 아이서는 뒤따라온 오하나에게 외쳤다.

"정말로 작동하는 것들이 있어! 어떻게 이럴 수 있지?"

오하나는 아이서가 무안할 정도로 무덤덤하게 뒤쪽을 가리켰다.

"그게 내가 세미라와 상관없이 여기 기술자들을 믿는 이유야."

온갖 재활용 쓰레기를 모아서 인공 나무 필터를 고칠 수 있을 정도의 기술자라면 오하나 같은 사이보그 신체를 수리할 수 있다고 해도 이상한 일은 아니었다. 다만 그런 사람들이 여기에 있다는 사실은 누구라도 놀라워할 터였다. 세상 어느 회사라도 반길 테

고, AS센터가 없는 도시에 수리점을 차려도 높은 수
익을 올리며 편안하게 살 수 있을 사람들이었다.

아이서는 스테판에게 궁금한 게 너무 많았다. 그
러나 혼란스러운 나머지, 정작 본인은 들을 때마다 기
분 나빴던 질문을 똑같이 던지고 말았다.

"이게 돈이 되나요?"

"돈이요?"

스테판은 모자챙을 한 번 들었다가 내리면서 쓴
웃음을 지었다. 그게 대답이나 다름없었다. 인공 나무
수리가 돈이 된다면 여기는 훨씬 많은 사람으로 북적
이고 있으리라. 아니, 이 프로젝트가 버려지지도 않았
으리라. 그래도 스테판은 성실하게 대답을 했다.

"몇 사람 먹고 살 정도로는 돌아가요."

"여기에서 몇 명이나 일하는 건가요? 회사나 조직
이 있나요? 숲을 되살릴 생각으로 모인 건가요? 지금
까지 얼마나 수리한 거죠? 다들 여기에서……."

질문을 우르르 쏟아내자 스테판이 한 손을 들어
올리며 아이서의 말을 막았다.

"궁금한 게 많으시네요. 숨길 건 없는데, 일하면서
대답하긴 힘들어요. 차 한잔할래요? 커피 같은 사치
품은 없지만요."

스테판은 트레일러 안에 든 물건들을 옮기던 오하나에게 외쳤다.

"하나, 차 한잔?"

"그 맛없는 건 너나 마셔. 난 이거나 마저 옮기련다."

"알았어요. 전부 들어서 옮기려 하지 말고 수레를 이용해요. 생체고 기계고 간에 관절은 쓸수록 닳는다고 몇 번이나 말했잖아요. 부담을 줄일 수 있을 때는 줄이라고요."

얼른 가라고 손을 휘휘 젓는 오하나를 두고 그들은 작업동 왼쪽 벽에 달린 작은 문으로 향했다. 생활동으로 이어지는 샛문이었다. 좁은 복도를 지나자 어수선하지만 아늑한 느낌이 드는 휴게실이 나왔다. 스테판은 굵지만 섬세한 손가락을 놀려 회색 가루를 물에 타면서 설명했다.

"원래 저 혼자 지키는 곳은 아닌데요. 하필 지금은 다른 사람들이 다 나가고 없네요. 근력 보조 슈트가 고장 난 데다 하필 3D프린터 재료도 비슷한 때 떨어져서요. 하던 일을 다 멈추고 그것부터 구하러 갔어요. 하나가 왔을 때도 그래서 나중에 다시 오라고 했는데, 그냥 다른 사람들 올 때까지 기다리겠다면서 여기 일을 도와주고 있어요. 저 혼자서는 저 물건들 다

옮기려면 한참 걸렸을 텐데 고맙죠."

아이서는 정체를 알 수 없는 검은색 음료를 미심쩍게 바라보다가 살짝 맛을 보았다. 오하나가 괜히 맛없다고 한 게 아니었다. 그렇지만 스테판이 뜨거운 물을 한 방울도 흘리지 않으려고 한껏 조심하면서 건넸는데 사양할 수도 없었다.

스테판은 두꺼운 커튼을 젖히고 방 안에 햇빛을 들였다. 아이서의 시선도 저절로 작고 두꺼운 창에 비치는 바깥 풍경으로 향했다. 인류의 묘비 같다고만 생각했던 인공 나무들이 또 다르게 보였다.

"그러니까 여기 모인 수리 기술자들은 다 사막의 숲을 되살리려고 모인 건가요?"

"어, 그런 거창한 목표가 있다기보다는요. 뭐든 쓸 수 있는 건 최대한 고쳐서 쓰는 게 좋다는 사람들이 모인 셈인데요. 아까 질문이 뭐였더라. 회사나 조직이 있냐고요? 어, 느슨하게 서로 연락하고 정보를 주고받는 사람들이 있긴 한데, 그걸 조직이라고 할 수 있을지 모르겠네요. '방파제'라는 멋진 이름이 있긴 하지만, 그중에서 수리공들만 묶어서 따로 부르는 이름 같은 건 없어요. 누가 여기 일을 처음으로 시작했는지도 잘 모르겠고요."

스테판과 동료들, 그들은 어느 나라에도 속하지 않았고 누가 불러서 여기에 모인 사람들도 아니었다. 늘 같은 사람들이 머무는 것도 아니었다.

"지금은 한 아홉 명…… 아니다. 가끔 들러서 일을 돕는 사람들도 있으니까 총 인원은 더 되겠네요. 산맥 쪽을 한 바퀴씩 도는 사람도 있고요."

그 말에 아이서는 세미라와 수리 기술자의 연결 고리를 알아차렸다.

"신유목민이 쓰는 기계들, 그것도 당신들이 수리하는 거였군요?"

세미라 가족도 그랬고, 아이서가 카라콜까지 가는 동안 산속에서 본 유목민 마을에는 대부분 태양광발전과 공기 중 수분채취기와 지진감지기와 위성통신기 같은 것들이 있었다. 그때는 유목으로 회귀하기 전에 다른 일을 했던 사람들이려니 하고 무심히 지나쳤지만, 이제 와 생각해보니 전부 제값을 주고 사야 했다면 큰돈이 들었을 터였다. 게다가 산속에서는 애프터서비스도 불가능했다.

스테판은 뿌듯한 얼굴로 고개를 끄덕였다.

"우리는 유목 마을을 한 바퀴씩 돌면서 수리를 하고, 그 사람들은 우리에게 먹을 것을 주죠. 쓸 만한 다른 물건이 생기면 서로 교환도 하고, 대충 그런 관계예요. 아까 말한 대로 서로 느슨하게 연락을 주고받는 사이죠."

세미라를 생각하자 흥분했던 마음이 살짝 가라앉았다. 아이서는 조심스럽게 물었다.

"혹시 생태해방전선과도 연결되어 있나요?"

"어디요? 생태해방전선? 들어본 것 같기는 한데 잘 모르겠네요. 우린 대체로 뭔가에 반대하기보다 만들거나 고치거나 키우거나 하는 사람들이라서요. 내가 아는 사람들은 주로 수리공과 유목민이고, 재활용 광부도 있고, 그런 정도? 아마 돌아다니는 친구들은 알 거예요. 오면 물어보세요."

스테판은 정말로 관심이 없는 것 같았다. 약간 안심한 아이서는 가장 궁금했던 문제로 돌아갔다.

"사막의 숲 프로젝트는 되살아난 건가요? 탄소 포집은 얼마나 되죠?"

"지금 인공 나무 가동률은 한 5퍼센트쯤 될 거예요. 100그루 정도가 돌아가고요. 열 명도 안 되는 사람이 돌아가면서 하는 일인 데다가 포집한 탄소를 땅속에 묻는 게 아니라 연료로 바로 전환하기 위한 개량도 같이하다 보니 진전이 빠르지는 않아요."

100그루. 가동 중인 인공 나무를 보고 흥분했던 마음이 식는 수치였다. 아이서가 알기로 인공 나무에서 포집하는 탄소량에 의미가 있으려면 1억 그루는 필요했다.

"그게 의미가 있나요?"

아이서는 실망감을 드러내고 나서 아차 싶었지만 스테판은 개의치 않는 것 같았다.

"0퍼센트보다는 의미가 있겠죠."

"하지만 처음에 설치한 회사도, 이 나라 정부도, 국제 조직도 효율이 떨어져서 포기한 거잖아요?"

스테판은 어깨를 가볍게 으쓱였다.

"그 사람들이야 손익을 따졌을 때 수익이 나지 않으니 쓸모없다고 본 거고, 우리는 이익을 낼 필요 없으니까 계산이 다르죠. 새로운 탄소 흡수 시설을 만드는 것보다는 이걸 고쳐서 원래 하기로 되어 있던 일을 하거나, 그게 아니면 자원이라도 재활용하는 거니까요. 고치다가 개량할 수 있으면 개량도 해보고요."

아이서는 평온한 스테판의 얼굴을 한참 바라보다가 물었다.

"탄소 포집 기술 자체에 문제가 있다는 생각은 안 해요? 여기 인공 나무들만 해도, 이 프로젝트가 실패한 후에는 사실상 버려진 기술이잖아요."

도망친 이후 생각하지 않으려 했지만, 그래도 계속 생각할 수밖에 없었다. 이제까지 뭘 한 건지 회의감이 강해질 때마다 타티아나가 했던 말들이 다시 떠올랐다. 그 말이 지금은 아이서의 목소리를 타고 흘러나왔다.

"30년, 40년 전에는 탄소 포집 및 사용, 저장 기술이 인류를 구할 거라는 믿음이 강했다고 들었어요. 하지만 대부분의 기획이 예산만 끝없이 늘어나다가 좌초하거나, 포집하는 탄소보다 배출하는 탄소가 많아 쓸모없어졌거나, 사막의 숲처럼 사업성이 없어 한동안 가동하다가 흐지부지 멈춰버렸다고요. 오히려 기술이 우리를 구원해주리라는 믿음이 좋은 핑계가 되어서 실질적인 변화를 이끌어낼 타이밍만 놓쳐버렸다고 비난하는 사람도 있더군요. 새로운 기술로 기적처럼 해결할 수 있다고 믿으니까, 근본적으로 변화할 생각을 안 하는 거라고요. 어떻게 생각해요?"

스테판은 무슨 말인지 안다는 표정으로 웃었다.

"내 친구 중에도 그렇게 보는 사람이 있긴 해요. 그런데 이걸 뭐라고 해야 하나."

스테판의 커다란 손이 찻잔을 만지작거렸다.

"그렇게 말하는 사람도 한 가지 방법만으로 모든 걸 해결하려고 생각하는 건 똑같지 않나요? 정답을 찾는다 해도 한꺼번에, 빠르게 해결할 수 있는 일은 아니잖아요. 여기저기에서 다양한 방법으로 최대한 많은 사람이 하는 수밖에 없죠. 우리가 탄소 포집 기술에 기대면 안 된다고는 생각하지 않아요. 사막의 숲 프로젝트 자체가 해선 안 될 일이었다고도 생각하지 않고요. 문제는 기술이 아니라 부패 아닐까요? 뭘 하든 그렇잖아요. 새로운 기술이 나올 때마다 기업들은 돈 벌 궁리만 하죠. 아예 사기를 쳐서 돈만 벌려고 하는 사람들도 있고요. 그렇다고 해서 기술을 개발하지 말아야 할까요? 아뇨. 전 뭔가에 실망했다고 바로 팽개쳐버리면, 그런 행동이야말로 그 길을 쓸모없게 만든다고 믿어요."

스테판은 맛이 쓰기만 한 검은 차를 후루룩 마시더니, 웅변을 토한 것이 뒤늦게 쑥스러운 듯 웃어 보였다. 그러자 조금 전보다 젊어 보였다. 아이서보다 어린 것은 확실했다.

"그렇다고 내가 무슨 대단한 해법 같은 걸 내놓을 수 있는 사람은 아니고요. 할 수 있겠다 싶은 일이라도 하는 거예요. 더 좋은 길이 보이면 그리로 가면 되죠."

언뜻 거칠어 보이지만 온화한 스테판의 얼굴을 보면서, 아이서는 납작해진 줄도 몰랐던 마음 한구석이 펴지는 느낌이었다. 지난 몇 주 동안 느끼지 못한 기분이었다. 아니, 어쩌면 그보다 전부터 그랬다. 사막의 바다 프로젝트가 처음 계획과는 다른 방향으로 흘러간다는 것을 안 뒤로 계속 마음이 짜부라지기만 했는지도 몰랐다. 아이서는 무심코 중얼거렸다.

"원래 계획, 원래 계획……."

프로젝트 원안을 떠올리자 어렴풋이 뭔가가 떠오를 것 같았다. 머리가 핑핑 돌아갔다. 생각에 빠진 아이서는 남아 있던 차를 쭉 들이켜고 나서 그 역한 맛에 기침을 하며 현실로 돌아왔다.

"여기에서 하는 일을 보니까 저도 처음 품었던 마음이 되살아나네요. 요새 의욕이 좀 꺾여 있었는데, 고마워요."

스테판이 활짝 웃었다.

"사정은 모르지만 마음이 나아졌다면 다행이네요."

"네, 이제 도망치기도 그만해야겠으니…… 어떻게 도망칠지가 문제긴 하지만요."

스테판이 어리둥절해서 쳐다보았지만, 아이서는 그 수수께끼 같은 말을 굳이 풀어 설명하지 않았다.

투지는 되살아났고, 사막의 바다 프로젝트를 막기 위해 새로 시도할 방법도 희미하게 보이는 듯했다. 그러니 오하나에게서 다시 도망칠 방법을 찾아야 했다.

"여기 혹시 외국과 통신할 수 있는 기기도 있어요?"

아이서는 조심스럽게 물었지만 스테판은 숨길 게 없다는 듯 산뜻하게 대답했다.

"작업동에 위성 무전기가 있죠. 우리끼린 주로 그걸로 연락하거든요."

위성을 경유하기 때문에 일반적인 휴대전화보다 멀리까지 소통할 수 있는 무전기였다. 그거라면 사막과 산을 가리지 않고 통할 테니, 멀리 돌아다니는 수리 기술자들에게 적합한 통신기기였다. 아이서는 고개를 끄덕이다 말고 떠오른 생각에 벌떡 일어섰다.

"작업동에 있다고 했어요?"

위성 무전기가 있다는 건 오하나가 SG에 연락할 수 있다는 뜻이었다.

아이서가 급하게 작업동으로 뛰어든 순간, 오하나가 욕설을 뱉으며 벽을 걷어찼다.

"아오, 씨발!"

힘을 조절하지 않았는지 벽에 기대어 놓은 온갖 물

건이 흔들리면서 금속성의 불협화음을 냈다. 아이서는 흔들리던 냉장고가 멈춰 서는 것을 확인하고 나서야 조심스럽게 오하나 쪽을 보았다. 그 손에는 확실히 위성 무전기가 들려 있었다. 그러나 마음이 급해진 아이서가 다가가기 전에 오하나가 먼저 고개를 돌렸다.

"야, 아이서."

오하나는 험악한 얼굴과 달리 예상 밖의 말을 꺼냈다.

"너 한국에서 돈 어떻게 빼냈냐?"

"무슨 소리야?"

"휘발유 사는 데 쓴 돈도 그렇고, 네가 펑펑 쓰고 다니는 돈 있잖아. SG가 네 계좌는 다 동결시켰을 텐데 어떻게 빼낸 거냐고."

아이서는 인상을 찌푸렸다.

"그걸 왜 알려줘야 하는데? 내가 도망갈 구석을 다 막아버리게?"

"이젠 네가 어디로 도망가든 내 알 바 아니야. 그 방법만 알려주면 그냥 놓아줄게."

이해가 가지 않아서 오하나를 멀뚱히 보던 아이서의 머릿속에 문득 한 가지 생각이 떠올랐다. 손에 든 위성 무전기를 사용해서 이미 연락을 한 거라면, 그래서 벽을 걷어찰 정도로 화가 난 거라면, 그다음에 하려는 일이 돈을 찾는 거라면…….

"설마, SG한테 뒤통수 맞았어?"

오하나가 한껏 얼굴을 구기는 모습에 아이서의 입꼬리가 실룩였다.

"진짜구나?"

오하나는 떫은 얼굴로도 시원스럽게 털어놓았다.

"뒤통수야 진작에 맞았지. 내가 괜히 널 놓아줬겠냐. 그래도 어떻게 돌아가나 떠보려고 SG에 연락했더니 나보고 대뜸 계약 위반이라고 쪼면서 당장 한국으로 돌아오라고 하더라. 너는 어떻게 됐느냐는 질문도 없이 말이야. 아무래도 나한테 다 뒤집어씌우고 잘라 내려는 모양이야."

오하나가 원래 받은 의뢰는 아이서를 회수해서 한국으로 돌아가는 것이었다. 그런데 그 의뢰를 수행하던 과정에서 아이서와 함께 있던 마적들을 죽였다. 그 일이 도화선이 되어 젱이스 패거리가 아크수를 점령했고, SG의 자산을 파괴하고 빼앗았다. 젱이스가 아직 버티고 서서 정부와 줄다리기를 벌이는 데에는 'SG가 우리 정부를 무시하고 함부로 무력을 행사했다'라는 주장이 큰 역할을 하고 있었다. SG가 자기네 책임을 전면 부인하고 프리랜서 용병에게 모든 걸 뒤집어씌운다면 젱이스의 주장은 약해질 수밖에 없었다.

그 논리를 짐작한 아이서는 입꼬리를 실룩이며 상냥하게 물었다.

"뭐, 의뢰자의 약점 같은 거 안 남겨놨어? 영화 보면 용병들은 많이 그러던데."

오하나가 코웃음을 쳤다.

"장난쳐? 개네가 막 자기 입으로 약점을 말했겠냐? 녹화 영상 내밀어봤자 SG 변호사들이면 트집거리만 더 찾아낼 가능성이 높지. 쯧쯧, 어쩐지 산하에 PMC도 있는 회사가 나한테 의뢰한다 했어. 이래서 감이 안 좋은 일은 맡는 게 아닌데, 이번 일은 진짜 제대로 돌아가는 게 없다."

아이서는 그 말을 듣고 소리 내어 웃고 말았다. 오하나도 SG에 뒤통수를 맞았다니 기분이 상쾌할 수밖에 없었다.

"세상에, 뿌린 대로 거둔다는 말이 맞을 때도 있구나. 손익계산만 실컷 하더니 제대로 당했네."

"그래. 웃어라, 웃어."

오하나는 해탈한 표정으로 말했다.

"사실 거기까진 짐작했지. 내가 숨겨놓은 계좌까지 정지시켰을 줄은 몰랐다고."

아이서는 신나게 웃고 나서야 눈물을 닦으며 말했다.

"그 돈 빼내주면, 나한테 뭘 해줄 수 있는데?"

"목숨도 구해줬는데 이러기야?"

오하나는 불평하면서도 진지하게 대꾸했다.

"뭘 원해? 돈 말고 거래할 만한 건 서비스뿐인데, 참고로 난 어린애 납치는 안 해. 청부 살인도 사절이야."

"살인은 실컷 하면서 청부 살인은 안 한다고?"

"임무 중 어쩔 수 없는 경우와 애당초 사람을 죽이려는 건 다르지."

아이서는 그 당당한 태도에 고개를 내저었다. 이렇게 입씨름하다 보면 대화가 끝나지 않을 듯했다.

"일단 경호원이 필요할 것 같긴 해."

"언제까지? 무기한은 아닐 거 아냐."

"그거야 상황에 달렸지."

오하나는 눈살을 찌푸리더니 발끝으로 바닥을 두드렸다.

"음, 이건 어때? 내가 지금까지 SG에서 받았던 의

뢰 증거들을 가지고 있긴 하거든. 나는 그걸 써먹을 생각이 없지만, 그중에서 네 소송에 도움이 될 자료가 있을지도 모르지."

아이서도 당장은 오하나를 놀려먹을 생각으로 한 말이었지만 듣다 보니 생각이 달라졌다.

"그럼 일단 줘봐. 어떤 게 쓸모 있을지 봐야 알지."

스테판과 대화할 때 잠시 떠올랐던 생각으로 머릿속이 어지러웠다. 프로젝트 원안이 지금 같은 형태로 변한 이유, 사막의 숲의 실패가 기술 자체보다 부패의 문제라던 스테판의 말, 지난 10년간 SG 이선민 부회장의 약진, 이것저것을 조합하면 뭔가가 맞아떨어질 것도 같았다. 그러나 그 조각들을 찬찬히 맞춰볼 시간은 주어지지 않았다.

"마적이에요! 마적!"

당황한 스테판이 뛰어 들어왔다.

바닥이 점점 떨리고 멀리 인공 나무들 사이로 먼지구름이 자욱했다. 오하나가 쌍안경을 내려놓으며 투덜거렸다.

"이 동네 와서는 뭐 하나 순탄하게 풀리는 일이 없네. 수리도 덜 됐는데 이러기냐. 어쩔래, 새 고용주?

싸워? 지금이라도 도망쳐?"

　오하나는 이미 아이서의 경호원으로 일한다는 계약이 성립했다는 듯한 태도로 결정권을 넘겼다. 그 사실이 믿음직하면서도 무거웠다.

　아이서는 먼지구름과 그 아래에 늘어선 자동차들, 그리고 깃발을 들고 있는 작은 사람의 그림자를 보았다. 도망쳐봐야 이번에는 끌어들일 국경수비대도 없었고, 오하나도 아직 완전한 상태가 아니었다. 게다가 여기에는 스테판도 있었다. 이 수리장과 기껏 수리한 인공 나무들을 망가뜨리는 일은 정말이지 피하고 싶었다. 아이서는 각오를 다졌다.

　"일단은 대화를 해보는 수밖에 없겠어."

　어떻게 생각해도 도망은 이제 끝이었다.

사막의 탑

마적들이 우즈베키스탄의 붉은 사막에 나타난다는
건 무척이나 이상한 일이었다. 그곳에는 30년 전에
버려진 사막의 숲이 남긴 거대한 폐허와 그 인공 나
무를 하나씩 고치는 우직한 기술자들이 모여 지내는
수리장밖에 없었다. 근처에 사는 사람도 없었고 오가
는 사람도 거의 없었다. 가장 가까운 도시도 몰락해가
는 중이었다. 한마디로 마적 같은 이들이 뜯어먹을 게
없는 곳이었다.

　심지어 그것이 위구르스탄 마적이라면 더 해괴해
졌다. 아무리 젱이스가 위구르스탄 정부를 넘어서는
무장 집단을 거느렸다지만 그들이 밀입국해서 우즈
베키스탄 영토를 절반이나 가로지르다니. 작은 무리
라 해도, 중앙아시아가 땅의 크기에 비해 사람이 적은
곳이라 해도 이해하기 어려운 일이었다.

　먼지구름을 잔뜩 일으키며 등장한 것치고 차량은
네 대뿐이었고 사람은 스무 명 남짓이었다. 사막에서

오하나가 죽인 이들보다 적은 수였고, 서중국 국경까지 뒤따라오던 이들과는 비교도 안 되게 소규모였다. 그러나 상황이 전혀 달랐다. 수리장 건물은 방어의 이점이 전혀 없었다. 서중국 국경수비대처럼 끌어들여 이용할 만한 다른 집단도 없었다. 무엇보다 오하나는 아직 몸을 다 수리하지 못했고 무기도 제대로 보충하지 못했다.

싸울 수야 있겠지만 승산은 높지 않다는 뜻이었다. 특히나 민간인 두 명을 지키기는 무리였다.

그들은 얌전히 백기를 들고 기다렸다.

자동차 네 대를 이끄는 사람은 사막의 햇빛에 새까맣게 탄 얼굴로 머리에 딱 맞는 모자를 단정하게 쓴 중년 남자였다. 전쟁 경험에 피폐해진 티가 나면서도 학교 선생님 같은 분위기를 풍기는 유수프였다.

유수프는 그들을 험하게 다루지는 않았다. 스테판과 오하나를 총 든 남자들 옆에 무릎 꿇려놓았을 뿐, 아이서와는 대화를 시도했다.

유수프를 따라 멀찍이 걸어간 아이서는 입을 열자마자 비난부터 던졌다.

"선생님은 처음부터 거짓말을 했어요. 사막에서 소개해준 그 사람들, 나라를 걱정하는 참전군인이라고 했죠. 마적이라는 말은 하지도 않았어요."

"거짓말은 아니었다. 그 친구들은 우리 나라의 앞날을 걱정하던 참전군인들이 맞아. SG의 개들에게 그렇게 쓰러질 사람들이 아니었다."

"사실이 아닌 말만 거짓말이라고 하지 않아요. 해야 할 말을 안 하는 것도 거짓말이죠. 희생을 내지 않겠다던 건 진심이었나요? 아크수에서 보니까 부수적인 피해에는 신경도 안 쓰던데요."

유수프는 잠시 침묵하다가 무뚝뚝하게 화제를 전환했다.

"너에게 함부로 대한 놈은 이미 벌을 받았다. 그때너를 끌고 간 SG의 하수인은 어떻게 된 거냐?"

조용히 귀 기울이고 있던 오하나가 긴장할 만한질문이었다. 이들은 오하나가 바로 그 사람이라는 걸몰랐다. 알았다면 보자마자 쏘았겠지.

다행히 아이서는 오하나 쪽으로 시선을 돌리지도않고 바로 대답했다.

"몰라요. 죽었겠죠."

오하나는 속으로 감탄했다. 처음부터 아이서의 정신적 회복력이나 배짱이 좋다고 생각하기는 했지만,이 정도일 줄은 몰랐다.

"그래서 그거 사과하겠다고 여기까지 쫓아오셨을
리는 없을 텐데요. 저한테 뭘 원하세요?"

"우리가 같이하려던 일을 마저 해야지. SG를 막는
일 말이다."

아이서는 잠시 침묵하다가 말했다.

"제가 하려고 했던 일은 회사 하나를 막는 게 아니
라 사막의 바다 프로젝트를 막는 거였어요. 더 정확하
게는 지금 같은 위험한 형태의 공사를 막으려고 했죠.
아무것도 모르는 사람들이 똑같은 일을 하게 만드는
게 아니고요."

"그러니 더욱 네가 함께해야지. 네가 지금까지 반
대하고 어떻게든 막으려고 애쓴 건 SG가 위구르 사
람들을 희생시키며 강행하려던 위험한 공사가 아니
었니. 이제 우리 손으로 제대로 해볼 기회가 온 거야."

젱이스가 언론 공격에 대응하며 했던 말과 거의
똑같았다. 오하나는 왠지 모를 기시감에 눈을 굴렸다.
의뢰인 김이영도 이선민 부회장이 인터뷰에서 했던
말과 똑같은 소리를 했었지.

"정말 그런 거라면 젱이스 씨와 직접 이야기할 수
있게 해주세요."

유수프는 무표정으로 화난 기색을 내뿜었지만 아

이서는 물러서지 않았다.

"내가 얼마든지 강제로 끌고 갈 수 있다는 건 알고 있겠지? 지금 이런 설득에 시간을 들이는 것 자체가 내가 보이는 호의다."

"이러시는 이유가 있겠죠. 아니라면 몇 대 때리고 끌고 가셔도 되고요."

"기왕이면 협조하는 게 서로에게 좋지 않겠니?"

"그러니까요. 기분 좋게 협조하기 위해 전권을 가진 사람과 이야기하고 싶다는 거예요."

"말도 안 되는 소리."

"왜요, 여자와는 대화도 안 하는 게 조직 강령이라서요?"

아이서의 빈정거림에 유수프가 얼굴을 확 찡그렸다.

"우리가 전통 회복을 강조하는 건 어디까지나 민족을 규합하고 질서를 되찾기 위해서지, 말 그대로 그렇게 믿는다는 건 아니야. 젱이스 님은 실용적인 분이다."

"그러니까 그걸 증명해달라고요. 여자는 사람 취급도 안 하는 곳에서 무슨 일을 하고 싶진 않거든요."

오하나는 아이서가 몇 대 맞을 줄 알았지만 놀랍게도 그 고집은 결국 받아들여졌다.

"⋯⋯당장은 무리다. 가는 길에 잠시 대화하게 해
주마."

유수프 일행은 아이서만이 아니라 스테판과 오하
나까지 차에 태우고 서둘러 출발했다. 그 사람들은 수
리 기술자일 뿐이니 내버려두라는 아이서의 말은 역효
과만 불렀다. 그들은 수리장 안에 있던 각종 장비를 쓸
어다가 트레일러에 실어 나오기까지 했다. 그리고 열
시간 가까이 달린 후 잠시 멈춰 서서 식사와 재보급을
할 때, 아이서와 젱이스의 화상 대화가 이루어졌다.

물론 오하나는 그 자리에 동석하지 못했다. 스테
판과 같이 옆방에 있었다. 그러나 벽 너머에서 그들의
대화 소리를 들을 수는 있었다. 수리받을 때 다리 두
개와 팔 하나만 교체한 건 아니었기 때문이다.

"바쁘신데 죄송합니다. 하지만 제 협조가 필요하
신 것 같은데, 그러려면 신뢰가 필수적이라고 생각해
서요."

아이서의 침착한 목소리가 들렸다. 오하나는 일부
러 벽에 기대앉아서 국물을 마시며, 들리기만 하는 게
아니라 보이기도 하면 좋겠다는 생각을 했다. 젱이스
의 목소리는 조금 작게 들렸다. 오하나는 목소리를 통

해 그의 외모를 대충 상상해볼 수 있었다. 언뜻 평범해 보이지만, 잘 뜯어보면 유난히 두꺼운 목과 굵은 몸통에 강렬한 인상을 더해주는 고리눈.

"그래? 왜 우리에게 박사가 필요하다고 생각하나?"

"제가 생각해볼 시간이 꽤 있었거든요. 전문가니 뭐니 해도 제가 프로젝트의 지금 단계에서 필요할 이유가 없는데, 왜 이렇게 절 끌어들이려고 하시나 해서요. 그런데 SG를 밀어내고 대신에 다른 기업과 손잡을 작정이었다면 이해가 갑니다. 아마 그 기업에서 거래 조건으로 제 지식을 요구한 거겠죠. 결국 이 프로젝트의 마지막 단계는 변형 해조류 양식이니까요. 그런 거라면 절 폭력으로 길들이기도 애매할 거예요. 연구가 하루이틀에 되는 것도 아니고, 저쪽 기업에 보여주기도 그렇고."

조목조목 잘 따지기도 했지만 꿋꿋한 태도가 가장 인상적이었다. 앞에서 누가 그런 모습을 보이면 기를 꼭 꺾어놔야겠다고 여기는 권력자들도 있었지만 젱이스에게는 그런 태도가 먹힌 것 같았다. 웃음 섞인 목소리가 들려왔다.

"정확해. 하지만 그렇다고 박사를 고이 떠받들어

줄 이유는 없는데."

"그런 걸 바라지는 않습니다. 아까 말했듯이 전 협력에서 제일 중요한 건 신뢰라고 생각해요. 신뢰는 솔직함에서 나오고요. 그래서 묻고 싶은 게 있습니다."

아마도 젱이스가 말해보라는 무언의 신호를 한 듯했다.

"섣불리 움직이면 시추 현장의 탄소 바다를 터뜨려버릴 수도 있다는 말로 SG를 협박하신다고 들었습니다. 정말인가요?"

오우. 오하나는 빵을 뜯다 말고 입술을 살짝 오므렸다. 옆에서 조용히 있던 유수프가 황급히 끼어들었다.

"어디까지나 SG가 함부로 행동하지 못하게 저지하려는 것뿐이다. 우리를 지키기 위한 수단이지. 실제로 그럴 일은 없을 거야."

"위기에 몰린다면요. 그래도 안 그러실 건가요?"

"흐음, 그러니까 내가 그런 짓은 안 한다는 확신이 있어야 협조하겠다는 말인가?"

"네, 맞습니다."

잠시 침묵이 흘렀다. 아이서가 의심이 담긴 목소리로 물었다.

"거기 지하 호수를 섣불리 뚫었다간 큰일 난다는

건 아시죠?"

아마도 그 질문에 안다고 대답하면 바로 추가 질문을 하려고 했을 것이다. 그러나 젱이스는 시원시원하게 대답했다. 정반대의 대답이었다.

"아니, 솔직하게 말하면 잘은 모르네."

순간 아이서의 목소리가 뒤집혔다. 지금까지 잘 유지하던 침착함이 깨지면서 목소리가 높아졌고 말도 빨라졌다.

"수천 년 동안 이산화탄소를 차곡차곡 흡수해서 농축해놓은 탄소 바다가 터지는 일이에요! 그걸 지금……!"

"박사가 큰일이라고 생각하는 건 알지. SG도 그렇게 생각하는 것 같고. 나에게 중요한 건 그거야. 실제 위험이 아니라."

"인류가 망해요! 지금도 망하고 있지만 더 빨리 망한단 말입니다!"

"그 말은 지난 30년 내내 들었어. 그런데 탄소 바다가 터져서 뭐 어쩐다는 거야? 그래봐야 죽음의 비가 내리는 것도 아니고, 꺼지지 않는 불이 타오를 것도 아니고. 어차피 기온 상승 어쩌고 이전에 굶어 죽거나 총 맞아 죽는 사람도 많은 판에, 당장 모두가 죽는 게 아니라면 뭐가 그리 큰일이지?"

그 난폭한 발언에 아이서는 숨이 넘어가는 소리를 냈지만 오하나는 솔직히…… 공감했다. 머리로는 뭐가 큰일이라는 건지 알겠다. 하지만 이렇다 할 실감이 느껴지진 않는 말이었다. 그렇게 다들 방관하다가 이 지경까지 온 거겠지만. 아이서는 잠시 후에 떨리는 목소리로 말했다.

"탄소 흡수 프로젝트고 뭐고 믿지도 않는 거였군요. 그러면서 그걸 재개한다는 건가요?"

"내가 믿지 않아도 남들이 믿는 것엔 힘이 있지. 그 프로젝트는 다른 나라 사람들을 움직일 힘과 돈이고, 대의다. 지금 위구르스탄에 필요한 것이지."

"그런 거라면 차라리 SG가 추진하게 내버려두지 그랬어요. 지금 이건, 그냥 그 힘과 돈만 빼앗아서 똑같은 짓을 할 뿐이잖아요!"

"아니, 다르다! 주체가 다르니 모든 것이 달라!"

화상 대화인 데다 그게 다시 벽을 통하는 과정이 있는데도 움찔할 정도의 박력이었다.

"박사는 그간 조국을 떠나서 지냈기 때문에 잘 모르는 것 같군. 외세는 믿을 수 없어. 위구르스탄이 도탄에 빠졌을 때 도와준 나라가 있었을 것 같나? 독립

전쟁 기간에도 그랬고, 그 이전에 우리가 압제에 시달릴 때도 마찬가지였어. 형제국이라는 것들도 난민이나 조금 받아주고 무기나 조금 지원할까 몇 마디 입에 발린 말조차 아꼈지. 말로 하는 약조 따위엔 아무 의미 없어. 국가 관계에는 오직 이득과 힘만 있을 뿐. SG건 뭐건 저 회사들은 이득이 되고 위험만 없다면 언제든지 남의 나라를, 우리 조국을 갈가리 찢어다가 제물로 바칠 거다. 중요한 건 반드시 우리 손에 쥐고 있어야만 해."

잠시 침묵이 흐르다가 댕그랑 소리가 났다. 아마도 아이서가 그릇을 잘못 건드린 것 같았다. 아이서는 여전히 떨리는 목소리로, 그러나 흥분은 덜어낸 목소리로 말했다.

"그러니까 다시 정리하자면 탄소 흡수 프로젝트의 의미는 믿지 않는다, 위험도 믿지 않는다, 하지만 쓸모는 있으니 이용하겠다, 뭐 그런 말씀이죠? 마찬가지의 이유에서 필요하다면 협박도 얼마든지 실행하실 수 있겠네요. 그렇다면 전 죽어도 협조 못 합니다."

젱이스는 시원스럽게 그 각오를 잘라냈다.

"죽을 각오까지 할 정도면 날 설득해봐. 왜 터뜨리면 안 되는지."

"예?"

"기온 상승이 어쩌고 하는 것 말고, 다른 위험은 없나?"

오하나는 남은 빵을 국물에 적시면서 감탄했다.

'오, 이 영감탱이 꽤 매력적이잖아. 이선민보다 훨씬 나은데?'

아이서는 아까보다 심하게 떨리는 목소리로 답을 내놓았다.

"잠깐만요, 잠깐. 좋아요. 탄소 바다가 터진다는 건 그냥 이산화탄소만 터져 나온다는 얘기가 아니에요. 그래요, 인류가 더 빨리 망한다는 말이 바로 와닿지 않을 수 있죠. 하지만 그 많은 탄소가 터져 나오는데 현장이 무사할 것 같아요? 콜라 캔만 해도 심하게 흔들고 나서 따면 거품이 펑 터져 나오는 건 아시죠? 아니, 샴페인에 비유하는 게 낫겠군요. 탄산가스가 그정도만 들어가 있어도 잘못 따면 코르크가 튀어나와서 전등을 깨부순단 말입니다."

속사포같이 이어지던 말을 잠시 멈추고 숨을 돌린 아이서는 다시 찬찬히 말했다.

"현장 지반이 붕괴할 거라고요. 그러면 당연히 그 근처에 있던 사람들도 죽을 거고요. 위구르스탄을 위한다면 그런 사태는 막아야 하지 않나요?"

오하나는 아이서가 진작 이렇게 설명했어야 한다고 생각했다. 처음에 언론 인터뷰에 나섰을 때부터 이 정도의 감각이 있었다면 훨씬 나았을 텐데, 하고 말이다. 젱이스도 그렇게 생각한 모양이었다.

"과연, 그렇게 말하니 알기 쉽군. 앞으로의 브리핑도 이 정도가 좋겠어."

"예?"

"유수프가 할 일을 다시 설명해주겠지만 박사는 프로젝트 현장에 남겨진 계획안과 관련 자료를 정리해줘야 해. 아크수 쪽에서 건진 것들도 그리로 보내는 중이네."

"잠깐만요. 전 아직 답을 못 들었는데요. 협박은 협박일 뿐, 실행은 안 한다고 믿어도 되나요?"

"다른 건 몰라도 내가 박사 이상으로 위구르스탄 사람들을 중시한다는 건 믿어도 좋아. 뜬구름 잡는 거창한 대의 따위를 위해서 우리 민족을 희생시킬 마음은 없다. 협상을 위해 유리하게 이용할 뿐, 그게 통하지 않는다면 프로젝트도 버린다."

힘 있는 대답이었지만 동시에 무엇 하나 확실하게 하지 않는 정치가스러운 답이기도 했다.

"난 지금까지 솔직하게 말했네. 그걸 믿고 안 믿고
는 박사의 일이지."

아이서는 한참 고민하는 것 같더니 결국 말했다.

"그럼 제가 위험하다고 하면 시추기를 멈추겠다고
약속해주세요. 그것만 확실하게 약속받는다면 일해보
겠습니다."

그 말로 결론이 나자 오하나는 살짝 실망했다.

'아니, 잘하다가 이렇게 순진하게 굴기야? 저런 말
을 믿는다고?'

젱이스는 위구르스탄 사람으로 젊은 시절부터 중
국 공안의 치안 유지 방식에 반발했으나 무모한 싸움
에 나선 적은 없었기에 오래 살아남았다. 처음에는 황
무지에서 수송 차량을 터는 범죄자로 유명해졌는데,
나중에 세를 더 키우고 나서는 그런 강도 행위가 독
립 항쟁의 방식이었다고 주장했다. 또한 '마적'이라는
이름이 유목 전사에게 걸맞다며 자랑스럽게 여기기
도 했다. 위구르 민족주의를 내세웠지만, 몽골제국을
만들 때 위구르가 함께했다는 점을 크게 선전하기도
했다. 젱이스는 뭔가를 키우고 지키는 것보다 싸우고
빼앗는 것이 그의 길, 늑대의 길이라고 여겼다.

아마도 중국 정부의 강력한 공안 정책이 유지되었다면 젱이스는 잡혀서 사형당했거나 험악한 산지로 도망쳐야 했을 것이다. 그러나 기후 격변과 그로 인한 혼란의 시대가 찾아왔고 세계의 탈세계화와 지역화가 가속하면서 위구르스탄 독립전쟁이 본격적으로 시작되었다. 그리고 원래 싸움에 익숙하던 젱이스의 무리는 전쟁에서 활약하며 스스로의 가치를 높였다. 전쟁에서 무자비함은 미덕이었고, 냉정하고 셈이 빠르다면 더더욱 그랬다.

위구르스탄이 독립국가가 되고도 젱이스가 영웅으로 올라서는 일은 없었다. 애초에 전쟁터의 전면에 나선 적도 없었기에, 바깥세상에도 많이 알려지지 않았다. 그는 명예를 요구하지 않는 대가로 힘을 온존했다. 갈 곳도 할 일도 잃은 참전군인들을 흡수하여 세를 불렸다. 마적, 전천후 범죄자 집단, 사막의 마피아, 뭐라고 부르건 간에 현재 젱이스 마적단은 위구르스탄 정부보다 강한 무장 세력이었다.

이런 세력이 정부와 별개로 존재한다는 것은 너무나 위험한 일이었다. 위구르스탄 대통령은 SG라는 거대 기업과 손을 잡는 데 성공했으니 모든 게 해결됐다고 믿는 모양이었다. 물론 이대로 시간이 지날수록 젱이스의 힘은 쪼그라들 수밖에 없었다. 하지만 그런 결말이 뻔하다면 상대방이 죽지 않으려고 무슨 짓이든 할 수 있다고 생각하지 못한 것이 대통령의 패착이었다.

애초에 젱이스 같은 자는 전쟁이 끝나자마자 쳐냈어야 했다. 큰 위험을 감수하지 않고 말려 죽이려고 한 것부터가 어리석었다. 위구르스탄 대통령이 판단력 있는 사람이었다면 다른 나라의 힘을 끌어들여서라도 처리했을 것이다.

그러니까 오하나가 보기에 지금의 사태는 결국 다 숙청당하지 않으려는 젱이스의 권력 싸움이었다. 그 과정에서 주워다 섬기는 대의는 모두 헛소리였다. 위구르스탄을 사랑한다는 주장은 사실일지 모르지만 권력자의 사랑이란 애초에 보통 사람이 생각하는 사랑과는 정의부터 달랐다. 어떤 권력자는 자기 손으로 쥘 수 없다면 불태워버리는 게 낫다고 생각했다.

"그렇다고 계속 뻗대서 받아낼 수 있는 것도 없잖아. 믿는 척이라도 해야지."

다시 스무 시간 가까운 강행군 끝에 천산산맥 중간에서 휴식 시간을 얻었을 때, 아이서는 그렇게 말했다. 젱이스를 믿느냐는 오하나의 질문에 대한 답이었다.

"어차피 끌려가긴 하는 거고, 덕분에 조금 더 움직이기가 나아졌으면 됐어."

오하나는 망설임 없는 아이서의 옆얼굴을 보다가 충동적으로 말했다.

"내가 너 하나 정도는 데리고 도망칠 수 있는 거 알지?"

사실이었다. 다리가 아직 온전하지 않다고는 해도 스테판이 틈틈이 정비를 봐준 터였다. 혼자라면 확실히 몸을 빼낼 자신이 있었다. 한 사람을 더한다면 위험도가 올라가기는 하겠지만 사막도 아니고 산속에서라면 가능했다.

"스테판은?"

오하나는 그 반응에 침묵했다. 두 명은 무리였다. 특히나 스테판처럼 덩치가 크고 무거운 사람은 더 어려웠다. 아이서는 픽 웃었다.

"혼자 도망치고 싶으면 도망쳐. 스테판이 원한다면 데려가도 되고, 난 어차피 그 현장으로 가야 해."

"왜, 탄소 바다가 터지는 건 막아야 해서?"

"그것 때문만은 아니고."

아이서는 괜히 목소리를 낮추며 말했다.

"수리장에서 내가 그랬잖아. SG에 한 방 먹일 수

도 있다고. 그러려면 회사에서 정보를 빼낼 방법을 찾
아야 했는데, 마침 그 기회를 준다니 잘됐지. 시키는
대로 하는 척하면서 따로 증거를 찾을 거야."

"무슨 증거?"

"회사 차원에서 저지른 부정행위의 증거."

오하나는 잠시 눈을 굴리며 바깥의 소음에 귀를
기울였다. 잠시 다리를 편 유수프와 부하들은 식사를
하고, 차에 연료를 넣고, 바퀴에 압축공기를 넣고, 물
을 사서 싣는 등의 정비 작업을 하는 중이었다.

"그러니까 네가 말했던 노림수도 그거였나? SG의
부패 증거를 찾아서 국제기구에 제출하겠다고? 건설
에서 부정부패가 나와봤자 책임자나 갈리고 일은 계
속하는 거 아냐?"

"단순히 공사하면서 돈을 남겨 먹었다 같은 거라
면 그렇지. 내가 찾으려는 건 처음 유넵에 지원 통과
를 받은 프로젝트 초안이 지금 계획안과 완전히 다르
다는 증거야. 지금 계획안은 위험도도 높고, 위치는
초안에서 다룬 프로젝트 후보지들보다 비합리적이거
든. 그 대신 공사가 훨씬 크지. 그만큼 돈도 어마어마
하게 들고. 그걸 노리고 계획을 변경한 걸 밝힐 수 있
다면……."

오하나는 여전히 미심쩍었다.

"그게 되겠어? 내가 다른 건 몰라도 돈 문제는 좀 아는데, 네 말대로 공사가 크고 돈이 크면 그만큼 얽힌 집단도 많기 마련이거든. 유넵 내부도 당연히 이리저리 얽혀 있을 거고, 이권이 여기에서 저기로 이동한다면 환영하는 사람도 있겠지만 통째로 날아가는 사태는 무조건 막을 거야."

아이서는 복잡한 얼굴로 고개를 저었다.

"전부 날려버릴 필요는 없어. 여기에서 공사를 중지하더라도 변형 해조류 실험장 사업은 남길 수 있으니까. 그게 원래의 방향이기도 하고."

"흠, 그런 거면 젱이스한테도 털어놓고 협조해달라고 했어도 되는 거 아냐? SG의 약점을 쥐여준다면 좋아했을 텐데."

아이서는 관자놀이를 문지르다가 간결하게 말했다.

"프로젝트 초안에서 다룬 사업지는 지금과 달라. 위구르스탄은 후보에도 없었어."

그렇다면 이권 사업이 남더라도 그 이득은 위구르스탄이 아니라 다른 곳에서 누리게 될 가능성이 있었다. 유수프나 젱이스가 알면 달가워하지 않을 것은 물론이었다.

엄청난 돈이 오갈 수 있는 정보였다.

나흘간의 정신 나간 강행군이 끝났을 때, 그들은 다시 위구르스탄에 돌아와 있었다. 천산산맥 위쪽은 얼음으로 덮여 있었지만 타림분지로 내려가자 기온이 영상으로 올라갔다. 해마다 변덕스러움을 더해가는 기후 덕분에 한 달 전보다 오히려 기온이 높았고, 춥다기보다 스산한 겨울이었다.

타클라마칸사막 한가운데에 위치한 사막의 바다 프로젝트 제3현장까지 가는 길은 이제 SG 경비대가 아니라 젱이스의 부하들이 지키고 있었다. 완만한 모래언덕 너머로 철탑이 보일 때까지 계속 그랬다.

사실 그 탑이 현장의 중심은 아니었다. 넓게 호수를 파고 있는 건설 현장은 탑에서 조금 떨어져 있었고, 각종 건설 장비는 대부분 탑에서 거리를 꽤 두고 위치했다. 모래폭풍이 한 번씩 일어나는 곳인 만큼 방풍벽을 두르기는 했지만 온전한 벽은 아니었다. 날씨가 급격히 변하면 공사를 멈춰야 했고, 건설 인력들은 더 멀리 떨어진 강가의 트레일러 숙소에서 묵으며 출퇴근했다.

그래도 프로젝트 현장의 상징은 시추탑이었다. 흔

히 볼 수 있는 석유 시추탑처럼 철골만 세운 탑이 아
니라 두꺼운 벽과 천장을 댄 탑 안에 시추기가 있었
다. 몇 킬로미터 깊이의 두꺼운 암석을 파야 하기에
통상적인 지하수 시추기와 달랐고, 석유가 아니라 물
을 찾는 작업이다 보니 석유 시추기와도 조금 다른,
특별히 제작한 대형 시추기였다. 기왕 벽을 세우는 김
에 현장 관리실과 숙소도 설치했다. 잠시 고용하는 건
설 인력이 아니라 SG 직속 기술자와 관리자들이 상
주하던 곳이었다.

지금 그 탑 주위에는 꽤 많은 병력이 진을 치고 있
었다. 오프로드 차량 사이사이에 털이 긴 낙타들도 보
였고, 놀랍게도 헬리콥터까지 한 대 있었다. 스테판이
소리 죽여 말했다.

"무슨 마적 규모가 이래요?"

"이름만 마적이지 군벌이라니까."

오하나가 똑같이 작은 소리로 대답했다. 아이서가
옆에서 이상한 표정을 지었다.

"당신, 엔지니어 흉내는 낼 수 있는 거 맞아? 들키
면 큰일인 거 알지?"

스테판은 젱이스 조직에 엔지니어가 부족하다는
이유로 끌려왔다. 오하나는 그 옆에 있었다는 이유로

비슷한 오해를 받고 있었다. 아니, 본인도 적극적으로 그런 행세를 했다. 아이서는 목적지가 가까워지니 그게 불안한 모양이었다. 오하나는 빙긋 웃었다.

"기계 몸 달고 산 지가 20년인데, 조수 노릇쯤이야 못 하겠냐. 걱정할 것 없어."

"누가 걱정을 한다고."

코웃음을 치면서도 아이서는 오하나가 중간에 도망치지 않고 여기까지 왔다는 사실이 의아한 눈치였다. 정체가 탄로 나면 끝인 것은 물론이고, 셋 중에서 누군가를 본보기로 죽여야 한다면 오하나가 첫 번째일 텐데 말이다. 아이서도 그 점이 신경 쓰였는지 어설픈 계약에는 신경 쓸 필요 없다는 말까지 이미 했다.

사실 오하나는 어설픈 의리를 지키려고 여기 있는 게 아니었다. 계약금도 선수금도 없었으니 사막의 숲 수리장에서 급하게 나눈 말에 효력이 있다고는 할 수 없었다. 그래도 굳이 아이서의 착각을 수정해주지는 않았다. 직업 정신이 말도 못 하게 투철한 사람이라고 생각하게 놔두는 것도 나쁘지 않았다.

오하나는 아이서가 정보를 빼내려 한다는 사실을 알고서 여기까지 따라오기로 했다. 지금까지 위구르스탄에서 손해를 봐도 너무 많이 봤다. 얻을 것이 거의 없다면 목숨이라도 건지는 쪽이 더 중요하지만 수지 타산을 맞출 확률이 올라간다면 이야기가 달랐다. 정보는 돈이니까.

빠져나갈 방법은 계속 살폈다. 아이서와 스테판은 현장 주위에 모인 병력에 놀란 것 같았지만, 오하나의 눈에는 배치가 허술하기 짝이 없었다. 다행스러운 일이었다. 이것보다 많은 수의 정규군이 있거나, 소수의 특수부대가 있었다면 더 어려웠을 것이다. 그러나 이들은 근본이 깡패 집단이었다. 게다가 원래 여기에서 일했을 건설 노동자도 모두 빠진 상태 같았다. 밤이 긴 계절이기도 하니 날씨만 도와준다면 눈에 띄기 전에 꽤 멀리까지 도망칠 수 있을 듯했다.

'건물 밖으로 조용히 빠져나올 방법만 찾으면 되겠는데.'

그런 생각을 하던 오하나는 탑 안에 발을 들이자마자 살짝 눈살을 찌푸렸다. 답답했다. 동쪽에 남아 있는 우루무치같이 완전히 대도시화했다면 모를까, 위구르스탄은 도시라 해도 시야가 막힌 곳이 별로 없었다. 천산산맥 위로 올라간다 해도 마찬가지였다. 탁 트인 평야는 아닐지 모르지만 아무리 모래와 바람을 피하기 위해 막아놓은 생활 공간이라 해도 두꺼운 천하나만 젖히면 바깥이었다. 몇 주 동안 그런 곳만 돌아다녔더니 두꺼운 벽으로 가로막힌 프로젝트 현장이 답답할 수밖에 없었다. 창문도 많지 않은 데다가 작기까지 해서 바깥으로부터 차단된 느낌이 강했다. 공기까지 무겁게 고인 느낌이었다. 발밑에서 느껴지는 희미한 드릴의 진동은 폐쇄감을 더했다.

"굳이 이렇게 만들어야 했나?"

같은 생각을 했는지 스테판이 중얼거렸다. 그나마 장점이라면 건물 내부에 배치된 병력은 생각보다 적다는 정도였다. 오하나는 관찰 내용으로 불편한 마음을 상쇄시키며 스테판과 아이서와 함께 얌전히 중앙의 나선계단을 올랐다.

앞장선 유수프는 그들을 2층의 현장관리실로 데려갔다. 관리실 벽에는 모니터가 가득했고, 책상 위에는 재생지를 활용한 하드카피 서류들이 마구 쌓여 있었다. 벽이며 바닥 여기저기에 뭔지 모를 갈색 자국도 보였다.

"아크수에서 불타지 않고 남은 서류도 다 긁어왔다."

유수프의 말에 아이서는 컴퓨터를 보고 물었다.

"인터넷은 연결되어 있어요?"

"컴퓨터는 멀쩡하지만 로그인할 방법을 못 찾았다. 여기 관리자는 우리가 도착하기 전에 죽었어."

아이서는 뭔가 생각하는 얼굴로 고개를 끄덕이더니 곧장 책상 위에 쌓인 서류를 뒤적이기 시작했다. 눈에 띄지 않으려던 오하나였지만 여기에서는 차마 입을 다물고 있지 못했다.

"좀 쉬고 나서 해도 되는 거 아냐? 나흘 동안 잠도 차에서 잤는데."

"숙직실이 옆에 붙어 있어요. 식사는 우리가 챙겨서 여기로 가져올 거고요."

유수프가 아니라 새로운 목소리였다. 아이서가 놀란 소리를 냈다.

"타티아나?"

현장관리실 문 앞에 서 있는 사람은 푸근한 옆집 할머니 같은 인상의 러시아계 여성이었다. 그 뒤에 몇 명이 더 있었다. 유수프는 그들을 보더니 가볍게 눈인사를 하고 나갔다. 문이 닫히고 나서도 아이서는 타티아나를 쳐다보기만 했다. 스테판이 먼저 입을 열었다.

"생태해방전선의 타티아나 씨?"

"맞아요. 수리 기술자였죠? 그쪽 소속이라면 루스탐과는 몇 번 만난 적이 있어요."

스테판은 정중하게 인사하면서도 얼떨떨한 얼굴이었다.

"그런데 왜 여기 계시는 겁니까? 저희처럼 잡혀 오신 건 아닌 듯한데요."

"저 사람들과는 일시적인 협력 관계예요. 뭐든 마음대로 할 수 있는 건 아니지만 여러분보다는 자유롭죠. 자료 정리도 우리가 도울 겁니다."

아이서가 인상을 구겼다.

"타티아나, 젱이스는 기후변화도 탄소 흡수 기술도 안 믿는다는 건 알고 있어요?"

타티아나와 같이 들어온 몇 명이 헙, 하고 숨을 들이마셨지만 정작 타티아나는 놀라지 않았다.

"많은 권력자가 그렇죠."

"탄소 바다가 터진다는 게 무슨 의미인지도 모르는 사람에게 그걸로 협박할 방법을 알려주다니, 제정신이에요? 내가 붕괴 위험을 설명하지 않았다면 별생각 없이 터뜨리고도 남았을 작자예요. 대체 뭘 믿고 그런 위험한 짓을 한 거예요?"

타티아나는 아이서의 맹렬한 비난을 듣고도 여전히 태연했다.

"아, 역시 나와 유수프가 나눈 대화를 듣고 도망친

거였군요. 섣부른 판단이었어요. 덕분에 시간을 낭비
했네요."

아이서는 적반하장에 입을 딱 벌렸다가 미간에 주
름을 잡았다.

"무슨 말을 하고 싶은 거예요?"

"나도 젱이스 측에 무조건 협조하는 건 아니에요.
따로 노리는 게 있죠."

설마 그렇게 대답할까 했는데 정말로 그렇게 뻔한
대답이 나왔다. 아이서는 헛웃음을 참을 수 없었다.

"그걸 설명할 기회라면 많이 있었을 텐데요."

타티아나는 아무렇지도 않게 대꾸했다.

"그 점은 내 실수예요. 하지만 지나간 일은 지나간
일이죠. 우린 여기에서 SG의 부정행위 증거를 찾으려
고 해요."

아이서는 그 순간 누가 봐도 알 수 있을 만큼 움찔
했다. 오하나는 그 정직한 반응을 보고 웃음을 눌러
참았다. 타티아나는 비웃지 않고 자상한 얼굴로 말을
이었다.

"긴장 풀어요. 뭐 대단한 비밀이라고. 비슷한 생각
일 줄 알았어요. 사람 생각하는 게 다 비슷하죠. 젱이
스도 뭔가 SG에 써먹을 만한 협상 레버리지를 찾으려

고 우릴 불러들인 거예요. 자기 부하들만으로는 그게 쉽지 않으니까요. 회사를 제일 잘 아는 건 당신이지만, 비서 앱 도움 없이 아날로그로 서류를 보는 건 우리가 제일 잘하죠. 그리고 뭔가 찾았을 때 그걸 들고 빠져나가는 건? 당신은 못 해도 나는 할 수 있겠죠."

빈틈없는 말이었지만 아이서는 여전히 받아들이고 싶지 않은 얼굴이었다.

"내가 당신을 어떻게 믿어요?"

"믿을 필요는 없어요. 어차피 증거를 찾는 데까지는 할 일이 똑같잖아요? 안 할 건가요?"

스테판은 어리둥절해서 두 사람을 번갈아 보았다.

"증거 뭐요? 여기 안전장치를 확인하려는 게 아니었어요?"

아이서는 얼굴을 세게 문지르다가 대답했다.

"그것도 할 거예요. 기계 관련, 특히 지금 돌리고 있는 시추기 관련 자료는 스테판이 우선 맡아서 봐줘요."

뒷말은 타티아나에게 하는 대답이기도 했다. 타티아나는 바로 말을 받았다.

"프로젝트의 전체 그림에 관한 자료는 아이서에게 넘기죠. 회계 관련이나 자금 흐름에 관해서는 여기 마리야에게 줘요. 건축과 건설 관련 자료라면 장이 빠를 거예요. 나는 식사 문제부터 해결할게요."

언제나 인력과 자원이 부족한 작은 단체들을 움직이던 타티아나의 유능함이 발휘되는 순간이었다. 지시를 내리는 데 익숙한 사람의 목소리이기도 했다.

다들 재생지에 프린트한 하드카피 서류를 한 뭉치씩 쥐었고, 아이서는 책상 서랍을 하나씩 열어보며 탁상 달력과 액자들을 뒤집어보기 시작했다. 누군가가 남겨놓았을 로그인 아이디와 비밀번호를 찾기 위해서였다. 타티아나가 문밖으로 나가면서 말했다.

"인트라넷은 끊겼어요. 끊기기 전에 마구잡이로 파일을 긁어다가 저장해놨을 테니까 그걸 봐요."

의욕적인 시작이었다.

약 서른 시간 후, 시작할 때의 의욕은 피로에 쓸려나갔다.

현장관리실은 여전히 어수선했다. 아니, 이전보다도 엉망이었다. 마구 쌓여 있던 서류는 이제 바닥에까지 널렸고, 사이사이에 먹다 만 음식과 빈 접시도 더해졌다. 한쪽 구석에는 숙직실에서 끌고 온 접이식 침대에 반쯤 걸쳐서 자는 사람이 있었다. 오하나도 체력 보존을 위해 적당한 높이의 재생지 더미를 베고 누워 있었다.

오하나는 고개를 뒤로 젖힌 채 작고 두꺼운 창문 밖을 보았다. 언젠가부터 어두운 하늘에 싸락눈이 흩날리고 있었다. 비로 바뀌면 좋을 텐데. 비바람은 언제나 정규군에게 달갑지 않고 특수부대원에게는 활동하기 좋은 날씨였다.

여전히 핏발 선 눈으로 컴퓨터 화면을 보며 뭔가를 찾고 있던 아이서가 잠시 일어나 의자 옆을 서성이다가 스테판에게 물었다.

"시추기는 어때요?"

"안전장치가 제법 철저하던데요. 이 정도면 모르는 사람이 아무 버튼이나 누른다고 사고가 날 수준은 아니에요."

"그래요?"

아이서는 걸음을 멈추고 미심쩍은 표정을 지었다.

"여기 자료만 봐서는 그렇게 자랑하던 투명 돔 건설 계획도 허술하기 짝이 없고, 실행안 여기저기가 구멍투성이인데요. 하청의 하청도 아니고 이선민 부회장이 직접 관할한다는 프로젝트가 이렇게 엉망으로 돌아가다니. 차라리 누군가 횡령했다는 쪽이 더 안심이 될 지경이에요. 시추기 안전장치는 제대로 준비한 거 맞아요?"

"설계상으로는요."

스테판은 나름 감명받았다는 듯이 손을 이리저리 움직이며 설명했다.

"가능한 위험 시나리오를 모집하고, 그걸 토대로 세 겹의 안전장치를 만들었어요. 일단 여기 탑 중앙을 차지하고 있는 특대 시추기부터 대단해요. 지하 10킬로미터까지 파고 들어갈 수 있다는 것만 해도 예외적인데, 다이아몬드 드릴을 계속 가동하는 게 아니라 일정한 간격으로 멈춰서 파이프를 설치하고 마디를 만들어서……."

"스테판."

시추기에 대해 신나게 떠들던 스테판은 아이서의 부드러운 한마디에 머쓱해하며 다시 말했다.

"그러니까 간단히 말하면 1단계 안전장치로 드릴이 암반에 구멍을 뚫자마자 바로 빨대 같은 파이프를 끼워서 밀봉하게 되어 있고요. 2단계로 어디에든 구멍이 생기면 바로 거품 폭탄을 투하해서 빈틈없이 틀어막도록 되어 있어요. 그리고 3단계가 대단한데, 그래도 지상까지 가스가 올라오는 사태가 벌어지면 시추기를 에워싼 이 탑 자체를 완전히 밀폐할 수 있다

고요. 왜 이렇게 두꺼운 벽과 천장으로 시추 현장을
둘러쌌나 했더니 그래서였어요."

"완전 밀폐라면, 가스가 빠져나가지 못하고 이 안
에 갇힌다는 거죠?"

"그렇죠."

오하나는 듣다가 인상을 썼다. 가스가 밖으로 빠
져나가지 못한다면 내부에 있는 사람들은 질식할 수
밖에 없었다. 왜 사막 한가운데에 금속 덩어리로 건물
을 만들었나 했더니, 얼른 빠져나가고 싶다는 마음이
강해졌다. 반면에 아이서는 다른 생각을 하는 얼굴이
었다.

"그 정도 안전장치라면 훌륭하긴 한데요. 혹시 그
위험 모델 자료도 같이 있어요?"

"여기요."

빠르게 자료를 훑어본 아이서가 끙 소리를 냈다.

"회사에서 뛰쳐나오기 전에 봤던 위험 시나리오는
이게 다가 아니었어요. 분명히 몇 개가 더 있는데, 여
기에는 빠져 있네요. 내가 기자회견을 열었을 때 회사
에서 들고나온 반박 자료에도 없었죠. 외부에 공개할
순 없지만 시추기에는 삼중 안전장치가 있으며 투명
돔도 씌울 테니 걱정 없다는 소리만 하면서 내가 음

모론에 빠진 거라 했고요. 그 자료부터 확보하고 나왔어야 했는데, 내가 너무 미숙했죠."

스테판은 아이서의 기억에 의심을 표하지 않았다.

"키워드는 기억해요?"

"몇 가지는요. 하나는 지진이 일어날 경우였고, 또 하나는 탄산가스 압력 문제였던 것까지 기억해요."

"그럼 그걸 같이 찾아보죠."

두 사람의 검색 작업은 시작하자마자 중단됐다. 타티아나가 찬바람을 몰고 들어온 탓이었다. 문이 열렸다가 닫히는 틈새로 문 앞을 지키고 앉은 병사가 언뜻 보였다. 타티아나는 문을 닫자마자 다급하게 말했다.

"서둘러야 할지도 모르겠어요. 지금부터는 언제든 뜰 준비를 하고, 챙겨야 할 서류를 선별합시다. 장갑차 한 대를 확보해놨으니까 빼둔 서류는 밖에 나갈 일이 있는 사람이 기회를 봐서 차에 실어요."

자고 있던 사람들은 반응이 없었고 아이서와 스테판만 지친 눈을 돌렸다.

"무슨 일이 터졌어요?"

"젱이스가 카슈가르로 진군하고 있어요."

순간 오하나는 누운 자세에서 튕기듯이 일어났다.

그 서슬에 잠들어 있던 사람 하나가 놀라서 간이침대에서 떨어질 뻔했다. 방 안의 분위기가 싸늘해졌다.

"언제? 젱이스가 움직인 지 몇 시간이나 됐지?"

늘 평정을 잃지 않던 타티아나도 이번에는 오하나의 기세에 밀려 바로 대답했다.

"정확한 시간까진 모르겠군요. 스물네 시간은 안 됐을 거예요."

오하나는 직감적으로 느꼈다.

"망했다."

다들 어리둥절한 표정으로 오하나를 보았다. 오하나는 머리를 부여잡고 있었다.

"그래, 그렇지. 젱이스가 사업이니 뭐니 해봤자 근본적으로 믿는 건 무력일 게 뻔한데! 빨리 여기에서 벗어나야 해."

타티아나보다 아이서가 먼저 물었다.

"잠깐, 잠깐. 무슨 소릴 하는 거야? 젱이스가 서쪽으로 가는데 우리가 왜 당장 도망쳐야 한다는 거고?"

오하나는 고개를 들고 단언했다.

"특수부대가 여기로 올 거야. 이미 코앞에 닥쳤을 수도 있고."

잠에서 깨어난 전원이 파랗게 질렸다. 그러나 곧

타티아나의 권위 있는 목소리가 얼어붙은 분위기를
깨뜨렸다.

"너무 무서워하지 말고 진정해요. 나도 여기에서
빨리 벗어나는 게 좋겠다고 생각해서 말하러 오긴 했
지만, 당장 큰일이 나는 건 아닙니다. 유수프는 이 싸
움이 길게 이어질 거라고 생각하지 않아요. 내전으로
큰 피해를 입힐 일도 없이 빨리 결판이 날 거라고 자
신하더군요. 내가 떠날 준비를 하자는 건 어디까지나
젱이스가 승전하면 우리가 서류를 빼낼 기회가 없어
질 거라 생각해서예요."

오하나는 타티아나를 보고 헛웃음을 지었다.

"지금 내가 패닉에 빠졌다고 생각하고 달래는 거
야? 놀라운 오해네. 조금 귀엽기도 하고. 그게 아니야.
지금 말대로 젱이스가 빠른 승리를 확신한다면 우리
에겐 더 곤란해."

"어째서?"

질문을 던진 사람은 아이서였다. 오하나는 한숨을
내쉬었다. 설명을 해서 사람들을 설득해야 하다니 생
각만 해도 머리가 아팠다. 오하나가 익숙하게 해온 일
도 아니었다. 제일 골치 아픈 건 스스로도 감을 풀어
서 논리를 세우는 데 익숙하지 않다는 점이었다. 다행

히도 아이서가 차분하게 다시 물었다.

"젱이스가 이긴다면 위구르스탄 정부가 바뀔 텐데, 그렇게 되면 SG도 여기에서 사업을 하려면 무조건 젱이스와 협상해야 하지 않아?"

"아니지, 그나마 정부라는 게 있어서 눈치를 봐준 건데, 정부 공백 상태가 되면 SG는 자기네 재산을 지킨다는 명목으로 편하게 병력을 움직일 수 있어."

"하지만 누가 쳐들어오면 젱이스의 부하들이 여기를 날려버리겠다고 협박해놓은 상태잖아. 그래서 SG도 여태까지 가만히 있었던 거고."

오하나는 절레절레 고개를 저었다. 새삼 느끼는 바였지만 이 자리에 있는 사람들은 생각의 방향이 하나로 고정되어 있었다.

"댁들이야 하나같이 고결해서 '지구에 위험한 짓을 하느니 죽자!' 이럴지 모르겠는데 말이야. 내가 보기에 그 협박이 먹힌 건 탄소 바다가 어떻고 지구가 어떻고 그래서가 아니야. 돈이 세상에서 제일 중요한 놈들한테 그런 게 먹히겠냐? 그게 아니라 자기네 금고에 불을 지르겠다고 해서 먹힌 거야. 여기 장비를 다 파괴하는 것도 손해고 큰 사고가 터져서 프로젝트가 날아가도 손해니까."

스테판은 오하나의 비유에 경악한 얼굴이었고, 타티아나는 혐오스러운 눈빛을 쏘았다.

"수리 기술자가 아니었군. 당신이 아이서가 말했던 그 용병이었나?"

"지금 그게 중요해?"

오하나는 손을 흔들어 타티아나의 말을 막았다.

"그런데 젱이스가 확실히 위구르스탄을 장악해서 SG가 사업을 진행하지 못하게 되면 얘기가 다르지. SG는 기반만 다져놓고 남 좋은 일 시키는 거잖아. 그렇게 되면 계산이 달라져. 어차피 금고가 터지지 않으면 뺏기는 거잖아. 그렇다면 가만있을 게 아니라 금고를 찾아야지."

다른 이들과 달리 아이서는 오하나의 논리를 이해한 것 같았지만, 여전히 받아들이지는 못하겠다는 얼굴로 물었다.

"터져서 다 없어지는 걸 겁내지 않고? 회사 직원들은 보통 그런 일에 벌벌 떠는데."

"그거야 평범한 직원들 얘기지. 세상엔 내 돈을 남이 쓰는 걸 보느니 다 태워버리는 게 낫다는 놈들도 있단다. 심지어 지금 같은 경우엔 큰일이 터지더라도 자기네 책임이 아니고, 다 테러리스트 탓이라고 하면 되는 거잖아. 그러니까 그 협박은 오히려 SG에게 딱 좋은 핑계라 이거야."

오하나는 잠시 말을 끊었다가 한 마디 한 마디에 힘을 주어 요약했다.

"SG는 무조건 특수부대를 보낸다. 그리고 굳이 우릴 살려두려고 애쓰지 않을 거야. 그 전에 여기를 빠져나가야 해."

의외로 오하나의 말을 바로 받아들인 사람은 아이서였다. 그러나 아이서 하나뿐이었다. 나머지는 반신반의했고, 타티아나는 이번에도 반대했다.

"내가 보기에 그건 사업가의 논리가 아니라 군인의 논리예요. 게다가 괜히 허둥지둥 움직이면 더 나쁠 수도 있어요. 우린 떠날 기회를 잘 노려야 해요."

이번에도 타티아나는 사람들의 마음을 잡는 데 성공했다. 오하나는 열심히 설득할 생각이 없어 입을 다물었다. 타티아나가 상황을 살피겠다며 나갔고, 남은 사람들이 침구와 침낭으로 급조한 배낭에 서류를 쓸어 넣는 사이 두 시간이 지났다. 어두운 하늘에 날리던 싸락눈은 진눈깨비로 바뀌었다. 빠져나가기 딱 좋은 날씨였다. 뒤집어 말하면 침투하기에도 좋은 날씨였다. 오하나는 더 기다리지 않기로 했다.

'난 할 만큼 했어.'

어차피 혼자라면 빠져나가기도 쉬웠다. 오하나는 문에 귀를 갖다 댔다가 의혹 어린 표정으로 물러섰다. 바깥에 앉아 있을 경비병의 기척이 없었다. 손잡이를 비틀어 뜯으려는 순간 발밑이 출렁였다.

넘어질 뻔한 오하나는 재빨리 몸을 낮추고 숨을 죽였다가 바닥의 흔들림이 일정한 리듬으로 이어지자 미간을 찌푸렸다. 사람들이 허둥지둥 책상 아래로 기어 들어가는데, 스테판이 외쳤다.

"지진이 아니에요. 시추기 드릴이 속도를 올린 것 같은데요."

"드릴? 타티아나는 뭘 하고 있는 거야."

안 그래도 불안하던 분위기가 더 날카로워졌다. 오하나는 자세를 낮춘 채 문 앞에 다시 붙었다. 무심코 뒤쪽에 수신호를 보내려다가 다들 군인이 아니라는 사실을 떠올렸다.

"혹시 모르니까 다들 그대로 숨어 있어."

오하나는 문을 걷어차지 않았다. 그건 너무 요란하니까, 손잡이만 비틀어 뜯어내고 조심스럽게 문을 밀었다. 그런데 아무도 없었다. 대신 지금까지 방음이 잘되는 문에 막혀 있던 소리가 들렸다.

총성이었다.

오하나는 어깨 너머를 잠깐 보았다. 마리야와 장은 책상 밑에 확실하게 웅크리고 있었지만, 아이서와 스테판은 몸을 반쯤 내밀고 있었다. 오하나는 그들이 도움이 될 거라고 생각하지 않았다. 다들 험한 꼴을 꽤 봤다지만 그래봐야 민간인이었다.

"기다려."

불신 어린 눈빛과 절박하게 믿고 싶어 하는 눈빛, 양쪽을 다 무시하고 밖으로 나갔다. 처음 총성을 들었을 때는 벌써 침투조가 들어왔구나 싶었는데, 그렇다기에는 또 이상하게 조용했다. 벽 바깥에서 교전이 벌어지는 소리도 없었다.

'뭐지? 소수 정예만 몰래 침투한 건가?'

복도에는 관리실에 있었던 작은 창문마저 없었다. 외부와 차단된 느낌이 이렇게 답답할 수가 없었다. 조심스럽게 벽에 붙어서 움직이다 보니 앞쪽에 엎어진 사람 형체가 보였다. 죽은 건 확실했고, 누구인지는 알 수 없었다. 떨어져 있던 총과 시체의 품속에 있던 칼을 챙기자 마음이 조금 안정됐다. 중국 국경선에서 다 써버리고 회수하지 못한 칼이 그리웠다.

조금 더 걸어가자 아는 얼굴도 하나 나왔다. 이번에는 생태해방전선 사람이었다. 총은 없었지만 이 사람도 주머니칼 정도는 가지고 있었다.

시체는 어두운 숲에서 나가는 길을 표시하는 빵 조각처럼 띄엄띄엄 이어졌다. 다만 방향은 숲 바깥이 아니라 안쪽이었다. 오하나는 시체를 발견할 때마다 소지품을 뒤져서 무기를 보충하며 계속 갔다. 걸을 때마다 오른발이 살짝 끌렸다. 사이사이 스테판이 손을 봐주긴 했지만 부품을 구하지 못하는 문제는 여전했기 때문이다. 발차기 위력은 감소했다. 점프는 아마 더 어려울 터였다.

중앙 계단에 발을 디디는데 바닥 철판이 튀어 오를 듯이 요동쳤다. 잠시 난간을 잡고 주저앉아야 할 정도였다. 지금 심해진 진동과 소리는 드릴이 아니라 시추기 엔진이 내는 것이었다. 느낌이 좋지 않았다.

오하나는 빠르게 계단을 내려갔다. 1층에도 시체가 있었다. 바깥으로 나가는 큰 문 앞을 지키던 사람들도 죽었다. 그런데 정작 그 문 바깥을 지키는 병사들은 아무것도 모르는 듯 그대로였다. 이대로라면 아무 일도 없었다는 듯 태연하게 빠져나갈 수 있을 것도 같았다. 타티아나처럼 협력자 입장이었다면 말이다.

오하나는 돌아서서 다시 탑 안쪽으로 향했다. 내부 지도가 없어도 시추기가 어디 있는지는 바로 알 수 있었다. 정확히는 시추기 조종실의 위치. 지하 10킬로미터까지 뚫고 내려갈 수 있는 시추기는 정말로 거대했고, 이 탑 자체나 다름없었다.

조종실에 도착해서 보니 아까 들었던 총소리는 침투한 특수부대가 쏜 총성이 아니라는 사실을 알 수 있었다. 그래서 다행이라고 해야 할지 아니라고 해야 할지 알 수 없었다. 여기에도 바닥에 시체가 있었다. 젱이스의 부하들과 생태해방전선 사람들이 뒤섞여 죽어 있었다. 그중에는 햇볕에 탄 얼굴을 음울하게 구기고 다니던 유수프도 있었다. 멀쩡하게 서 있는 사람은 딱 한 명이었다. 덩치 좋은 육십대 여자의 뒷모습이 보였다.

타티아나였다.

'이건 또 뭐가 어떻게 돌아가는 거야?'

오하나는 잠시 멍청하게 그 뒷모습을 보았다. 타티아나는 오하나에게 등을 돌리고 제어반 위로 몸을 굽히고 있었다. 뭘 하는지는 알 수 없었다.

다시 바닥을 훑어보아도 젱이스 조직원과 생태해

방전선 사람들 외에는 보이지 않았다. 그러니까 협력
관계였던 양쪽이 서로 충돌했다는 뜻인데, 왜? 게다
가 타티아나는 아까 특수부대가 온다는 말에도 반대
하고, 빨리 빠져나가야 한다는 말에도 반대하지 않았
었나? 그런데 지금 여기에서 뭘 하는 거지? 오하나의
머릿속이 어지러워진 사이, 뒤에서 달려온 누군가가
외쳤다.

"지금 뭐 하시는 거예요!"

놀란 타티아나가 몸을 홱 돌렸다. 손에 총을 든 채
였다. 오하나는 반사적으로 스테판을 잡아 눌렀다.
탕. 총탄이 스테판의 머리 위를 스치고 지나갔다. 스
테판을 바닥에 넘어뜨린 오하나가 달려들려고 자세
를 잡았을 때는 이미 늦었다. 타티아나의 총구가 오하
나를 겨눴다.

"타티아나!"

이번에 소리를 지른 사람은 아이서였다. 타티아나
는 그제야 총을 내렸다.

"세상에, 스테판을 쏠 뻔했네요. 미안해요. 정말 미
안해요."

걱정 가득한 얼굴과 톤이 살짝 올라간 호들갑스
러운 목소리였다. 그러나 총을 쥔 손은 안정적이었다.

오하나는 타티아나의 신체 반응을 살피며 눈썹을 살짝 들어 올렸다. 섣불리 움직일 수 없었다.

오하나가 숨어 있으라고 하지 않았느냐는 비난을 담아서 아이서를 흘겨보자, 네 말만 믿고 어떻게 그러느냐는 눈빛이 되돌아왔다. 그리고 나서 아이서는 타티아나에게 당혹스러운 시선을 돌렸다.

"어떻게 된 거예요? 그 총은 또 뭐고요? 싸움이 난 거예요?"

타티아나의 시선이 바닥으로 향했다. 아이서도 그 시선을 따라서 유수프의 시체를 보았다. 아이서의 눈빛이 심하게 흔들렸다. 반면 타티아나는 속상한 얼굴로 고개를 저으면서도 눈빛은 담담했다.

"나도 일이 이렇게 돌아갈 줄은 몰랐어요. 이렇게까지 통제가 안 될 줄이야."

오하나의 위화감은 더욱 심해졌다. 사람 좋은 할머니 같은 모습이 다가 아니라고는 생각했지만, 지금의 타티아나는 너무 침착했다. 타티아나가 천천히 입을 열었다.

"새로운 소식이 있었어요. 대통령이 죽었다는군요. 젱이스가 아직 카슈가르에 들어가지 않았는데도요. 유수프는 소문이 아니라 사실이라고, 이미 이겼다고 여기더군요."

"암살?"

오하나가 멍하니 중얼거렸다. 그런 수를 준비해놨기에 자신감이 넘쳤던 걸까. 하긴, 아무리 병력 우세라지만 정면으로 전투를 벌이면 어떤 변수가 발생할지 자신할 수 없는 법이었다. 반면에 위구르스탄 대통령에게는 변변한 이인자가 없으니, 대통령만 치우면 젱이스가 승리를 확신할 수 있었다.

그리고 대통령 암살이 목적이었다면 대통령을 지킬 만한 병력을 분산시켜야 했을 것이다. 이를테면 SG의 경비대 같은 병력 말이다. 젱이스에게는 SG가 프로젝트 현장으로 움직였는지 여부를 확인할 방법이 있었거나, 아니면 애초에 프로젝트 현장을 미끼로 썼는지도 몰랐다. 오하나는 생각하다 말고 눈썹을 찡그렸다.

"그런데 왜 유수프를 쏜 거지? 당신 사실은 SG 쪽 사람이었어? 아니면 어디 다른 나라에서 침투한 공작원인가?"

"창의적인 모욕이군요. 난 나라 같은 것에 충성하지 않아요."

타티아나가 더 말하기 전에 아이서가 끼어들었다.

"혹시 선생님이…… 아니, 유수프가 협박을 실행
하려고 했던 건가요?"

그런 거라면 막아야 마땅했다. 그러나 타티아나는
고개를 가로저었다.

"아뇨, 유수프는 이미 이겼으니 SG에서 온다 해도
굳이 싸울 필요가 없다고 여겼어요. 이제 SG도 손해
를 줄이려고 협상하려 할 거라면서요. 어리석은 생각
이었죠."

오하나와 아이서, 둘 다 의아한 얼굴이 되었다. 도
저히 타티아나의 설명을 따라갈 수 없었다.

"양쪽이 싸우지 않는다면 좋은 일 아닌가요? 여기
가 폭발할 일도 없을 테고요."

"그렇다고 유수프를 죽여서 뭐가 좋은데? 지휘관
을 죽이면 SG 마음대로 하게 해주는 꼴이잖아? 우리
가 도망치기에 유리할 것도 없고."

아이서와 오하나의 반론이 엇갈렸다. 오하나는 이
제 타티아나가 유수프를 죽였다고 확신하고 있었다.
타티아나는 쯧쯧 혀를 찼다.

"이해를 못 하는군요, 아이서."

이름을 불렀을 뿐인데, 아이서는 뭔가에 얻어맞은
것처럼 뒷걸음질 쳤다. 이제는 누가 봐도 타티아나에

게 위화감이 느껴졌다. 타티아나는 방금 이곳에서 일어난 비극에 무관심할 뿐만 아니라 계시라도 얻은 듯한 확신과 기쁨이 어린 얼굴이었다.

"여길 누가 차지하든 마찬가지라는 거 모르겠어요? SG든 젱이스든 여기를 안정적으로 차지하면 곧 프로젝트를 다시 진행하겠죠. 그렇게 놔둘 순 없어요. 우리가 빨리 벗어나는 게 중요한 게 아니에요. 여길 못 쓰게 망가뜨려야죠."

오하나는 순간 한기를 느끼고 목을 움츠렸다. 곁눈질로 보니 아이서는 입만 딱 벌리고 있었다. 바닥에 넘어졌던 스테판이 겨우 일어나서 제어반을 짚었다.

"잠깐만요, 타티아나. 지금 드릴을 최고 속도로 올리고 암석 부스러기 제거판을 다운시킨 게 그래서예요? 이대로면 드릴만 망가지고 끝난다는 보장이 없어요. 잘못하면 큰일 납니다. 드릴을 꺼야……."

"스테판, 가만히 있어요."

어느새 타티아나의 총구가 스테판의 머리를 향해 있었다. 타티아나는 자상한 투로 말을 이었다.

"아이서, 다른 사람은 몰라도 당신은 이해할 텐데요. 당신은 위구르스탄 사람들이 감당해야 하는 위험을 무시하는 회사에 분개해서 여기까지 왔죠. 그리고 공사를 막기 위해 현장을 습격하려 했어요. 그건 왜였죠? 언론에 호소해도, 유넵에 직접 탄원해도 결과가 나오려면 오래 걸리고, 그동안에도 공사는 계속 진행되기 때문이 아니었나요? 사고가 나고, 장비를 쓸 수 없게 되어야 시간을 벌 수 있으니까요. 지금 내가 하려는 일도 다르지 않아요."

아이서는 차갑게 대꾸했다.

"방금 스테판의 말대로라면 이해 못 하죠. 장비만 망가뜨릴 수 있다면 나도 찬성하겠지만 이러다가 정말로 탄소 바다가 터지면 어쩌려고요? 애초에 우리가 여기에 온 건 회사의 부패 증거를 찾기 위해서가 아니었나요?"

"그 증거야 나중을 위해서 필요하죠. 증거 확보에 성공한다 해도 프로젝트 중단까지는 오래 걸려요. 긴 싸움이 될 테고, 그동안에도 공사는 계속 진행되겠죠. 어느 회사가 이어받더라도 마찬가지예요. 중단부터 시키고 증거를 내밀어야 해요."

오하나가 끼어들었다.

"저기, 난 아까 이야기로 돌아가고 싶거든? 이대로는 여기가 무너질 수도 있다는 말이 맞아? 그걸 막자는 데까지는 다들 합의한 것 아니었나?"

그러나 타티아나는 아이서와 생각이 달랐다.

"그렇게 되면 사람들도 대기업이 내미는 탄소 흡수 프로젝트 따위에 의존하는 게 얼마나 어리석은지 마침내 깨달을지도 모르죠."

스테판도, 아이서도, 오하나도 경악했다.

"우와, 제대로 돌아버렸네."

오하나는 가볍게 욕을 하면서 바로 가속을 걸려다가 제대로 움직이기도 전에 균형을 잃고 멈춰 섰다.

탕!

시추기 엔진음을 뚫고 울려 퍼지는 요란한 소리에 귀가 먹먹해졌다. 타티아나는 오하나를 향해 한 발을 쏘고, 바로 스테판의 머리에 총구를 다시 겨누었다. 오하나의 팔에서 피가 흘렀다. 가까스로 팔에 스치는 정도로 총탄을 피한 오하나의 입꼬리가 살짝 경직했다. 타티아나는 자상한 표정으로 아이서에게 말했다.

"두 사람을 잃고 싶진 않으니 내 말을 들어요. SG가 그렇게나 안전장치가 충분하다고 자랑했는데도 사고가 난다면, 지금 우리가 챙긴 자료들이 이 프로젝트의 어리석음을 증명해줄 거예요. 그러니까 날 막을 생각 말고 빨리 떠나요. 가서 뒷일을 맡아줘요."

아이서는 무슨 말로 반박해야 할지 감도 잡히지

않는 얼굴이었다. 입을 몇 번 뻐끔거리더니 겨우 나온 말은 프로젝트에 대한 것이 아니었다.

"여기서 탄소 농도가 더 올라가면 무슨 일이 벌어질지 모르는 사람도 아니잖아요. 그게 전부가 아니에요. 이 부근에 있는 사람들은 다 죽을 거라고요."

타티아나는 진심으로 안타깝다는 표정을 지었다.

"아이서, 희생 없이 세상을 바꿀 순 없어요. 내가 40년 넘게 이 일을 하면서 알게 된 게 뭔지 알아요? 사람들은 피가 흘러야 쳐다본다는 거예요. 희생이 있어야만 관심을 갖죠. 그것도 어지간해서는 안 돼요. 세상에 불공정한 일이 너무 많아서, 그것마저 경쟁해야 하거든요. 여기 있는 건 그나마 다들 군인이라 다행이지 않나요."

차분하게 말해보려던 아이서는 결국 폭발해서 소리를 질렀다.

"당신이야말로 SG와 똑같아! 절망을 핑계로 희망을 묻어버리고 있잖아! 변형 해조류는 진짜라고. 당장의 탄소 흡수뿐 아니라 잘하면 바다를 살릴 수 있단 말이야! 그걸 기업이 망치는 걸로 모자라서, 당신 같은 사람들이 관에 못질을 하고 있는 거라고!"

그 순간 스테판이 타티아나에게 덤벼들었다. 한쪽

무릎을 꿇고 있던 오하나도 동시에 움직였다. 다리가 온전치 않아서 점프력과 가속력이 떨어졌지만 그래도 방 안에 있던 모두의 예상보다는 빨랐다. 오하나가 선택한 무기는 챙겨뒀던 주머니칼이었다. 표준 사이즈의 주머니칼은 허공을 가르고 정확히 타티아나의 손가락에 박혔다.

방아쇠에 걸려 있던 손가락이 깔끔하게 잘려 나갔지만 손가락을 움직이던 힘이 완전히 없어지지는 않았다. 오하나는 한 박자 늦게 팔꿈치로 총을 걷어냈다.

탕!

아이서는 타티아나의 손가락이 날아가고 피가 뿜어져 나온 다음에야 비명을 질렀고, 스테판은 발사된 총탄이 엉뚱한 곳으로 날아간 후에야 소리를 질렀다. 오하나는 다시 무너지는 오른쪽 다리를 붙들고 투덜거렸다. 아이서가 다시 비명을 질렀다.

"무슨 짓이야! 설득하고 있었는데!"

"눈에 광기가 번들번들하던데 설득이 참 잘도 됐겠다. 게다가 네가 화를 내고 있었지, 언제 설득을 했어?"

타티아나는 손을 붙든 채 쓰러져 있었다. 오하나는 아이서와 입씨름을 하면서도 절뚝절뚝 걸어가서 총을 멀리 걷어찼다.

"그 총 주워서 들어."

총을 주울 사람이 아이서든 스테판이든 상관없었다. 오하나는 타티아나에게 장갑차는 어디 있는지 물어보려고 입을 열었다가 순간 목덜미가 서늘해지는 감각과 함께 몸을 피했다.

다음 순간, 소리 없는 총탄이 타티아나의 머리를 꿰뚫었다.

"이야, 실제 액션에는 또 다른 맛이 있군요. 드라마 같지는 않지만요."

홀로그램 화상으로 가슴팍까지 보이는 남자가 박수 소리를 냈다. 정장을 갖춰 입은 남자의 상반신이 피와 시체들로 지저분한 공간에 떠 있으니 더욱 비현실적이었다. 검은 마스크를 끼고 눈만 내놓은 군인이 타티아나와 유수프의 시체를 뒤집으며 무미건조하게 보고했다.

"1번 목표물 사망, 2번 목표물 사망 확인했습니다. 기록 파기 중, 영상 확보 중입니다."

비슷한 복장의 다른 몇 명은 시추기 계기반 쪽에서 뭔가를 하고 있었다.

얌전히 무릎을 꿇고 앉은 오하나는 돌아다니는 군

인들의 표식 없는 전투복을 보았다. SG 산하의 민간 군사 기업이 쓰는 로고가 보이지 않았다. 회사 직속 경비대 마크도 없었다. 공식 인력에게는 못 맡길 일을 하는 집단이라는 뜻이었다.

'이번에야말로 끝인가?'

그자들이 타티아나만 죽이고 나머지는 아직 살려 놓았다는 사실이 그나마 희망적이었다. 옆에 앉은 아이서와 스테판은 넋이 나간 얼굴이었다. 하긴, 오하나도 방금의 정신없는 전개에 머릿속이 얼얼했다. 그들이 순식간에 회복한다면 그게 더 이상한 일이었다.

'타티아나를 상대하느라 저것들이 들어오는 줄도 몰랐다니. 진짜 낡았다, 오하나.'

오하나는 한탄하며 다시 홀로그램의 얼굴로 시선을 돌렸다. SG 창업자의 손자로 지난 10년간 급부상해서 부회장 자리까지 오른 남자였다. 잘생기지는 않았지만 세련된 패션에 잘 관리한 얼굴, 나쁘지 않은 발음, 매끄러운 언변을 갖춰 유능한 이미지를 다진 기업가이자 사막의 바다 프로젝트를 기획하고 여기까지 끌고 온 총책임자 이선민은 꿇어앉은 세 사람을 내려다보더니 딱 한 명만 집어서 말을 걸었다.

"이제 좀 이야기할 상태가 됐을까요, 아이서 박사?"

아이서는 시선을 들어 올렸지만 말은 하지 않았다. 이선민은 신경 쓰지 않았다. 권력자들이란 그런 법이었다. 하고 싶은 대로 말하고, 다른 사람의 말은 듣지 않았다.

"불미스러운 사태를 모두 해결하고 이렇게 얼굴을 마주했다면 좋았겠습니다만, 안타깝게도 방금 위구르스탄 대통령이 사망했다는 소식이 들어왔군요. 젱이스의 노림수가 제대로 먹힌 모양입니다. 대단한 사람이에요. 애초에 큰 싸움 없이 이길 수 있다는 계산이 있어서 내전을 일으킨 모양입니다."

남 이야기를 하듯 즐거운 목소리였다.

"물론 우리 경비대가 계속 대통령 옆에 있었다면 이렇게 되진 않았겠죠. 터무니없는 협박으로 도발하고, 아이서 박사를 보란 듯이 여기에 데려다놓고, 치명적인 회사 기밀을 확보했다는 말을 흘리더니 그게 다 우리 경비대를 이쪽 현장으로 끌어내려는 연막이었어요. 어휴, 대통령에게는 쓸 만한 이인자가 없으니 젱이스가 재빠르게 정부를 접수할 테고, 여길 탈환했다고 해봤자 우리가 순조롭게 프로젝트를 계속 진행하기는 어려워졌네요. 설령 협상이 잘 풀린다 해도 지금까지 공사 중단으로 입은 손해는 아무도 보상해주지 않을 테고요."

오하나가 생각한 것과 순서가 다르기는 했지만 결과는 다르지 않았다. 이선민은 빙긋 웃었다.

"저는 손해 보는 것을 아주 싫어합니다. 지금까지 사업을 하면서 손해 본 일도 별로 없고요. 우리 회사가 투자한 시설로 엉뚱한 이들이 이득을 본다고 생각하니 속이 뒤집히더군요. 그래서 그냥 여길 날려버릴까 생각도 했습니다만……."

여기까지는 오하나의 예상대로였지만 그다음부터 이야기가 달라졌다.

"그런다고 손해가 이득이 되는 건 아니지 않습니까? 인류 모두를 위해서도 낭비고요. 그래서 주어진 상황에서 최선의 결과를 뽑아낼 방법을 궁리해봤지요. 저는 실리적인 사람이거든요."

극적인 등장과 굳이 현장에 켜놓은 홀로그램, 기나긴 연설까지 이선민은 정말 과시욕이 강한 드라마 킹이었다. 그는 신이 나서 혼자만의 공연을 계속 펼쳤다.

"지금부터 한 가지 시나리오를 읊어드리죠."

이어지는 것은 진실이라고도 거짓이라고도 하기 힘든 이야기였다. 공기 중 수분채취기를 시작으로 인류에게 꼭 필요한 기술을 개발하여 점점 커진 어느 기업. 그리고 죽은 바다를 살리고 대기 중의 탄소를 흡수할 것으로 기대되는 변형 해조류 연구. 그 변형 해조류를 양식하기 위해 사막에 만들기로 한 인공 바다 프로젝트. 그러나 문화적인 몰이해와 무능이 겹쳐서 일어난 현지인과의 갈등. 그 갈등에 편승한 상처입은 전쟁영웅…….

사실이 섞였으되 기묘하게 왜곡된 이야기는 피폐한 한 나라의 비극적인 내전으로 치달았다가, 큰 희생 없이 정권을 쥔 전쟁영웅이 모두 무능한 전 대통령의 잘못이었음을 깨닫고, 조국의 앞날을 위해 미워하던 기업과의 협상도 감내하기로 하는 데에 이르렀다. 물론 곧바로 화해가 이루어진 것은 아니었지만, 전쟁영웅은 무단 점거 중이었던 기업의 프로젝트 시설을 순순히 돌려주고 제대로 대화해보겠다는 결단을 내렸다.

"그런데!"

한 박자 쉰 이선민은 일어나지 않은 이야기를 이어나갔다.

"그런데 그만, 제대로 대화해보기도 전에 환경 테러리스트가 끼어들었지 뭡니까. 대의는 좋지만 극단적인 길로 가버린 활동가죠. 이 사람은 탄소 흡수 기술은 다 거짓이고, 그런 기술에 매달리느라 인류가 진짜 위기 대처 능력을 낭비하고 있다고 믿었습니다. 그래서 인류가 정신을 차리게 해야 한다는 명목으로 프로젝트 현장을 날려버리려고 테러를 저지르고야 말았죠. SG는 최악의 사태를 막으려고 최선을 다했지만, 늦었습니다. 현장은 터지고 맙니다. 비극입니다. SG가 만들어둔 안전장치는 사보타주로 망가졌고, 불운이 겹치는 바람에 계산보다 넓은 범위의 지반이 붕괴합니다."

아이서가 숨넘어갈 듯한 소리를 냈다. 이선민은 자기 목소리에 도취된 사람 특유의 표정으로 손가락을 흔들었다.

"정말로 안타까운 일이지만, 다행히 민간인 피해는 크지 않아요. 현장을 점거하고 있던 군인들이야, 군인이니까요. 내려앉기 시작한 지반에서 탄산가스가 뿜어져 나오고, SG의 보안 인력은 최대한 빨리 사막에서 살던 주민들을 대피시킵니다. 탄산가스가 어느 정도 뿜어져 나오고 나면 모래 틈으로 지하수가 올라올 겁니다. 싱크홀은 그대로 거대한 지상 호수가 되겠죠. 범위가 어디까지 커질지는 모르겠지만 사막에 새로운 바다가 생기겠지요."

이선민은 즐거운 얼굴이었다.

"위험도를 다소 낮게 보았을지는 몰라도 이 사태가 어느 한 회사 탓이라고 하기는 어렵죠. 테러리스트가 작정하고 벌인 짓을 어떻게 하겠습니까? 하지만 풀려난 탄산가스 때문에 지구 전체 기온이 더 가파르게 상승할 테니 빨리 해결을 해야겠죠. 극단적인 시기에는 과감한 조치가 필요한 법입니다. 기왕 바다가 생겼으니 변형 해조류 양식을 시작한다면 탄소 흡수를 빨리 시작할 수 있을 겁니다. 어떤 면에서는 사막의 바다 프로젝트가 그 이름에 더욱 어울리는 형태로 이어지는 거죠. 흠, 그렇게 된다면 원래는 주민들의 생활 문제 때문에 보존해야 한다던 염수호들도 모두 해조류 양식에 동원하게 될지도 모르겠군요."

잠시 뜸을 들이던 이선민은 말을 이었다.

"위구르스탄에도 그렇게 나쁜 일은 아닙니다. 사막을 잃은 대신 바다를 얻은 셈 아닙니까. 건설공사로 유입될 예정이었던 돈은 줄겠지만 대신에 변형 해조류 양식으로 창출될 일자리가 있죠. 그걸로도 부족하다면 SG가 새로운 정부에 지불할 배상금도 있을 겁니다. 어디까지나 테러리스트가 벌인 짓이지만 SG도 책임을 나눠 지겠다는 뜻이죠. 회사에 대한 반감이 영 사그라들지 않는다면 다른 이름으로 일하는 방법도 있습니다. 이거야말로 최대 다수의 최대 행복이죠."

이선민의 일장 연설이 끝나자 얼마 동안은 엔진 소리만 울려 퍼졌다. 계속 침묵이 흐르던 중 아이서가 떨리는 목소리로 말했다.

"처음부터 그런 계획을 짜냈던 건가요? 투명 돔을 씌우겠다는 건 말뿐이었고, 그냥 지반을 내려 앉혀서 바다를 만들어낼 생각이었어요?"

이선민은 신입 사원을 보는 듯한 표정으로 입꼬리를 비틀었다.

"설마요. 아무려면 우리 같은 대기업이 그렇게 위험한 짓을 계획할까요. 게다가 복잡한 계획을 짜면 절대 그대로 되지 않는 법입니다. 누군가가 건설 비용을 확 낮추고, 꼭 필요한 탄소 흡수 과정을 더 빨리 시작했으면 좋겠다고 생각했을지는 모르겠습니다만, 그게 마음대로 되는 건 아니니까요. 그런데 놀라운 우연에 우연이 겹쳤어요. 그리고 제 발로 찾아온 기회를 차버린다면 좋은 사업가가 아니죠."

"말도 안 돼요. 그, 그러면 주가는요? 대형 사고가 나면 회사 주가가 곤두박질칠 텐데요."

이선민은 무슨 멍청한 소리를 하느냐는 표정을 지었다.

"박사는 주식도 안 해봤나요? 뭐, 아무튼 회사의 손해는 걱정 안 해도 됩니다."

오하나도 알고 있었다. 기업 가치가 확 떨어질 때 오히려 큰돈을 벌 수도 있었다. 떨어질 것을 미리 알기만 한다면, 그리고 다시 오를 것까지 안다면.

긴 침묵이 흐르고 아이서가 쉰 목소리로 물었다.

"그 시나리오에서 우리가 맡은 역할은 뭐죠? 테러리스트인가요?"

"그거야 본인 선택에 달렸지요."

이선민은 반달눈을 하고 웃었다.

"나는 뭐든 낭비를 싫어하거든. 박사 같은 인재를 제대로 써먹지도 못하고 버리다니 아깝더군요. 게다가 박사가 위구르스탄에 들어가서 이것저것 휘저어 준 게 이 시나리오에 득이 된 면도 없지 않다고 생각해요. 그러니 이 시나리오에 동의한다면 박사를 다시 SG에서 받아주고, 프로젝트의 다음 단계에 합류시키고 싶습니다. 박사는 하고 싶어 했던 변형 해조류 일을 실컷 할 수 있을 테고, 그건 인류 전체를 위해 좋은 일일 테니까요."

아이서가 삐걱대는 목소리로 겨우 말했다.

"내가 입 다무는 조건인가요?"

"아니, 입은 열어야죠. 이 사고는 생태해방전선이 일으킨 거라고 증언해주면 됩니다. 어쨌든 저분이 원했던 일이기도 하니까 거짓이 아니기도 하고요."

"타티아나가 원한 결과와는 많이 다른 것 같은데요."

"이건 정확히 저 사람이 원하던 대로입니다. 인류가 정신 차리고 빨리 기온 상승이라는 위기를 해결하길 원하지 않았던가요? 그러기 위해 충격요법이라도 쓰자는 믿음이었고요. 대기 중의 탄소가 갑자기 늘어나면 인류는 충격을 받아 절박해질 것이고, 우왕좌왕하기를 그만두고 더 확실하게 탄소 흡수 프로젝트를 지원하겠죠. 마침 딱 적합한 프로젝트도 있으니 얼마나 다행입니까. 우린 이 희생을 딛고 위기를 극복할 겁니다."

이선민의 눈이 진심을 담아 빛났다. 그래, 그건 분명히 진심이었다. 오하나는 더 참지 못하고 말했다.

"인류의 위기를 해결하면서 댁은 돈을 더 많이 벌고?"

이선민은 망설이지 않고 답했다.

"우리 회사도 돈을 많이 벌고, 다른 이들도 많이 벌 겁니다. 젱이스 칸도 많이 벌 수 있죠. 그러니까 모두에게 윈윈이지요. 다시 말하지만 무엇보다도 중요한 건 우리가 함께 인류를 구한다는 겁니다. 그 어느 때보다 효율적으로요. 아이서 박사가 원하던 바가 아닌가요? 연구소 입사 면접에서 그렇게 말했던 것으로 압니다만."

아이서는 목소리가 제대로 나오지 않는지 몇 번인가 마른기침을 하다가 겨우 말했다.

"만약 내가 못 하겠다고 하면요?"

"아깝지만 할 수 없죠. 어차피 증언이 없어도 영상은 있습니다."

오하나는 아이서에게 텔레파시라도 보내고 싶었다. 일단 하겠다고 하라고, 목숨을 구한 다음에 어떻게든 방법을 찾으라고 말해주고 싶었다. 쓸데없이 정직하고 성실한 머리통에는 그런 선택지가 없을 것만 같았다.

아이서는 정말 오래 고민했다. 오래, 열심히 고민했다. 발밑을 흔드는 시끄러운 울림 속에서도 머리 돌아가는 소리가 들릴 만큼 열심히.

그사이 계기반 쪽에 있던 한 명이 고개를 돌리고 수신호를 보내는 모습이 보였다. 아무래도 그쪽에서 하던 일이 끝난 모양이었다. 오하나는 미간을 좁혔다.

"음, 시간 다 됐네요."

"저는…… 못 하겠습니다."

아이서가 고개를 내젓자 맺혀 있던 땀방울이 떨어졌다.

"저런."

이선민이 아이서를 보며 아까워하는 표정은 진심 같았다. 포장을 막 뜯어서 입에 넣으려던 과자가 바닥에 떨어졌을 때 느끼는 아까움 정도였다.

이선민은 스테판과 오하나에겐 끝까지 눈길조차 주지 않았다. 그들은 아까운 자원조차 되지 않는 모양이었다. 오하나는 입술을 지그시 물었다. 정말 이게 끝이라면 저승길에 한두 명이라도 데려갈 작정이었다.

"그렇다면 할 수 없죠."

이선민이 그 말만 던지고 누군가를 부르려는 순간, 아이서가 다급하게 외쳤다.

"잠깐, 잠깐만요!"

"기회는 한 번으로 끝났습니다."

"결정을 번복하겠다는 게 아니라요. 총에 맞아 죽기는 싫어요. 그 정도는 들어줄 수 있지 않나요? 제발 부탁입니다. 제대로 해낸 것도 하나 없이 모든 면에서 실패한 예전 직원에게 그 정도는 해줄 수 있지 않아요?"

오하나는 아이서가 묶인 몸을 바닥에 닿도록 수그리고 이선민에게 비는 모습에 새삼 놀랐다. 이제까지

한 번도 보여준 적 없는 비굴한 태도였다. 직접적인 폭력 앞에서도 넋을 놓았을지언정 빌지는 않았던 사람이, 이제 와서 갑자기?

화상 속에서 아이서를 내려다보던 이선민의 입꼬리가 살짝 올라갔고, 사람의 생사를 휘두르는 힘을 쥔 쾌감이 눈동자에 스쳤다. 이선민이 그 시간을 음미하는 동안에는 다들 기다려야 했다. 이선민이 쯧쯧 혀를 차며 비웃었다.

"뭡니까. 구조가 올 가망도 없을 텐데. 솔직히 즉사가 낫지 않겠어요? 아, 혹시 조금이라도 시간을 벌면 여기에서 뭔가 할 수 있을 것 같아요?"

고개를 드는 아이서의 눈이 이글거리고 있었다. 전혀 포기한 얼굴이 아니었다. 정말로 그런 생각이었다는 표정이었다. 오하나는 아이서가 왜 저러나 싶다가 퍼뜩 드는 예감에 몸을 긴장시켰다. 이선민은 이제 재미없어졌다는 듯이 심드렁하게 말했다.

"뭐, 그러면 최선을 다해보든가. 거기 다들 묶어놓고 뒷정리 잘하고 와요, 전 팀장."

전 팀장이라고 불린 군인은 아무 내색도 하지 않았지만 미세한 몸짓으로 찬성하지 않는 기색을 드러냈다. 이윽고 마스크를 약간 걷어 올린 얼굴에서 생각보다 젊은 목소리가 흘러나왔다.

"그래도 이 여자는 죽여놓는 편이 낫습니다."

이선민은 마치 문손잡이가 말대꾸하는 모습이라도 봤다는 듯이 놀라워했다.

"뭐?"

전 팀장은 이선민에게 시선을 던지면서도 총구를 확고하게 오하나에게 돌렸다. 오하나는 속으로 이를 갈면서 마지막으로 몸을 움직였다.

총성이 울려 퍼졌고, 아이서가 비명을 질렀고, 이선민과의 통신이 끊겼고, 오하나가 움직인 것은 거의 동시였다.

그리고 엄청난 굉음과 함께 바닥이 기울었다.

그것은 2056년의 가장 중대한 뉴스였다. SG가 긴급 발표를 하자마자 젱이스가 위구르스탄 정부를 장악했다는 소식이 바로 묻힐 정도였다.

환경 테러리스트의 공격으로 사막의 바다 프로젝트 현장에 비극이 터졌다는 서두를 무심하게 보던 사람들도 뒤이어 송출된 위성 촬영 영상에는 경악할 수밖에 없었다. 사막이 파도치듯이 꿀렁거리다가 철탑을 가운데 두고 소용돌이처럼 내려앉기 시작했다. 모래사막이 천천히 아래로 꺼졌고, 잠시 버티던 철탑은 곧 쓰나미에 휩쓸린 건물처럼 맥없이 쓰러져 자취를 감췄다. 근처에 서 있던 중장비들은 진작에 가라앉아서 모래 위로 파편만 내밀고 있었다.

뒤이어 사막이 부글부글 끓어올랐다. 오랫동안 사막 지하에 갇혀 있던 탄소가 밖으로 빠져나오는 현상이었다. 탄소 농도와 대기 온도를 높일 성분이기도 하지만, 당장은 가까이 있는 사람을 모두 죽일 유해한 가스이기도 했다.

사막의 바다 프로젝트를 위해 SG가 만든 초대형 시추기에는 삼중 안전장치가 있었다. 그러나 지하에서 솟아오른 탄산가스의 양은 안전장치가 모두 발동하고도 가둘 수 없을 만큼 많았다. 단숨에 수백만 톤의 이산화탄소가 뿜어져 나왔는데, 심지어 그게 끝이 아니었다. 지하 호수에 녹아 있는 이산화탄소의 양은 수십억 톤으로 추정되며, 빠르게 조치를 취하지 않으면 지속적으로 배출될 것으로 예상되었다.

그리고 SG의 발표에 따르면 안전장치 세 개가 모두 발동했을 때, 탑 안에는 사람이 있었다.

사막의 길

과거 실크로드 상인들에게 '돌아올 수 없는 사막'이라고 불렸던 타클라마칸사막. 그 사막 깊은 곳에 건설 현장이 하나 있었다. 사막에 거대한 염수호를 만들어, 탄소 흡수 능력이 뛰어난 변형 해조류를 키운다는 사막의 바다 프로젝트가 진행 중인 제3현장이었다.

거대한 호수를 파기 위한 건설 현장의 각종 장비는 작동을 멈췄고, 한쪽 옆에 선 시추탑을 중심으로 둥글게 임시 막사가 모여 있었다. 바이오 플라스틱 천막은 대부분 갑자기 쏟아지기 시작한 겨울 폭우 때문에 무너지기 일보 직전이었고, 병사들은 혼란한 상황에서 제대로 지휘를 받지 못했다. 이 틈을 타서 침투한 이들이 있다는 것도 제대로 파악이 안 될 정도였다.

병사들은 막사를 버리고 벽 안쪽으로 대피하거나 차량에라도 몸을 구겨 넣었다. 일부는 튼튼한 탑 안으로 대피하려 했다. 그러나 들어가지 못했다.

탑 안에는 쏟아지는 비 대신 죽음이 있었다.

이 폐쇄형 시추탑 안에서 지금까지 죽은 사람이 몇 명일까.

아이서는 머릿속으로 계산해보았다. SG가 프로젝트를 가동하던 도중에 산업재해로 사망한 노동자들이 있었고, 사람들이 들고일어나면서 폭력적인 충돌로 다친 사람들이 있었다. 그다음에는 아크수를 점령한 젱이스 조직이 프로젝트 현장에 쳐들어왔을 것이다. 그리고 다시 협력 관계였던 젱이스 조직과 생태해방전선이 충돌하면서 서로를 죽여댔고, 살아남은 사람도 갑작스러운 폭우를 틈타 침투한 SG의 군인들에게 죽임을 당했다.

이쯤 되면 '저주받은 탑' 같은 이름이 붙을 만도 하지 않을까.

"아이서, 희생 없이 세상을 바꿀 순 없어요. 내가 40년 넘게 이 일을 하면서 알게 된 게 뭔지 알아요? 사람들은 피가 흘러야 쳐다본다는 거예요. 희생이 있어야만 관심을 갖죠. 그것도 어지간해서는 안 돼요. 세상에 불공정한 일이 너무 많아서, 그것마저 경쟁해야 하거든요. 여기 있는 건 그나마 다들 군인이라 다행이지 않나요."

유언이 되어버린 타티아나의 말이 머릿속을 계속

맴돌았다.

'아니에요, 타티아나. 군인만 죽는 게 아니에요. 군인이라고 죽어도 되는 것도 아니고요.'

아이서는 대꾸하지 못한 말을 속으로 중얼거리며 다시 현실에 초점을 맞췄다. 이선민이 답을 기다리고 있었다.

타티아나는 시추기 드릴에 과부하를 걸어서 사고를 일으키려 했다. 그리고 이제 이선민의 직속 경비대는 그 사고를 키우려 했다. 마음 편하게 책임을 뒤집어씌울 희생양이 있으니 그 김에 탄소 바다를 터뜨리고, 위기로 겁에 질린 전 세계 사람들을 뒤흔들어서 사업 이득을 높이겠다는 계획이었다. 이렇게 하면 '호수를 파는 건설 비용을 확 낮추고, 꼭 필요한 탄소 흡수 과정은 더 빨리 시작할 수 있다'라고 하면서 말이다.

"제 발로 찾아온 기회를 차버린다면 좋은 사업가가 아니죠."

역겨운 말이지만 이선민은 정말로 이익 추구에 있어서는 합리적인 사람인지도 몰랐다. 그 덕분에 아이서에게는 다시 한번 타협할 수 있는 기회가 주어졌다. 고민할 수밖에 없었다.

이선민의 회유에 혹해서는 아니었다. 지금까지 그들의 말이 맞을지 모른다는 희망을 품고 여러 번 타협했지만, 그때마다 뒤통수만 맞았다. 그리고 상대를 믿을 수 없다면 아무리 그럴싸한 말도 헛소리에 불과했다.

문제는 아이서가 여전히 사고를 막고 싶다는 것이었다.

지금의 이선민만이 아니라 타티아나도 이 사고를 원했다. 젱이스도 이득만 된다면 괜찮다고 생각할 것이었다. 더 거슬러 올라가 아이서가 처음 위험을 발견하고 말했을 때 연구소의 동료들도, 상사도, 열심히 인터뷰했던 기자들도, 대기업 폭로라는 말에 영상을 시청했던 사람들도 그럴지 몰랐다.

'안전 대비는 잘했다잖아' '건설이야 그쪽 전문가가 잘 알겠지'부터 '너는 전쟁터에도 있었다면서 안전에 되게 예민하구나?' '막말로 거기는 원래도 사람 잘 죽지 않아?' '지금 탄소 배출 상황을 봐, 우리가 조심하면서 일을 추진할 처지야?' '이민자는 역시 믿을 수가 없다'에 이르는 무수한 말이 떠올랐다.

일어나선 안 될 사고를 막고 싶어 하는 사람은 세상에 아이서밖에 없는 것 같았다. 그러니까 어떻게든 해야 했다. 그런데 대체 어떻게 해야 사고를 막을 수 있을까. 실낱같은 기회라도 얻어낼 수 있을까. 이선민의 말을 받아들이는 척하면 도움이 될까?

아이서는 시선을 돌려 스테판을 보았다. 선하고 꿋꿋한 수리 기술자는 얻어맞고 무릎을 꿇었을지언정 불길이 치솟는 듯한 눈으로 이선민의 홀로그램을 노려보고 있었다.

다시 시선을 움직여 오하나를 보았다. 겉보기에는 무해해 보이는 아담한 몸집의 용병은 뭔가를 전하고 싶어 하는 눈빛이었다.

그 순간 아이서는 오하나에게 걸어보기로 했다.

별로 논리적인 결정은 아니었다. 그래도 그때 아이서는 주의를 잠시 흐트러뜨릴 수만 있다면 오하나가 어떻게 할 수 있을지도 모른다고 믿었다. 그리고 주의를 끌기 위해 생각나는 방법이 별로 없었기에 엎드렸다. 넙죽 엎드려서 빌었다. 빌어서 안 되면 경비 대원의 발을 잡고 늘어지든 뭐든 할 생각이었다. 그러나 전 팀장이라고 불린 남자가 오하나만은 죽이고 가야 한다며 총을 들었고, 다 틀린 것 같았다.

총성이 울려 퍼졌고, 아이서가 비명을 질렀고, 이선민과의 통신이 끊겼고, 오하나가 움직인 것은 거의 동시였다. 그리고 엄청난 굉음과 함께 바닥이 거칠게 흔들렸다.

바닥에 엎드려 있던 아이서는 타격이 없었지만, 서 있던 사람들은 한꺼번에 나뒹굴거나 균형을 잃었다. 오하나는 그걸 기회로 삼아 움직였다.

오하나가 움직이는 모습은 아이서의 눈에 제대로 보인 적이 한 번도 없었다. 이번에도 그랬다. 아이서가 얼핏 본 것은 오하나가 어느새 바닥에 있던 시체를 집어 들고 휘두르는 장면과 날아간 시체에 얻어맞은 경비대원들의 총구가 천장을 향해 불을 뿜는 사이에 오하나가 튀어 올라서 무슨 기괴한 생물체처럼 두 다리로 전 팀장을 휘감는 장면 정도였다.

다시 고막이 터질 듯한 소리가 울렸다. 총성이 영원할 것처럼 메아리쳤고, 제대로 겨누지 못한 총탄은 더욱 마구잡이로 튀어 다녔다. 귀가 먹먹하고 정신이 하나도 없는 가운데 한참을 엎드려 있던 아이서가 겨우 몸을 꼼지락거린 것은 오하나의 목소리가 들린 후였다.

"하, 전 팀장 저 새끼, 내가 저걸 10년 전에 죽였으면 이 꼴을 안 보는 건데."

아이서는 오하나와 전 팀장이 서로 아는 사이였나

생각하면서 고개를 들었다가 머릿속이 하얘졌다. 오하나가 바닥에 널브러져 있었는데, 가슴팍이 시뻘겠고 양쪽 다리는 인공 피부와 힘줄이 다 터진 채로 큰 금속 뼈를 보이며 너덜너덜하게 늘어져 있었다. 실제 피와 살로 이루어진 다리가 아니었지만 어떤 면에서는 더 충격적이었다. 아이서의 머리가 핑 도는 와중에 오하나가 꿈틀꿈틀 상반신을 움직이며 말했다.

"죽은 사람 보듯 하지 말아줄래? 이거 내 피 아니거든. 빨리 일어나서 총부터 잡아! 저것들 다 죽었는지 확인하고!"

아이서는 갑자기 피가 빠르게 도는 기분에 비틀비틀 몸을 일으켰다.

"대체 뭐가 어떻게, 어쩌다가 다리가……?"

"지금 그게 중요하냐."

오하나는 누운 채로도 문 쪽을 경계하며 계속 소리쳤다.

"스테판! 무사해? 방금 왜 흔들린 거야? 지하가 터진 거야?"

아이서는 그제야 방 안을 둘러보았다. 의자와 각종 집기가 나뒹굴고 있었다. 엉금엉금 돌아다니면서 새로 생긴 시체들을 확인했다. 충격 때문인지 위에서 떨어진 조명이 경비대원 한 명을 뭉개놓았다. 또 한 명은 방탄복에 깨끗하게 뚫린 구멍 외에는 아주 멀쩡한 모양새로 엎어져 있었고, 또 한 명은 헬멧 안쪽이 피로 곤죽이 되었으며, 마지막으로 전 팀장은 목이 기괴하게 뒤틀린 채 기계 척추를 드러낸 상태였다. 그러고 보니 그자와 오하나가 뒤엉켜 레슬링을 하는 장면을 봤던 것 같기도 했다. 아이서는 헛웃음을 지었다.

"스테판?"

"여기요."

오하나가 다시 외치자 스테판이 작은 목소리로 대답했다. 비틀거리며 일어나는 스테판은 이마에서 피를 흘리고 있었다. 그는 공포에 질린 아이서를 보고 얼른 고개를 저었다.

"날아오는 총신에 맞았어요. 총탄이 아니라."

더 자세히 살펴보니 다리에도 상처가 있었지만 다행히 총탄이 두꺼운 옷 위로 스치고 지나간 정도였다. 아이서가 열심히 상처를 살피자 오하나가 역정을 냈다.

"중상 아니면 됐고, 일단 상황 파악부터 하라니까. 왜 흔들린 건데?"

스테판은 대충 찾아낸 천 조각으로 이마의 상처를

누르며 더듬더듬 계기반을 찾았다. 계기반은 얼핏 보기에도 뭔가 잘못된 것 같았다. 잘못 날아간 총탄 때문인지 날아다니던 물건 때문인지 몰라도 한쪽 구석이 움푹 파인 채 스파크가 튀고 있었다.

"지하에서 일어난 폭발은 아니에요. 드릴도 안 멈췄고, 시추기가 폭발하지도 않았네요. 그런데……."

"그런데?"

스테판이 넋 나간 표정으로 입을 여는데 요란한 사이렌 소리가 음성을 다 삼켜버렸다.

사고 발생, 사고 발생, 비상 대응 3단계가 시작되었습니다. 내부에 남아 있는 인력은 신속히 대피하기 바랍니다. 이 시설은 곧 완전히 폐쇄됩니다. 아래층으로 대피할 수 없을 경우에는 옥상으로 대피하기 바랍니다. 사고 발생, 사고 발생, 3단계 안전장치가 가동을 시작했습니다.

오하나는 겨우 상체를 일으켜 벽에 기댄 상태로, 아이서는 엉거주춤하게 총을 쥔 채 허리를 굽히고 있던 자세 그대로, 스테판은 계기반 앞에 선 상태로 멍하니 허공을 바라보았다. 크게 방송이 울려 퍼지고 발밑이 진동하는데도 정적이 깔린 듯한 느낌이었다.

아이서는 아직 이해가 가지 않았다.

"갑자기 3단계라고요? 무슨 다른 비상사태가 아니

라 시추기 안전장치요? 1, 2단계는 언제 발동한 거예요? 언제 드릴이 암반을 뚫었어요?"

스테판이 계기반을 붙들고 암울하게 대답했다.

"네, 화재 대응 같은 게 아니에요. 시추기가 덮개암을 뚫었을 경우에 대비한 안전장치 맞아요. 1, 2단계도 발동했다고 신호가 들어와 있네요. 암반은 아직 안 뚫렸어요. 강제 가동한 것 같습니다."

아이서는 잠시 그 말을 곱씹으며 천천히 말했다.

"그러니까 저놈들이 아까 바쁘게 만지던 게 그거였군요. 아직 사고가 나지도 않았는데 비상 대응을 미리 하다니⋯⋯. 그런데 정말로 2단계까지 발동했다면 지금 시추공이 막혔어야 하지 않나요?"

아이서도 말하자마자 그럴 리가 없음을 알았다. 시추기 자체의 안전장치는 원래 뚫린 구멍을 막는 데 집중되어 있었지만, 사고를 일으키려는 자들이 그게 제대로 작동하게 두었을 리 없지 않은가. 어딘가 엉뚱한 곳으로 쏘아 보냈거나, 거품 폭탄 재고를 비워놨을 가능성마저 있었다. 아이서가 새삼 어이없어하는 사이 오하나가 건조하게 상황을 정리했다.

"얘들도 전혀 대비를 못 해서 죽은 걸 보면 SG가 준비한 일이 아니야. 뭔지 몰라도 탑 위쪽에 어떤 타격이 있었고, 계기반은 고장 났고, 드릴은 타티아나가 설정해놓은 대로 미친 듯이 돌아가고 있어. SG 놈들이 설정해놓은 대로 안전장치도 가동해서, 곧 탑 전체가 밀봉된다는 거지. 틀린 부분 있어?"

깔끔한 정리였다.

비상 대응 3단계가 시작되었습니다. 내부에 남아 있는 인력은 신속히 대피하기 바랍니다. 이 시설은 곧 완전히 폐쇄됩니다.

어딘가에서 셔터가 내려오는 듯한 금속성이 울렸다.

대피 방송이 한 차례 지나가고 잠시 시끄러운 소리가 멈추자 오하나가 불쑥 물었다.

"그런데 아까 거절은 왜 한 거야?"

아이서는 한 박자 늦게 질문을 이해하고 대답했다.

"당신이 마지막에 나한테 강렬한 눈빛을 쐈잖아. 뭔가 비장의 수라도 있는 줄 알았지."

"뭔 헛소리야. 난 얼른 협력하겠다고 하고 시간을 벌라는 텔레파시를 보내고 있었는데."

오하나는 어이없다는 표정을 짓더니 말할수록 열받는지 언성을 높였다.

"이거 진짜 황당하네. 네가 언제부터 날 믿었다고

그런 도박을 걸어? 게다가 그거, 갑자기 엎드려 빈 게
설마 주의를 끌어보겠다고 한 거냐? 그렇게 얌전하
게 빌어서 뭐가 되는데. 생각나는 게 없으면 쌍욕이
라도 퍼부어줬어야지. 나한테는 잘만 설교하더니 진
짜 나쁜 놈 앞에서는 약하게 구냐? 뭐 강약강약 그런
거야?"

"강약약강이겠지."

아이서가 지적하자 오하나가 매서운 눈빛으로 노
려보았다. 아이서는 헛기침을 하며 가슴을 폈다.

"그래도 어떻게든 됐잖아."

"이게 된 거냐? 숨겨둔 노후 자금을 다 찾아서 털
어 넣어도 못 고치게 생겼는데? 이 수리비는 무조건
네가 책임져라."

"난장판은 자기가 벌여놓고서 뭐라는 거야. 우리
까지 유탄에 맞았으면 그건 당신 책임이게?"

열을 올리며 유치한 설전을 벌이던 두 사람은 맥
빠진 웃음소리에 겨우 정신을 차렸다. 스테판이었다.

"와, 둘이 진짜 안 맞긴 안 맞네요."

아이서는 민망함에 입술을 물었다. 단지 자신과
만났다는 이유만으로 여기까지 끌려와서 죽을 위기
에 처한 이 선량한 수리 기술자에게는 뭐라고 할 말

이 없었다.

"스테판에겐 정말 미안해요."

스테판은 손을 내저었다.

"야, 스테판에게는 미안하고 나한테는 안 미안해? 지금 부상을 입은 건 난데?"

오하나가 계속 투덜거렸지만 방금의 짧은 설전으로 정신이 조금 든 아이서는 심호흡을 하고 스테판에게 물었다.

"그럼 이제 어떻게 할까요?"

내부에 남아 있는 인력은 신속히 대피하기 바랍니다. 이 시설은 곧 완전히 폐쇄됩니다.

방송은 일정한 간격으로 반복되었고 셔터가 닫히는 소리도 들려왔다. 다음 행동을 빨리 결정해야 했다.

"3단계를 해제할 수 있나요?"

스테판은 얼굴을 구겼다.

"지금으로서는 모르겠습니다."

"드릴을 멈추는 건요?"

"그것도 마찬가지예요. 살펴봐야 알죠."

전문가다운 신중한 대답이었지만 듣는 사람은 답답할 수밖에 없었다.

"아예 전원을 차단하면 다 멈추는 거 아니에요?"

스테판이 한숨을 내쉬더니 길게 설명했다.

"그렇게 간단하면 참 좋겠죠. 비상 대응 시스템이 발동한 시점에서는 자체 비상 동력이 돌아가고, 사람이 차단할 수 없게 되어 있어요. 안에 남은 사람들이 셔터를 열다가 바깥에 가스를 퍼뜨리면 안 되니까요. 일단 비상 대응 시스템과 시추기가 어떻게 연결되어 있는지, 드릴만 따로 멈출 방법이 있는지 알아봐야죠. 조금 전 사고로 뭐가 잘못됐을 수도 있고……."

아이서가 망연해진 사이 놀랄 만큼 침착해진 오하나가 말했다.

"당장 도망쳐야겠네. 나갈 방법이 없어지기 전에."

아이서는 다시 한번 숨을 깊이 들이마시고 스테판을 보았다.

"난 조금이라도 가능성이 있다면 드릴을 멈춰야 한다고 생각해요. 이 사태를 막지 못하면 많은 사람이 죽어요. 이 자리에 있는 사람들보다 훨씬 많은 사람이요. 그렇지만 나 혼자선 할 수 없는 일이에요. 스테판이 도와줬으면 좋겠어요."

더 이어지려던 말을 오하나가 잘랐다.

"야, 그래도 그건 아니지. 지금 나야 누가 짊어지고 뛰어야 하는 몸이니 여기 버려도 할 말 없는데, 너희는 살 수 있다니까? 여기서 우리가 다 죽으면 이선민 그 새끼가 뭘 했는지 폭로할 희망도 없어지는데, 그놈만 잘 먹고 잘살게 둘 거야?"

"그건 여기 남아봐야 못 막는 게 확실할 때 얘기잖아."

"그러니까 그게 미련한 희망이라고! 구세주 콤플렉스도 정도껏 해야지. 이 정도면 너도 할 만큼 했어. 죽을 자리 찾지 말고 나가."

아이서는 울컥 화가 치밀었다. 오하나와 설전을 벌이다 보면 꼭 이랬다.

비상 대응 3단계를 시작합니다.

때마침 스테판이 얼굴을 구기며 이마를 문지르는 모습이 눈에 들어오지 않았다면 아이서는 상황을 잊고 대판 싸웠을지도 몰랐다. 스테판은 이 중에서 나이가 제일 어렸다. 죽기엔 너무 아까운 나이였다.

아이서는 머리가 차가워지는 걸 느끼면서 차분하게 말했다.

"나 무슨 영웅 심리 때문에 죽자고 이러는 거 아니야. 솔직히 지금 우리 둘이서 당신을 업고 뛰어나가 무사히 탈출할 확률이 얼마나 된다고 생각해? 나가봤자 경비대가 있을 텐데."

오하나는 바로 반박했다.

"그럴 수도 있지만 아직 젱이스네 애들도 남아 있을 거야. 아직 양쪽이 싸우면서 혼란스럽다면 그 틈을 타서 장갑차로 빠져나가자."

아이서는 쓴웃음을 지었다.

"당신 말고는 총도 잘 쏘지 못하는데, 그게 될 거라고?"

오하나는 눈을 가늘게 뜨고 턱을 들어 올렸다.

"날 놓고 가라는 말을 꼭 내 입으로 해야겠어?"

"뭐라는 거야."

"난 짐 되는 거 질색이다. 길게 얘기할 거 없어. 너희 둘은 폐쇄되기 전에 빨리 나가."

겨우 식었던 머리에 다시 열이 치솟았다. 아이서가 얼굴까지 붉어져서 화를 내려는데 스테판이 두 손을 휘저었다.

"잠깐, 잠깐만요. 둘 다 진정 좀 해요."

제일 어린 스테판이 두 사람을 보고 한숨을 내쉬는 모습을 보자 민망했다. 아이서가 오하나를 다시 흘겨보는데 스테판이 말을 이었다.

"지금 일대일 상황이니까 내 결정에 달린 거죠?"

스테판은 잠깐 말을 멈추더니 머리를 벅벅 긁고

선언했다.

"에이, 어떻게든 멈추고 살아서 나가봅시다. 도망치다가 총 맞느니 이게 낫죠."

아이서가 안도의 숨을 내쉬고, 오하나가 주먹으로 벽을 치면서 뭐라고 다시 반박하려 할 때 방송이 다시 시작됐다.

비상 대응 3단계가 진행 중입니다. 내부에 남아 있는 인력은 신속히 대피하기 바랍니다. 이 시설은 곧 완전히 폐쇄됩니다. 카운트다운을 시작합니다.

몇 분 후에는 계속 울려 퍼지던 방송도 멈추고 탑 안이 조용해졌다. 밀폐가 끝났다는 뜻이었다. 이제 남은 사람들이 살아서 나갈 방법은 스테판이 시추기를 멈추고 문을 다시 여는 것뿐이었다.

오하나는 우선 벽 쪽으로 몸을 끌고 가서 문이 잘 보이는 위치를 잡고 의자 위에 소총을 올렸다. 그러더니 느슨한 경계 태세로 문을 흘끔거리면서 너덜너덜한 다리를 아예 뜯어내기 시작했다. 예전에 사막에서 고장 났을 때는 무릎부터 아래만 떼어냈지만 이번에는 다시 붙일 희망을 버렸는지 허벅지부터 다 분리했다. 스테판은 작은 소화기를 찾아서 계기반에 뿌린 후

열 수 있는 곳은 다 열고 들여다보았다.

아이서가 제일 바빴다. 시체를 하나씩 끌어다가 문 앞에 쌓으면서 장비를 뒤지고 벗겨냈다. 오하나가 의외라는 듯이 쳐다보았다.

"왜, 난 시체에 손도 못 델 줄 알았어?"

아이서도 마음이 썩 편하지는 않았지만 필요한 일은 해야 했다. 권총, 칼, 투시경, 섬광등, 방탄조끼, 전술 장갑. 모두 얼핏 보기에도 좋아 보였다.

오하나가 중얼거렸다.

"하, 장비 때깔 봐라. 열악한 경험도 해봐야 애들이 방심을 안 하지. 이러니까 넷이서 하나를 못 당하는 거 아냐."

아이서는 갑자기 시추탑이 기울지만 않았으면 끝이었다던 본인의 말을 되풀이해줄까 하다가 꾹 참고 "꼰대"라고만 중얼거렸다. 비상약, 파우치 안의 수통과 비상식량. 정식 전투식량은 아니었지만 없는 것보다는 도움이 될 터였다.

그리고 무전기.

이선민이 여기에 강림하는 용도로 썼던 고성능 홀로그램 장치는 가망이 없었지만 경비대원들의 무전기 중에서 부서지지 않은 게 두 개 있었다. 크기가 작아 장거리 연락용은 아닐 것 같았지만 아이서는 얼른 무전을 켜봤다. 치직거리면서 튀어나온 목소리는 팀장을 몇 번 호출하더니 사라졌다. 아이서가 이리저리 만져보아도 소득이 없었다.

아이서는 포기하고 유수프의 시체를 뒤졌다. 어린 시절 선생님의 죽은 얼굴을 보자 머릿속 어딘가에서 울린 경고 신호는 이 악물고 모른 척했다. 적어도 유수프는 젱이스와 계속 연락을 주고받았을 터였다. 그러나 겨우 찾아낸 유수프의 휴대전화도 먹통이었다.

그때까지 아무 말 없이 지켜만 보던 오하나가 가볍게 말했다.

"얘네가 들어오기 전에 통신 재밍부터 했겠지. 아니면 중계기를 망가뜨렸을 수도 있고."

아이서는 오하나를 쳐다보지 않고 이번에는 타티아나의 몸을 뒤졌다. 오하나가 고저 없이 말했다.

"그런데 외부와 연락이 되면 당장 무슨 쓸모가 있긴 해? 근처에 구조 요청할 데라도 있나? 기껏해야 바깥에 있는 놈들한테나 닿을 텐데."

"연락이 된다면 뭐라도 할 수 있겠지. 당장 이 주변에서 사람들을 대피시키라고 전할 수도 있고, 이선민의 계획에 대해 말해둘 수도 있고."

"당장 우리가 살아 나가는 데엔 별 도움이 안 되겠는데."

아까부터 아이서와 생각이 달랐던 오하나지만 지금 태도는 유난히 심드렁했다. 흘긋 보니 안색이 좋지 않았다. 손을 멈춘 아이서가 혹시 다른 부상이 더 있느냐고 물으려는데 스테판이 불쑥 말했다.

"제 동료가 멀지 않은 곳에 있을 수도 있어요."

두 사람의 시선이 스테판에게 날아갔다. 오하나가 무너지던 자세를 바로잡았다.

"수리 기술자가? 어디, 아크수에?"

"아뇨, 있을 만한 곳은 산맥 안쪽이지만……."

아이서는 실망했다. 산맥이라면 너무 멀었다. 그러나 스테판의 말은 아직 끝나지 않았다.

"수리장에 메시지를 남겨놨었어요. 젱이스 조직에 끌려간다고요. 그러니까 누군가 하나쯤은 이 근처로 왔을지도 몰라요. 혹시 루스탐이나 조와 연락이 된다면 여기 일에 도움을 받을 수도 있어요. 루스탐은 예전에 석유 회사에서 일했으니까 저보다 시추기를 잘 알 겁니다."

오하나가 눈을 반짝 빛냈다.

"그건 좀 가망 있는 얘기네. 그렇다면 시도해볼 만

하지."

그러고 나서 왼팔을 걷어 올리더니 어딘가 틈새를 찾아서 뜯어 열었다.

"이걸로 연락이 되나 한번 해보자. 급할 때 남의 위성 주파수를 몰래 쓰는 방식인 데다가 유효 거리가 별로 길진 않아. 그래도 흔치 않은 방식이니까 전면 재밍만 아니면 될지도 몰라."

스테판이 달려들듯이 오하나의 팔을 잡더니 작은 손전등을 꺼내어 회로 안쪽을 비추고 아이서가 찾아 두었던 무전기와 휴대전화들을 헤집기 시작했다. 아이서는 스테판보다 상황을 늦게 이해했다. 오하나의 팔에 비상용 통신 장치가 있었던 것이다.

"통신이 가능했으면서 내가 시체들 뒤지는 걸 보고만 있었다고?"

오하나는 피곤하다는 얼굴로 어깨를 으쓱였다.

"머리가 잘 안 돌아서 생각이 안 났어. 게다가 이러면 내가 완전히 무용지물이 되거든. 오른손만으로는 소총을 제대로 쏘기가 힘들어."

아이서는 움찔하고 문 쪽을 보았다. 오하나가 방어를 맡지 못한다면 아이서가 맡아야 했다. 괜히 초조해져서 소총을 만지작거리는데 문 쪽에 사람 그림자가 나타났다.

"누, 누구!"

아이서는 허둥지둥 소총을 들어 올리면서 소리를
질렀다. 작업에 열중해 있던 스테판과 오하나도 놀라서
고개를 들었다. 아이서의 손가락이 방아쇠를 제대로 찾
지 못하는 사이에 오하나의 오른손이 총을 쥐었다.

"쏘지 마세요! 쏘지 말아요! 우리예요!"

겁에 질려서 두 손을 들고 나타난 것은 아이서가
잊고 있던 얼굴들이었다. 생태해방전선의 비전투원,
관리실에 남아서 서류를 정리하고 있었을 마리야와
장이었다.

아이서가 빠르게 반응하지 못해서 다행이었다.

아는 얼굴들이 살았다는 사실도 안도감을 선사했
지만, 두 명이 손을 보태니 할 수 있는 일도 늘었다.
의외로 장과 마리야는 아이서보다 총기에 익숙했다.

"비전투원도 이 정도는 하다니. 생태해방전선이라
는 이름이 허세만은 아니었나 봐."

오하나의 말에 아이서가 멈칫했다. 생태해방전선
이 젱이스 조직의 뒤통수를 쳐서 상당수를 죽인 게
분명하니, 장과 마리야도 타티아나의 계획을 알고 있

었는지 묻기가 두려웠다. 장은 어깨만 움츠렸고 마리
야는 의외로 덤덤하게 대꾸했다.

"생태 보호 구역만 해도 싸울 일이 많으니까요. 밀
렵꾼에, 불법 쓰레기 투기자에, 나무 베고 불 때려는
난민에, 그냥 시비 걸러 오는 놈들도 있고요."

애초에 산이라는 공간 자체가 방비 없이 살 수 있
는 곳이 아니었다.

아이서는 스테판과 오하나가 작업하는 동안 장에
게 방을 지키는 임무를 맡겼고, 마리야와 함께 정찰해
보기로 했다.

"그러니까 2층에서 여기까지 오는 동안엔 아무도
없었다는 거죠?"

"네, 소란이 이는 동안 책상 밑에 숨어 있었는데
현장관리실에 들어오려다가 방송을 듣고 달려가는
발소리를 들었어요. 남아 있던 사람들은 다 도망치지
않았을까요."

아이서는 망설이다가 결국 참지 못하고 물었다.

"……타티아나의 계획, 마리야도 알고 있었어요?"

아이서는 묻고 나서도 목에 뭔가가 걸린 기분이었
지만 마리야는 답을 어려워하지 않았다.

"네."

"그런데도 괜찮아요? 드릴을 멈추는 거요."

"지금은 그 계획을 SG에서 이용하려고 한다면서요. 그렇다면 막아야죠."

그들이 뒤통수를 때릴 염려가 없다면 다행이었지만 기운 빠지는 대답이기도 했다. 무엇이 대의이고 무엇이 싸움의 이유인지 뒤죽박죽이었다.

기분 탓인지 발밑의 진동이 점점 심해지는 것 같았다.

보통 방화 셔터와 방화문은 화재나 다른 사고가 났을 때 화염과 연기가 건물 전체로 퍼지지 않게 만드는 장치다. 그러나 이 시추탑은 최종 안전장치로 전면 봉쇄할 수 있게 만들었기에 배치가 조금 달랐다. 계단에 방화문이 설치된 것은 예상할 수 있었지만, 1층 정문으로 향하는 길에도 셔터가 내려져 있었다. 아마 탄산가스가 아래에서 위로 올라갈 것을 상정하고, 만약의 경우 1층이 아니라 위쪽으로 탈출할 것을 예상한 배치인 듯했다.

아이서는 정문까지 갈 수 없다는 사실을 확인하고 긴장한 채 2층으로 올라갔다.

"바깥 상황은 혹시 못 봤어요? 관리실엔 창문이 있잖아요."

"비가 내려서 바깥이 잘 안 보였어요. 폭우잖아요. 게다가 어두워졌고."

그러고 보니 눈이 비로 변했던 날씨가 기억났다. 몇 시간 전의 일이었는데 까마득히 오래전 같았다.

마리야의 말대로 2층 창문에서는 보이는 것이 거의 없었다. 어느 창문으로 봐도 마찬가지였다. 그들은 2층에서 딱딱한 빵 몇 조각과 물, 관리실에서 그나마 긁어모은 서류, 그리고 커터 칼부터 방화용 도끼까지 뭐가 됐든 도움이 되겠다 싶은 물건들을 백팩에 쓸어 담고 나서 3층에 가보기로 했다.

3층에 들어서자마자 머리에 차가운 물방울이 떨어졌다. 위를 올려다본 아이서는 헉하고 숨을 들이켰다. 천장에 찢어진 틈이 있었고, 그 사이를 비집고 들어온 헬리콥터의 잔해가 아직도 끼긱끼긱 소리를 내며 파편을 떨어뜨렸다. 뭔지 모를 금속 조각 하나가 바닥에 떨어지자 마리야가 작게 비명을 질렀다. 아이서는 마리야와 같이 벽에 붙어 서면서도 눈을 부릅뜨고 위를 살폈다.

차가운 물이 목덜미에 흘러들면서 닭살이 돋았다. 이제 보니 SG의 경비대 팀장이 총을 겨눴을 때 탑이 흔들린 게 헬리콥터 충돌 때문이었던 듯했다. 그런 면에서는 저 헬리콥터가 그들의 목숨을 구해준 셈이었다.

여러 의문이 머리를 스쳤다. 누가 폭우 속에서 헬리콥터를 띄운 걸까. 헬리콥터는 어쩌다가 여기 처박힌 걸까. 바깥에 있던 젱이스의 군대와 SG 경비대는 지금 얼마나 남았을까.

어쨌든 중요한 건 탑이 밀폐되지 않았다는 것이었다.

헬리콥터가 밀고 들어오면서 생긴 철판 틈으로 잘하면 사람 하나쯤은 통과할 수 있을 것 같았다.

"나갈 수 있겠어요!"

조종실로 달려 내려간 아이서의 목소리에 다른 사람의 목소리가 겹쳤다.

─우리에게 금속 절단기가 있으니까 우선 너는 시추기에 집중을…….

처음 듣는 목소리에 아이서가 딱 멈춰 서자 안에 있던 모두의 시선이 꽂혔다.

─잠깐, 지금 뭐라고 했지?

무전기에서 약간 높고 카랑카랑한 남자 목소리가 묻자 스테판이 대답했다.

"잠깐만요, 루스탐. 내부를 둘러보러 나갔던 친구

가 돌아왔어요. 아이서, 무슨 소리예요?"

아이서는 루스탐이 누구고 어떻게 연결된 거냐고 묻고 싶은 마음을 누르고 빠르게 위쪽 상황을 설명했다. 스테판과 장의 얼굴이 환해졌다.

"살았다. 산소 부족으로 죽진 않겠네요!"

"금속 절단기로 문을 자르지 않아도 되겠군요!"

"밧줄을 구해야 하고, 건물 암벽 타기를 해야 하며, 그 전에 일단 위험천만하게 매달린 헬리콥터 잔해 옆을 통과해야 나갈 수 있겠지만 말이지."

각각 스테판과 장, 오하나의 반응이었다. 생각지 못했던 산소 이야기에 아이서가 주춤하는 사이 오하나가 다시 물었다.

"그 헬기, 폭발 위험은 없어 보여?"

"일단 불이 붙지는 않았어. 게다가 위에서 비가 쏟아지고 있고."

—어쨌든 좋은 소식이군. 우리 쪽은 이제 비가 그쳐서 이동이 조금 수월해졌네. 세미라가 계속 위성사진을 주시하고 있으니 우린 하던 일을 계속하지.

아이서는 스테판이 다시 계기반으로 돌아간 후에야 설명을 들을 수 있었다. 스테판이 말했던 수리 기술자 동료들은 정말로 근처에 와 있었고, 몇 번의 시도 끝에 연결이 되었다. 천산산맥 일대의 신유목민 겨울 마을을 돌면서 수리 정비 중이던 팀이었다. 우즈베키스탄 쪽에서 짧은 순회를 마친 줄리라는 수리 기술자가 사막의 숲에 돌아갔다가 스테판이 남긴 메모를 보고 세미라에게 연락했고, 세미라가 신유목민 전체에게 연락을 돌렸으며, 가장 가까운 곳에 있던 수리 팀이 세미라의 정보와 판단을 믿고 남쪽으로 오던 중이었다.

더 좋은 소식은 마침 그 팀을 이끄는 루스탐이 과거에 석유 회사에서 일했으며 시추기를 특히 잘 안다는 사실이었다. 영상으로 보여주지는 못해도 전문가의 도움을 받을 수 있게 되자 스테판도 자신감이 더해졌다. 단백질바를 받아 들고 씹으며 다른 사람들의 도움을 구할 여유도 더해졌다.

"이쪽 컴퓨터는 부팅됩니다. 누가 점검 좀 해줄 수 있어요? 아이서? 마리야? 그래요, 마리야에게 부탁하죠. 장은……."

"저는 기계 건드리면 고장 나요. 그냥 망보는 일 할게요."

장이 정말로 겁난다는 듯이 두 손을 흔들자 아이서가 끼어들었다.

"안에 누구 다른 사람은 없는 것 같으니까 망보기는 됐고요. 밧줄이나 찾으러 갈까요?"

"그거 좋네요!"

작은 조종실 안에 희망찬 분위기가 흘렀다.

"하나, 이쪽 보조 좀 맡아줄래요? 시추기 동력선을 찾아야 해요."

이 자리에서 스테판 다음으로 기계를 잘 다루는 사람이 오하나였으니 자연스러운 흐름이었지만, 대답은 바로 돌아가지 않았다. 아이서는 그제야 이변을 감지했다. 왼쪽 팔에 내장된 통신기에서는 내내 말소리가 흘러나왔으나 그 팔의 주인은 한참이나 엎드린 채 말이 없었다. 아이서의 가슴이 덜컥 내려앉았다. 안색이 변한 아이서가 다가가자 다른 사람들도 눈치를 챘다. 먼저 나가려다 말고 돌아본 장이 조그맣게 말했다.

"피곤해서 자는 줄 알고 안 깨웠어요."

긴장해서 뻗은 손끝이 살짝 흔들렸다. 아이서는 소심하게 오하나의 몸을 흔들었다가, 반응이 없자 겁이 나서 두 손으로 세게 흔들었다.

오하나가 눈을 번쩍 떴다. 아이서는 놀라고 안도하면서 짜증을 냈다.

"사람 놀라게 하긴, 무슨 죽은 사람처럼 자고 그래."

오하나는 입매를 움찔 떨더니 기묘한 미소를 지었다. 취한 듯이 불분명한 한국어가 흘러나왔다.

"죽은 걸로 치고 그만 가라."

아이서는 코웃음을 쳤다.

"갑자기 무슨 잠꼬대야. 그 얘기는 아까 끝났잖아. 우리 다 살 수 있어."

"이만하면 됐어⋯⋯. 나 하나 때문에 다섯 명이 다 죽을 셈이야? 계산이 심하게 안 맞잖아. 그냥 두고 가, 제발."

아이서는 아까와 다른 의미로 가슴이 선뜩했다. 푸른 기운이 살짝 감도는 커다란 검은 눈동자는 초점이 나가 있었다. 아이서가 아니라 그 뒤의 누군가를 보는 것 같았다. 어느새 다가온 장이 오하나의 이마에 손등을 댔다.

"열이 심한데요."

아이서는 아랫입술을 꾹 물고 부상을 확인하기 위해 오하나의 몸을 잡아 들었다. 오하나는 그 팔을 뿌리치며 또 성질을 냈다.

"반토막이 된 몸을 떠메고 나가서 뭐 하려고 그래, 미련한 새끼들아! 이 정도면 할 만큼 했어. 죽을 자리 찾지 말고 가라고, 좀!"

갑자기 대피하라는 방송이 나왔을 때 오하나가 했던 말들이 겹쳤다. 그러고 보면 지금까지 오하나가 사람을 잘 죽인다는 생각만 했지, 두 다리와 한쪽 팔이 기계라는 게 무슨 의미인지는 생각한 적 없었다. 아이서는 조금 당황했고 화도 났다.

"아프면 진작 말했어야 하는 거 아니야?"

경비대원들이 상비하는 비상 약품 통은 한참 전에 찾아놓았건만 왜 약을 먹지도 않고 버텼단 말인가. 아이서는 진통제와 항생제를 찾아 오하나에게 먹이고, 어깨의 찢어진 상처도 대강 치료했다. 깊은 상처는 없었다.

"아무리 기계라도 두 다리가 완전히 파손됐는데 몸 전체가 멀쩡할 수는 없죠. 그냥 매달아놓은 다리도 아니고 신경이 다 연결되어 있는걸요. 그걸 생각을 못 했네요."

잠시 손을 멈추고 같이 오하나를 살펴본 스테판이 자책 어린 투로 말했다. 아이서는 심란한 마음을 감추고 짐짓 씩씩하게 스테판의 어깨를 두드렸다.

"혼자 터프한 척은 다 하니까 그렇죠, 뭐. 게다가 스테판에겐 중요한 임무가 있잖아요. 죽여도 안 죽을 사람이니까 걱정하지 말고 다시 일해요."

어차피 당장 어떻게 할 방법도 없었다. 오하나는 담요 밖으로 왼팔만 내놓은 채 다시 잠들었다. 아이서는 장과 함께 밧줄을 찾아 나섰다.

시간은 야금야금 흘러갔다.

―지금 끌어올 수 있는 정보는 다 끌어오고 있는데, 그 위치에는 아직도 구름이 모여 있어서 위성사진도 변변치 않아. 그쪽에 있던 군인들이 철수하는 움직임은 포착했네. 아크수 방향으로 움직이는 차량이 있어. 이게 젱이스의 지시에 따른 건지 그냥 현장 판단으로 도망친 건지는 잘 모르겠군, 오버.

―아크수 구급대에는 비상 연락이 쏟아지고 있어. 폭우 때문에 연락한 주민이 대다수인데 사이사이에 사막에 사는 주민 몇 명이 섞여 있어. 당장 구급대가 제대로 돌아가는 것 같지는 않아. 그냥 도시로 대피하라는 말만 하더군, 오버.

―주위에 군인들은 별로 남지 않았을 테니 루스탐에게 바로 앞까지 가라고 해놨네. 천장에 틈이 있다는 것도 전달해놨어. 문이 얼마나 두꺼운지 루스탐이 직접 보고 판단하겠지. 난 잠시 젱이스와 SG 쪽 움직임을 확인하러 가, 오버.

세미라의 목소리가 떠나고 루스탐이 교대했다. 사실 루스탐이 스테판과 내내 대화할 필요는 없었지만 외부와 연결되어 있다는 사실 자체가 주는 힘이 있었다.

오하나는 여전히 잠들어 있었고, 마리야는 스테판을 보조했고, 장과 아이서는 우울한 얼굴로 시체들을 뒤져서 나온 밧줄 여러 개를 어떻게든 묶고 엮어보려 분투하는 중이었다. 그들은 시추탑 안을 한 번 더 뒤지다가 숨어 있던 젱이스 조직원 둘을 찾아냈는데, 말을 걸기도 전에 상대가 총부터 쏘는 바람에 엉겁결에 마주 쏜 후였다. 한 명은 그 자리에서 죽었고 다른 한 명은 항복했다. 항복한 사람을 묶어놓고 감시하려니 기분이 끔찍했다.

기온은 점점 떨어졌다. 층층이 내려온 방화 셔터가 아니었다면 더 추웠을 것이다. 그래도 다급함이 덜어지자 머리가 몽롱해졌다. 아드레날린이 가라앉으며 몰려온 후폭풍이었다. 아이서는 몇 번이나 졸다가 일어나서 괜히 이리저리 돌아다녔다. 헬리콥터는 그대로 걸려 있는지, 빗물에 어딘가 합선이 일어나지는 않았는지 확인하기도 했다.

스테판이 졸고 있진 않은지 건너다보던 아이서는 발아래가 갑자기 튀어 오르자 같이 펄쩍 뛰었다. 일정하게 이어지는 동안 잊고 있었던 진동의 변화였다.

"무슨 일이에요?"

스테판은 계기반에 몸을 처박을 기세로 집중하고 있을 뿐 대답하지 않았다. 추운 방 안에 다시 긴장감이 돌았다. 아이서는 스테판을 다시 부르지도 못하고 마리야 쪽을 보았다. 마리야도 계기반 반대쪽에서 스테판을 쳐다보고 있었다. 스테판이 뭔가 중얼거리고 있었는데 바닥의 진동 때문에 잘 들리지 않았다.

갑자기 스테판이 허리를 폈다. 검은 눈동자가 빛이 들어온 것처럼 반짝였다.

"됐어, 됐어요!"

아이서는 잠시 이해하지 못했다가 이어지는 말을 듣고서야 숨을 훅 들이켰다.

"로터리 테이블 전원으로 이어지는 선을 찾아냈어요. 이것만 끊어내면 드릴을 멈출 수 있어요!"

사람들과 같이 숨죽이고 있던 무전기가 치직거리며 살아났다. 루스탐의 가래 끓는 목소리가 시끄러운 소음을 배경으로 외쳤다.

—비상 동력과 연결되지 않도록 차단을 먼저 확실히 하고 나서 끊어야 해!

"그야 물론이죠! 그걸 찾느라고 이렇게 오래 걸렸

는데요."

스테판이 황급히 공구를 찾는데, 두 손을 모으고 지켜보던 아이서는 기쁘기보다 불안감이 먼저 밀려왔다. 정말 성공할까? 그동안 잘된 일이 없다 보니 성공한다는 게 오히려 거짓말 같았다. 그사이에 스테판은 전선 몇 개를 끊어버리더니 미친 사람처럼 밖으로 뛰쳐나갔다가 잠시 후 다시 뛰어 들어왔다.

"됐어! 컨트롤러가 멈춘 것 같아요!"

아이서의 심장이 빠르게 뛰었다. 이번엔 정말로 성공할 모양이었다. 그러나 5분, 10분을 기다려도 발밑의 진동은 줄어들지 않았다.

"관성으로 돌고 있는 걸 거예요. 워낙 깊은 곳까지 내려가 있으니 바로 정지하지는……."

스테판이 초조한 얼굴로 말하는데 드디어 진동이 줄어드는 느낌이 왔다. 아이서는 너무 바라던 바라서 착각한 게 아닐까 하고 신경을 곤두세우며 바닥에 엎드렸다. 뺨에 느껴지는 진동은 아무 변화가 없는 듯하다가 1분이 지나고 2분이 지나자 조금씩 약해졌다.

"진동이 줄어드는 것 같은데, 맞죠?"

"맞아요! 제가 느끼기에도 그래요!"

누군가가 환성을 질렀다. 무전기 너머에서 루스탐

도 크게 박수를 치며 외쳤다.

　―잘했다, 잘했어, 스테판! 장하다! 우리도 거의
다 왔다!

　아이서는 스테판과 부둥켜안으면서도 불안을 떨치
지 못했지만, 시끄러운 소동에 깨어난 오하나가 설명
을 듣고 "옥상에서 밧줄 잡고 스턴트할 일은 없어진 건
가?" 하고 농담을 던지자 웃음이 새어 나왔다. 오하나
는 아까 열에 들떠서 무슨 말을 했었는지 기억하지 못
하는 눈치였다.

　모두가 느낀 기쁨이 강렬했던 만큼 그 후에 찾아
온 혼란은 더욱 컸다.

　30분쯤 지나서였을까. 루스탐이 도착해서 천장보
다는 문을 자르는 쪽이 낫겠다며 금속 절단기를 가동
했을 때였다. 바닥의 진동은 서서히 줄어들어서 거의
멈춘 듯했다. 다들 마음이 한결 편해져서 우스갯소리
도 주고받았다.

　그러다가 갑자기 배 속이 철렁하는 느낌이 들었
다. 높은 곳에서 떨어질 때와 비슷한 감각이었다. 계
속 켜두었던 무전기가 심한 잡음을 송출했다.

　―잠깐만, 뭔가 이상한데…….

　―들려요? 들립니까? 이거 신호 가는 거 맞아?

―뭔가 이상…… 지…… 파가…….

세미라의 말소리가 뚝 끊기고 바닥이 출렁거렸다. 아까의 헬리콥터 충돌이 좌우의 흔들림이었다면 이번에는 상하의 흔들림이었다. 다음 순간 단단한 바닥이라는 게 아예 없어진 느낌이 모두를 엄습했다. 사방에 떨어져 있던 온갖 물건이 공중으로 튀어 올랐다. 상황을 정확하게 파악할 수 있는 사람은 아무도 없었다.

"지진? 세미라가 지진이라고 한 거예요?"

아이서는 심한 흔들림이 멎자 기둥을 붙든 채로 외쳤다. 믿을 수가 없었다. 하필 지금 지진이 터졌다고? 이럴 수가 있나.

잠깐 멎었던 흔들림이 바로 다시 이어지자 생각할 여력도 없어졌다. 죽을힘을 다해서 뭐든 붙들고 버텨야 했다.

끼기기기기기기긱.

철골 뼈대가 비틀어지는 소리가 공포를 부추겼다. 천장에서 떨어지는 잔해도, 다시 기울어지는 바닥도 그랬다. 머리 한구석에서 아주 어렸을 때 들은 적 있는 목소리가 말했다. '숨 쉬어. 패닉에 빠지지 마. 들이쉬고, 내쉬고, 그렇지.' 미친 듯이 뛰던 심장이 다소나마 가라앉았다.

위쪽에서 엄청난 굉음이 울리더니 탑 전체가 온몸을 떨었다. 그나마 남아 있던 전등이 깨지고 떨어졌다. 아이서는 손끝으로 겨우 잡고 있던 벽을 놓치고 미끄러지면서 어딘가에 세게 부딪쳤다.

아이서가 겨우 다시 정신을 차렸을 때는 깜깜했다. 바깥에 아주 희미한 녹색 불빛만 보였다. 전력이 나갔을 때 켜지는 비상등이었다. 탑의 동력을 통째로 끊고 싶었을 때는 끊어지지 않더니 아이러니했다.

뒤늦게 옆구리에 통증이 느껴졌다. 아이서는 더듬더듬 몸을 점검하면서 외쳤다.

"다들 무사해요?"

바닥이 확연히 느껴질 정도로 기울면서 모두가 한 구석에 뭉쳐 있었다. 오른쪽 그림자 덩어리에서 오하나의 쉰 목소리가 들려왔다.

"무전은 다시 연결이 안 돼. 내 통신기의 고장일 수도 있겠지만 난 이번에야말로 위성 안테나가 완전히 나갔다는 데 한 표 던지겠어."

아이서는 지진이 일어났을 때의 요령을 우수수 떠올렸다가 헛웃음을 지었다. 사방 몇십 킬로미터 안에 대피소로 쓸 만한 건물이 있다면 이 철탑뿐일 것이다. 마침 마리야가 아이서와 같은 생각을 소리 내어 말했다.

"지진이라면 여기서 가만히 기다리는 게 낫겠죠?"

상식적으로는 맞는 말이었다. 바깥에 있는 루스탐 팀도 금속 절단기를 끄고 숨죽이고 있을 터였다. 괜히 움직이다가 다시 흔들리기라도 하면 굴러떨어져서 목이 부러질 수도 있고, 위에서 떨어지는 뭔가에 맞을 수도 있었다. 그러나 가만히 기다리자고 하기에는 불길한 예감이 들었다.

"……지금 몸이 계속 밀려 내려가는 것 같은데, 나만 그런가요?"

아이서가 떨리는 목소리로 묻자 왼쪽 어딘가에서 장이 작은 목소리로 대답했다.

"맞아요. 바닥이 계속 기울고 있어요."

탑이 쓰러지고 있다는 뜻이었다. 절망적인 상황이었지만 아이서는 오히려 불안이 덜해지면서 마음이 차분해졌다. 어쩌면 내내 떨어질 것을 예감하면서 줄 위에 선 기분이었는지도 모르겠다.

"여긴 구조를 기다릴 수 있는 곳이 아니야. 나가는 게 좋겠어요."

"나가다니, 어디로요? 문을 다 잘라내지 못했을 텐데요."

"천장에 구멍이 나 있잖아요. 탑이 기울어진다면 그리로 나가기는 쉬워질 거예요."

오, 천장의 틈을 잊고 있었던 사람들이 탄성을 질렀다. 마리야가 물었다.

"그러면 어떻게, 더 기울어질 때까지 기다리는 게 나을까요? 옆으로 쓰러지면 그냥 걸어 나갈 수도 있잖아요."

아이서는 대꾸하려다 말고 갑자기 켜진 불빛에 눈이 부셔서 얼굴을 찡그렸다. 오하나가 손전등을 켜서 여기저기 비추고 있었다.

"탑이 통째로 쓰러지는데 안에 있던 우리가 무사할 수 있겠냐. 쓸 만한 물건부터 챙겨. 특히 저놈들의 헬멧."

아이서의 생각도 같았다. 다음 지진파가 오기 전에 밖으로 나가는 게 최선이었다. 다들 주위를 살피는데 오하나가 소리쳤다.

"혹시 내 넓적다리뼈 보이는 사람 없어?"

한바탕 소란 끝에 금속 넓적다리뼈 한쪽을 찾아내기는 했지만, 결국 오하나는 그걸 포기하고 제일 덩치가 큰 스테판에게 업히기로 했다. 경비대 헬멧은 네 개뿐이어서 오하나는 털모자를 두 겹으로 뒤집어썼다. 아이서는 안쪽에 피가 묻은 헬멧보다 털모자를 쓰고 싶었지만 그 문제로 옥신각신할 여유가 없었다.

앞장선 스테판이 2층으로 가는 방화문 손잡이를 잡자 긴장감이 감돌았다. 문이 비틀렸다면 열리지 않을 터였다. 다행히 철문은 스테판이 힘을 좀 쓰자 무사히 열렸다.

3층은 그렇게 운이 좋지 않았다. 모두가 달라붙어서 얼굴이 벌게지도록 힘을 써야 했다. 겨우 덜컹 소리가 나긴 했으나 그래도 문이 완전히 열리지는 않았다. 그들은 좁은 틈으로 간신히 몸을 빼내고 나서야 이유를 알았다. 꽤 큰 금속 덩어리가 문을 누르고 있었다. 탑에 꽂혀 있던 헬리콥터가 지진의 충격으로 금속 벽을 마저 찢고 안으로 떨어진 모양새였다.

"방화문이 아니었으면 이게 떨어질 때 우리도 끝장났겠는데요."

벽을 파고든 날카로운 프로펠러 날개를 보며 장이 중얼거렸다.

"어쨌든 덕분에 솟아날 구멍은 생겼네요."

원래대로면 금속에 긁혀가며 헬리콥터 옆을 불안하게 통과해서 나가야 했겠지만, 지금은 구멍이 꽤 커져 있었다. 남은 문제는 천천히 기울어가는 벽을 등반

하는 것 정도였다. 벽이 젖어서 반짝거리고 있었다.

잠시 암담한 기분으로 저 멀리 있는 구멍을 보던 아이서가 차라리 여기에서 조금 더 기다리자고 말하려는데, 오하나가 스테판의 어깨를 툭툭 쳤다.

"내가 먼저 올라간다. 밧줄을 묶고 갈 테니까 그다음에 스테판이 따라와."

디딜 발도 없으면서 암벽 타기를 한다니. 아이서는 오하나가 또 열이 올랐나 생각했지만 능숙하게 밧줄을 허리에 묶고 어깨에 거는 모습을 보니 멀쩡해 보이기도 했다. 오하나는 아이서를 힐끗 보고 놀리듯이 말했다.

"마침 다리 무게가 줄어서 잘됐지."

손가락을 벽에 꽂고 팔과 어깨의 힘만으로 몸을 끌어 올리며 쑥쑥 올라가는 모습을 보자 입이 저절로 벌어졌다. 돌이켜보니 오하나는 사막에서 다리가 고장 났을 때도 팔 힘만으로 온몸을 끌고 움직였다.

'저 인간 걱정은 해봐야 손해라니까.'

아이서가 속으로 꿍얼거리는 사이에 오하나는 찢어진 지붕에 도착했다. 그리고 한쪽 팔로 몸을 지탱한 채 찢어진 벽을 이리저리 살피더니, 반대쪽 손으로 밧줄을 풀어서 튀어나온 철골에 묶기 시작했다. 지켜보기 조마조마한 광경이었다.

마침내 오하나가 줄을 다 묶고 밧줄을 아래로 떨어트리자 모두가 참았던 숨을 한꺼번에 내쉬었다. 아이서는 그게 우스워서 작게 웃음을 터뜨렸다. 덕분에 긴장이 한결 풀렸다. 오하나는 지붕 바깥으로 몸을 빼내어 철골 위에 엎드린 채 외쳤다.

"아래에 트레일러가 보여! 아니, 잠깐…… 저거 움직이는데?"

밧줄에 매달리려던 스테판이 움찔했다. 조금 후에 오하나가 다시 외쳤다.

"탑에서 멀어지고 있네. 저쪽에서 내가 보이진 않는 것 같아."

긍정적으로 해석하자면 차가 움직이긴 한다는 뜻이었다. 오하나는 다시 아래를 내려다보며 외쳤다.

"일단 스테판부터 올라와. 다 올라오면 내가 저쪽으로 내려가볼 테니까."

다행히 비는 거의 그친 상태였다. 스테판이 밧줄을 허리에 묶고 비스듬한 벽을 오르기 시작했다. 오하나가 올라갈 때는 쉬워 보였는데, 스테판은 근육질의 몸으로도 자꾸만 미끄러졌다. 오히려 무게가 약점이 된 것 같았다. 지켜보는 사람 모두가 조마조마했다.

"안 되겠어요."

결국 5분 가까이 애쓰던 스테판이 손들고 바닥에 드러누웠다. 헉헉거리는 모습을 보니 조금 쉬어야 다시 시도할 수 있을 것 같았다. 아이서는 잠시 막막해진 기분으로 마리야와 장을 보았다. 장은 소심하게 어깨를 움츠렸고, 마리야가 나섰다.

"그럼 내가 해볼게요. 가벼우니까 나을 수도 있겠죠."

원래는 힘이 센 스테판이 먼저 올라가면 다른 사람들을 끌어 올려줄 수 있으리라는 계산이었지만, 이렇게 되면 어쩔 수 없었다. 시간이 없었다. 마리야가 생각보다 잘 올라가는 동안에도 벽은 삐걱거리면서 더 기울었다. 덕분에 벽이 덜 가팔라진 것은 좋았지만 위기감이 다시 차올랐다.

마리야는 막판에 오하나의 도움을 받아 철골 위로 올라갔다. 삐죽삐죽 튀어나온 철골 때문에 손에 상처를 입었으나, 그래도 한고비는 넘은 셈이었다. 그다음은 장이었다. 장은 말투와 태도가 소심한 것치고 요령이 꽤 좋았다.

다음 순서의 아이서가 벽을 반쯤 올랐을 때, 탑이 다시 흔들렸다.

금속성과 비명이 뒤엉키고, 방향 감각이 사라지

고, 내장이 뒤집히는 것 같았다. 아이서는 오직 밧줄만 붙잡고 이리저리 내팽개쳐질 수밖에 없었다. 쾅쾅거리며 부딪치는 소리가 들렸고 마치 허공에 붕 뜨는 듯한 감각이 찾아왔다.

흔들림이 멎고 나서도 혼란은 가시지 않았다. 뭔가 이상했다. 벽의 각도는 큰 변화가 없었는데, 몸이 자꾸 뜨는 느낌이 났다. 아이서는 아래를 보고 눈을 크게 떴다. 순간적으로 탑이 거꾸로 뒤집혔나 싶었는데 정신을 차리고 보니 3층 바닥에 새로운 구멍이 뚫려 있었다. 그리고 모래가 올라오고 있었다. 뭐가 뭔지 모르는 상태로도 숨이 턱 막혔다.

"올라와! 빨리!"

위에서 갈라진 목소리가 날아왔다. 아이서는 다시 위를 보았다. 밧줄은 끊어지지 않았고, 오하나가 붙들고 있었다. 다른 두 사람은 보이지 않았다. 아래를 다시 보았다. 스테판이 보이지 않았다.

"올라오라고, 멍청아!"

오하나가 밧줄을 잡아당겼다. 아이서는 손발을 움직였다. 허우적허우적하며 벽을 달리는 몸을 위에서 끌어 올려주고 있었다. 아래에서는 모래가 물처럼 차올랐다.

'탑이 가라앉고 있는 거야. 하지만 어떻게?'

답은 하나뿐이었지만 아이서는 사력을 다해 도망치는 데 집중했다. 오하나가 손을 뻗고 있었다. 아이서가 팔을 힘껏 뻗어서 그 손을 마주 쥔 순간, 다시 몸이 허공으로 붕 떠올랐다.

그 후의 기억은 파쇄기에 들어간 사진처럼 산산이 조각났다.

아이서는 사막을 보았다.

황량한 사막 땅에 각종 중장비와 건설 벽, 시추탑이 서 있었다. 폭우가 그친 직후라서 하늘에서 내려다보니 군데군데 물웅덩이가 고여 있었다. 그 물웅덩이들이 일제히 흔들리면서 반짝이는 모습이 눈을 사로잡더니, 곧이어 회색 땅이 파도치듯 꿀렁거리기 시작했다. 중장비들이 기울어지고 넘어졌다. 사막은 시추탑을 가운데 두고 소용돌이처럼 내려앉고 있었다. 모래땅이 서서히 아래로 꺼졌고, 잠시 버티던 철탑은 곧쓰나미에 휩쓸린 건물처럼 맥없이 자취를 감췄다. 중장비들은 진작에 가라앉아서 모래 위로 파편만 내밀었다.

뒤이어 사막이 부글부글 끓어올랐다. 물과 이산화

탄소를 함께 가두고 있던 지하 호수의 덮개암이 뚫리면서 탄산가스가 누출되고 있었다. 대기 중 탄소 농도를 높이고, 지구의 온도 상승을 가속할 성분이었지만, 당장은 가까이 있는 사람을 모두 죽일 가스이기도 했다.

SG는 바로 이런 사태를 막기 위해 비상 대응 장치를 삼중으로 준비해두었다고 공언했다. 그러나 이번에는 세 가지 대응 방법을 모두 동원해도 막을 수 없었다. 지하 덮개 층이 아예 깨졌기 때문이었다.

"이런 테러를 벌이다니, 끔찍하고 어리석은 짓입니다. 인류의 미래를 걱정해서 벌인 일이라는 말은 핑계에 불과합니다."

아이서의 얼굴에 경련이 일어났다. 거짓말, 전부 거짓말이었다. 영상 속에서 그런 말을 태연하게 늘어놓는 이선민의 얼굴과 목소리를 마주하자 누가 목을 틀어잡은 것처럼 숨이 막혔다. 스위치를 껐다 켠 것처럼 기억이 몸을 사로잡았다가 다시 밀려나기를 반복했다.

깜박.

차가웠던 기억, 차가운 무엇인가가 몸을 이리저리 밀고 당겼다. 희미한 의식 속에서 아이서는 잠시 물에 빠졌다고 생각했다. 그러다가 입술에 모래가 느껴졌다. 잠깐은 공황 상태였다. 본능적으로 허우적거리다 보니 물속을 헤엄치듯 무겁게 손짓과 발짓이 가능했다. 아이서는 본능적으로 위로, 위로 올라가려 했다. 그러다가 누군가의 단단한 손에 붙들려 땅 위로 뽑혀나갔다.

깜박.

토하듯이 기침하다 보니 다시 몸이 미끄러졌던 기억이 났다. 이번에는 누군가가 뒤에서 몸을 밀었다. 아이서는 차가운 모래 위를 기었다.

깜박.

금속 벽, 금속 천장. 몸 아래 진동이 느껴졌다. 아이서는 다시 혼란을 느꼈다. 아직 탑 안인가? 아직 드릴이 돌아가고 있나? 그러다가 반대쪽을 돌아보니 망가진 인형 같은 것이 보였다. 아니다, 그건 오하나였다. 살아 있는지 알 수 없는.

그들은 금속 트레일러 안에 있었다. 아이서는 바닥에 놓아둔 매트리스에 누워 있었다.

깜박.

주름진 얼굴이 아이서를 내려다보았다.

"세미라?"

"역시 아직 무리였나 보군. 회복이 덜 됐어. 쉬는

게 좋겠네."

걱정스러운 얼굴 너머로 정지 화면이 보였다. 이선민의 얼굴이 아직 화면에 떠 있었다. 아이서가 공황 발작을 일으키자 세미라가 재생을 멈춘 모양이었다. 사고가 터지고 거의 한 달이 지난 시점이었고, SG에서 발표한 이 편집 영상은 이미 전 세계적으로 유명했다. 어쩌면 아이서가 전 세계에서 마지막으로 보는 사람일지도 몰랐다. 아이서는 멍하니 물었다.

"저 영상 진짜예요? 재구성한 영상이 아니고?"

세미라가 천천히 말했다.

"조작은 아니지만 짧은 요약본이지. 실제로 탑이 모래 속으로 완전히 사라지기까지는 시간이 꽤 걸렸다네. 그렇지 않았다면 자네들이 빠져나오지 못했겠지. 실제로 아슬아슬했어. 트레일러도 결국 버려야 했으니."

빠르게 벌어진 일이었다면 안에 있던 모두가 빠져나오려고 허우적댈 시간도 없었을 것이다. 그러나 기억 자체가 조각조각 일그러져 있다 보니 그 안의 시간 감각은 더욱 이상했다. 막판에 일어난 일들의 기억은 흐릿했고, 영상을 통해 하늘에서 내려다보니 더더욱 비현실적이었다. 그 자리에 있었던 아이서조차 실제로 있었던 일이라고는 믿기지 않을 정도였다.

"탑에서 우리가 나오는 장면은요. 확대해도 안 나오나요? 원본은 없어요?"

"편집을 어찌나 잘했는지, 사람들의 모습은커녕 꼭대기에 난 구멍도 잘 보이지 않아. 확대해봤자 픽셀이 깨질 뿐이야. 직전까지 비구름이 가리고 있던 터라서 위성 영상 소스 자체도 적고, SG에서는 원본 데이터 자체가 질이 아주 나쁘다고 주장하더군."

세미라는 말하면서 얼굴을 씰룩거렸다.

"데이터 화질이 그렇게 나쁜데 타티아나만 선명하게 나온 것도 웃기지만 말이야."

아이서는 땀에 젖은 몸을 일으켜 앉았다.

"계속 보여주세요."

세미라는 얼굴을 찌푸렸지만 아이서가 강경하게 나오자 멈췄던 영상을 다시 틀었다. 다행인지 불행인지, 아이서는 그 후로 다시 공황 발작을 일으키지 않았다.

타티아나 로스코바가 인류의 어리석음을 비난하는 영상이 이어졌다. 아이서가 기억하는 그 연설이었지만, 보는 각도가 다른지 편집이 들어가서인지 새삼 낯설었다. 이어서 생태해방전선이 어떤 조직이며 타티아나가 지금까지 어떤 일을 했는지가 짧게 나왔다. 그동안 이선민은 목소리만으로 환경 테러리스트를 비난하다가, 다시 화면에 나타나서는 밝고 자신감 있는 미소를 띠었다.

"하지만 너무 걱정하지 마십시오, 여러분. 희망은 언제나 있습니다!"

아이서는 저도 모르게 주먹을 꽉 쥐었다. 손에 붕대를 감고 있지 않았다면 손톱이 손바닥을 깊이 파고들었을 것이다. 그 뒤는 그야말로 SG 홍보 영상이라고 할 만했다. SG는 발 빠르게 비상 대책을 모두 동원하여 피해를 줄이는 일에 착수했다. 상황이 상황이니만큼 아직 실험적인 탄소 흡수 기술도 모조리 투입할 계획이었다. 유넵도 내려앉는 사막에서 계속 올라오는 이산화탄소를 저지하기 위해 긴급 예산을 편성했다. 이선민은 반질반질하게 빛나는 얼굴로 외쳤다.

"절망하지 마십시오. 사막의 바다 프로젝트는 끝나지 않았습니다. 우리는 이전 계획보다 앞당겨서 탄소 흡수에 박차를 가할 준비가 되어 있습니다. 위기는 곧 기회입니다. 이 위기를 기회 삼아, 우리가 테러리스트들보다 훨씬 나은 사람들임을 보여줍시다."

영상이 끝나고 잠시 침묵이 이어졌다. 아이서는

한참 후에 물었다.

"생태해방전선은 다 같은 생각이었나요?"

"그럴 리가 있나. 같은 조직이라고 다 같은 생각일 리야 없지."

세미라도 탄소 흡수 프로젝트에는 회의적이었지만, 타티아나의 생각에 찬성하지는 않았다. 생태해방전선 안에서도 마찬가지였다. 아마 대부분은 타티아나가 뭘 하려 했는지도 몰랐을 것이다. 그러나 생태해방전선은 공식적으로 한 개인의 일탈로 몰고 가지 않고 자기들이 한 일이라고 인정했다.

"왜죠?"

세미라가 한층 늙어 보이는 얼굴을 했다.

"글쎄. 동감, 동조, 흥분, 정치적인 고려, 여러 가지 이유가 있겠지. 타티아나가 범인이라고 믿는 이들의 비난이 빗발치긴 했지만, 틀린 말은 아니지 않느냐면서 동조하거나 적극적으로 지지하는 사람들도 나타났거든. 그 숫자가 적지 않아."

아이서는 소리 내어 웃고 말았다. 인간이란 정말 알 수가 없었다.

"아무튼 그 덕분에 생태해방전선은 지금 굉장히 유명해졌어. 유명해진 동시에 반사회조직으로 낙인찍

혔고, 파생 효과로 다른 생태활동가 모두 의심과 비난의 눈길을 받고 있어. 개인적으로 공격받는 사례도 나오고 있네. 어떤 정부는 보호하지만, 어떤 정부는 묵인하거나 부추기기도 하고."

세미라는 거기까지 말하고 처음으로 살짝 웃었다.

"그렇지. 그러고 보니 자네도 이 테러의 종범이야."

"네?"

처음 듣는 이야기에 아이서는 눈을 크게 떴다.

알고 보니 그건 세미라 나름의 농담이었다. 정말로 테러 종범으로 낙인찍힌 것은 아니었다. 다만 타티아나가 말하는 영상 자체가 아이서를 설득하는 형태였고, 그곳에 아이서가 있었다는 사실을 SG도 인정했기에 애매한 형태로 유명해지고 말았다. 타티아나가 있고 이선민이 있었기에 극렬한 증오와 찬양에서는 다소 비켜났지만, 아이서의 지난 행적이 다 파헤쳐질 정도는 되었다.

죽은 사람이 되어 있어 그나마 다행이었다.

아이서는 잠시 눈을 감고 있다가 지금까지 계속 미루고 피하던 질문을 던졌다.

"다른 사람들은요?"

혼자만 살아남은 게 아니라는 사실은 알고 있었다.

세미라가 그나마 아이서의 회복이 제일 빠르다고 말해 줬으니 다른 사람도 있다는 뜻이었다. 하지만 누가 살 아남았는지 누가 죽었는지는 몰랐다. 알기가 무서웠 다. 아이서의 눈을 피한 세미라가 건조하게 말했다.

"루스탐이 이끌고 갔던 사람 중에서는 루스탐과 다른 두 명이 살아남았네. 그 사람들이 자네들을 꺼 내기도 했는데, 의식을 잃고 있었으니 기억은 못 하 겠지. 장은 살았고, 그나마 자네 다음으로 회복세가 괜찮아. 마리야는 탑에서 끌어낼 때 죽었고, 스테판 은…… 스테판은 마지막 순간을 본 사람도 없군."

그리고 마지막 이름이 나왔다.

"오하나는 다리를 잃긴 했어도 마지막에 모래를 파고 나올 정도로 힘이 있었는데, 그 후에 패혈증이 왔어. 아주 더디게 회복 중이고, 하루 중 의식이 돌아 오는 시간이 짧아. 어느 정도 회복하고 체력이 돌아오 기 전까지는 몸을 수리할 수 없다는군."

오하나가 살아 있다는 말에 짧은 안도감이 찾아왔 다가 스테판의 죽음이 무겁게 명치를 눌렀다. 호흡이 짧아지면서 급격히 눈앞이 어두워졌다. 다른 사람도 그렇지만 스테판은, 정말이지 스테판은 그렇게 사라 지면 안 될 사람이었다.

쇠집게 같은 것이 몸통을 죄는 느낌에 아이서는 가슴께를 더듬었다. 세미라가 황급히 담요를 둘러주며 조용히 말했다.

"이만하면 오늘 무리했네. 다시 누워."

아이서에게는 고집 피울 힘도 없었다. 숨도 못 쉬게 아프던 통증은 자리에 눕자 조금 후에 뚝 끊어지는 것처럼 멈췄다. 미지근한 마비감이 온몸을 감쌌다. 이대로 누워서 100년쯤 자고 싶었다.

2056년 말부터 2057년 초까지 천산산맥의 겨울은 유난히 길고 혹독했다. 겨울 최저기온과 최고기온 양쪽 기록을 갱신하는 날씨만큼이나 사람들의 마음도 극단을 찍었다. 그 양극단을 얼음과 불로 표현한다면 아이서는 내내 얼음 쪽에 있었다. 주위에서 사람들이 돌아다니고 담요를 여며주고 말을 걸고 뉴스를 틀어놓는 것을 알기는 했지만, 아이서에게는 모든 것이 몇 겹의 투명한 막 너머를 보듯이 멀게만 느껴졌다. 말은 그저 소리에 불과했다. 모든 감각이 잠들어 있었다. 그러다가 그 얼음이 녹기 시작하자 동상에 걸린 채로 따뜻한 곳에 들어갔을 때처럼 온몸이 따끔거렸다.

"드릴을 너무 늦게 멈췄는지도 몰라요. 관성 때문

에 실제로 멈추기까지는 시간이 꽤 걸리니까, 더 빨리 멈췄다면 지진이 와도 쪼개지지 않았을 겁니다."

"과부하 상태로 돌렸으니 드릴이 튀어 나갔을 수도 있어."

"스테판이 잘못 알았을 가능성도 있지 않아? 다들 그런 말을 안 하려는 건 아는데, 아무래도 그 친구는 경험이 적었잖아."

여러 명이 아이서가 있는 방에 모여 앉아 잡담을 나누고 있었다. 나이가 꽤 많은 남자와 젊은 여자, 그리고 구형 휠체어 비슷한 것에 앉은 오하나가 눈에 들어왔다. 마지막 말을 한 사람은 오하나였다.

그들은 이미 여러 날을 아이서와 함께 있었고, 여러 번 비슷한 대화를 반복했다. 아이서는 계속 들으면서도 그것들이 웅웅거리는 소리에 불과했다가 퍼뜩 귀에 들어왔다. 나이 든 남자가 루스탐이었고, 그는 회복한 이후부터 계속 그때 어떻게 했어야 했느냐에 집착했다. 사고를 막을 수 있었던 가능성을 집요하게 검토하고 또 검토했다. 그래서 어느 시점부터 오하나는 제대로 응하지 않거나 방금처럼 어깃장을 놓기도 했다. 보통은 루스탐이 상대했는데 그날은 아이서가 먼저 반응했다.

"스테판은 실수하지 않았어요."

아이서가 불쑥 말하자 모두가 놀랐다. 아이서에게 여러 차례 말을 걸었다가 무반응을 경험한 후였으니 더 그랬다. 그러나 놀라움이 오래가진 않았다. 다들 이제 회복할 때도 됐지, 하는 표정을 지었다. 루스탐이 회의적인 얼굴로 말했다.

"스테판을 믿어주는 건 고맙군."

오하나가 어깨를 으쓱였다.

"어떻게 했어도 소용없었다니까. 하필 그때 지진이 닥칠 줄 누가 알았겠어."

아이서가 이름을 기억하지 못하는 젊은 여자가 씁쓸하게 웃었다.

"솔직히 지금까지 싸우던 나라들이 다 협력하기로 했다거나, 기부와 자원봉사가 확 늘었다는 소식 같은 걸 보고 있으면 기분이 이상해요. 인간에겐 결국 이런 위기가 필요했던 걸까요?"

"무슨 헛소리냐, 씨시! 그런 뉴스에 세뇌될 거면 보지 마!"

루스탐이 벌컥 역정을 냈지만 그 분노 아래에는 희미한 체념도 깔려 있었다.

타클라마칸사막의 대재난 앞에서 지난 몇 달 동

안 초국가적인 협력이 이뤄지고 있다는 것만은 부정할 수 없었다. 오랫동안 분쟁 때문에 중간중간 끊기고 막혀 있던 유라시아 전역의 기차 노선이 모두 열렸고, 물자와 사람이 중앙아시아로 모이고 있다는 소식이 특히 그랬다. 모든 국경이 개방됐고, 온갖 물자와 인력이 모여들었다. 중앙아시아가 거대한 대륙의 '중앙'에 있다는 것이 오랜만에 실감 나는 시절이었다.

정말로 큰 위기가 있어야만 인류는 정신을 차릴 수 있는 것이었을까. 그렇다면 결국 타티아나가, 심지어는 이선민이 옳았다는 뜻일까.

'아니야.'

아이서는 흘러가려던 생각을 붙들고 자세를 바로했다. 머릿속에 뭔가가 번쩍하고 지나갔다.

"잠깐만요. 결국 지진 때문이었다면 이선민은 왜 계속 테러 탓으로 돌리는 거죠?"

세 사람이 서로를 멀뚱히 쳐다보았다. 잠시 후 오하나가 대답했다.

"이선민은 지진이 마지막 지푸라기를 얹어준 것뿐이고, 실상은 타티아나가 저지른 테러 때문이라고 주장해. 드릴이 깊이 박혀 있지만 않았다면 지진이 났어도 덮개암이 깨지진 않았을 거라나 뭐라나. 기술자님들이 왜 저렇게 드릴 문제에 집착하겠어."

　드릴을 제때 멈춘 게 맞다고 해도 일어난 일을 돌이킬 수는 없겠지만, 책임 소재는 달라진다는 이야기였다. 기술자들로서는 '그게 사실이라면, 드릴을 더 빨리 멈췄다면 막을 수 있었을까'라고 생각할 만도 했다. 그 흐름을 이해함과 동시에 아이서의 머릿속에 불이 켜졌다.

　"그게 아니야. 이선민의 말을 믿으면 안 되는 거였어요."

　아이서가 단호하게 말하자 루스탐이 눈살을 찌푸렸다.

　"우리도 그놈이 거짓말을 한다는 건 알아."

　"아니에요. 거짓말이라고 생각하면서도 다들 전제는 믿은 거죠."

　다들 어리둥절한 표정이었다. 아이서는 빠르게 말했다.

　"지금 생각해보면 탑 안에서 희망이 보일 때도 내내 불안했어요. 그때는 불안의 이유를 정확히 몰랐지만 뭔가 이상하다고 느꼈던 것 같아요. 드릴이 암반을 뚫는 것만으로 이렇게 크고 빠른 피해가 일어난다고요? 전문가들이 검토하면 더 확실하겠지만 제 기억에 제대로 된 위험 평가에서도 단번에 사막 바닥이 내려 앉고 탄소 바다가 올라올 가능성이 높지는 않았어요. 그런데 이선민은 이상하게 자신만만했죠."

오하나가 제일 먼저 알아들었다.

"그러니까 처음부터 생각해둔 방법이 있었다?"

아이서는 힘 있게 고개를 끄덕였다.

"애초에 타티아나와는 다른 방법을 생각했을지도 몰라요. 마침 타티아나가 하는 말을 듣고 이용한 것뿐 이죠. 그런데 생각해봐요. 탑 안에서 하던 일을 마무 리하지 못한 상태로 부하의 연락은 끊겼지, 폭우 때문 에 상황을 관찰하기도 어렵지, 그 상황에서 지진이 딱 맞춰 일어난 거예요. 이선민에게 너무나 유리하게."

그게 어떤 암시인지 깨달은 사람들이 흠칫했다. 루스탐은 전혀 이해할 수 없다는 표정이었다.

"일이 어긋나면 보통은 물러나지 않나? 심지어 지 진이라니 그건……."

"아니, 말이 돼. 그런 놈들은 보통 사람과 생각하 는 게 달라. 실패하고 비난받을 바에는 더 큰일을 저 지를 수도 있어. 게다가 그놈은 이 프로젝트를 최대 업적으로 내세워서 회사 승계 구도를 굳히려고 했거 든. 절대로 실패하면 안 되는 거지."

오하나는 아이서의 생각에 동조했지만 다른 사람들은 계속 설마, 하는 표정을 짓고 있었다. 그러나 아이서는 확신했다. 왠지 지금은 이선민의 사고방식을 또렷이 알 것 같았다. 어쩌면 그들이 드릴을 멈췄다는 사실 자체가 이선민의 등을 밀었을지도 몰랐다. 루스탐이 도착해서 문을 뚫으려 할 때쯤에는 폭우가 그치고 구름이 걷혀 있었으니까, 자신의 계획이 실패한 데다 증인까지 남았다는 사실을 알았을 수 있었다. 그리고 그자라면 실패한 시도로 비난받느니 모든 것을 날려버릴 스위치를 누르고도 남았을 것이다.

"증거가 남았을 거야."

아이서는 오하나와 눈을 마주쳤고 다시 한번 확신을 담아서 말했다.

프로젝트 제3현장은 남김없이 꺼져 내려가 모래 속에 묻혔고, 그 위로 올라오는 탄산가스를 막기 위한 거품 폭탄까지 곳곳에 떨어져 있었다. 진상 조사 같은 것은 불가능했다. 그러나 지금 아이서가 의심하는 일이 벌어졌다면 증거는 그곳에 묻히지 않았을 터였다. 사람들이 주목하지 않는 진원지에 있을 것이었다. 잠시 후 루스탐이 중얼거렸다.

"세미라에게 말해봐야겠군."

뚜껑을 열어보니 증거는 들여다보기만 하면 볼 수 있을 정도로 널려 있었다.

천산산맥 여기저기에 흩어져 사는 신유목민들이 가장 신경 쓰는 기기는 지진계였다. 그들에겐 상세한 지진파 기록이 있었다. 그래프가 단순했고, P파의 진폭이 S파보다 훨씬 컸다. 자연 지진보다는 인공지진에서 많이 나타나는 현상이었다.

일단 의심하자 보이지 않던 것들이 보였고, 무엇을 봐야 할지 알 수 있었다. 지진의 진원지가 SG의 발표와 다르다는 것도, 마침 그 진원지쯤에 사막의 바다 프로젝트 제1현장이 있다는 사실도, SG가 프로젝트 장비들로 어떤 일을 할 수 있었는지도 금세 드러났다.

석유 시추법에는 이산화탄소를 유전에 주입하는 기술이 있다. 더 많은 석유 생산을 위해 개발된 방법이었지만 포집한 탄소를 땅에 저장하는 방법으로도 쓰였다. 이 기술로 이산화탄소나 물을 고압으로 대량 주입하면 지진을 유발할 수 있었다. 조사에 관여한 사람들은 처음에는 믿지 못했고, 그다음에는 누군가가 정말로 이런 짓을 했다는 사실에 경악했으며, 그다음에는 어이없어했다.

"그놈은 하늘이 무섭지도 않은가? 어떻게 이런 짓

을 해놓고 넘어갈 수 있다고 생각하지? 심지어 숨길 생각도 안 했다고?"

루스탐은 몇 번이나 그 말을 되풀이했다. 오하나는 냉소적으로 대꾸했다.

"누가 들여다볼 거라는 생각을 안 했겠지. 다들 기업가들에게 환상이 좀 있나 본데, 걔들 그렇게 철저하지 않아. 이 땅에 지진파를 상세히 기록하는 사람들이 있다는 상상부터 못 했을걸?"

아이서의 의견은 오하나와 비슷한 듯 달랐다.

"알아봐야 어쩌겠냐고 생각했을 수도 있죠. 언론은 틀어막으면 되고, 그래도 나오는 잡음은 음모론으로 치부하면 되고, 남는 건 테러리스트에게 떠넘기면 되고."

오하나는 아이서를 보며 희미하게 웃었다.

"갈수록 냉소적이 되어가네. 아주 바람직해."

"냉소적인 게 아니야. 난 이제야 조금 알 것 같아. 이선민 같은 놈들은 하늘도 신도 무서워하지 않아. 자기는 뭐든 할 수 있고, 해도 된다고 생각하지."

거의 말이 없던 장이 흉터 진 얼굴을 씰룩였다.

"잘됐네요. 그 오만함이 그놈 발목을 잡게 해줍시다."

"그래! 이런 식으로는 빠져나가지 못한다는 걸 알려줘야지!"

"복수해주자!"

그 방에 모여 있던 스무 명가량이 의욕적으로 떠들기 시작했다.

"이제 어떻게 폭로하지?"

"독립 언론으로는 주목을 끌기 어려워……."

"꼭 그렇지도 않아. 저화질 독립 채널이라도 자극적이거나 신기하거나 바이럴을 잘 타면 널리 퍼질 수 있지. 감각 있는 사람을 찾으면 돼."

"그건 왜곡 아닌가?"

"왜곡이라니. 시나리오를 짠다고 사실을 왜곡하는 건 아니지. 그렇게 치면 저놈들은 진짜 왜곡을 하는데, 우리도 마케팅을 할 줄 알아야 하지 않나?"

"방파제 회원 중에 아직 뜻있는 언론인도 있지 않을까요?"

"여러분."

의견 교환이 활발히 이루어지는 내내 조용하던 세미라가 천천히 컵을 들더니 끓고 있는 양철 주전자를 두드렸다. 방 안이 서서히 조용해졌다.

"폭로만 서두를 일이 아니야. 신중하게 앞으로의

방향을 결정하고 나서 방법을 의논해야 하네. 폭로를 통해서 우리가 얻으려는 바가 무엇이지?"

루스탐이 어리둥절한 얼굴로 물었다.

"진실을 알리는 것 외에 뭐가 더 필요한가?"

"진실을 알리면, 잘 알리면 사람들이 분노하긴 하겠지. 거기까지 성공해도 그 분노를 하나로 모으지 못하고 중구난방으로 터뜨리면 어디에도 도움이 되지 않아. 과녁을 정하고, 그리로 유도해야지."

"그건 대중을 우리 마음대로 휘두르고 싶다는 소리 아닌가?"

루스탐이 찜찜하게 중얼거리자 세미라는 코웃음을 쳤다.

"나쁜 놈들에겐 무기가 산더미처럼 쌓여 있고, 우리에겐 총탄 몇 발밖에 없어. 기회가 많지 않아. 그러니 신중하게 겨누고 정확하게 쏘아야 해. 막무가내로 정보와 힘을 휘두르는 건 최악의 낭비야."

세미라는 할 말을 잃은 사람들을 둘러보고 차분하게 말했다.

"오해는 말게. 나도 우선 이선민 같은 자가 나쁜 짓을 저질러놓고 빠져나가게 해서는 안 된다고 생각해. 하지만 이선민만 단죄하면 충분한가? 아니라면

SG 전체에 화살을 돌려야 할까?"

"그야 당연히 SG가 나쁘지! 한 놈만 잘못했다는 게 말이 돼? 이렇게 큰일을?"

누군가의 고함에도 아랑곳하지 않고 세미라는 조용히 말을 이었다.

"그래서 모든 내막이 알려지면 프로젝트가 좌초되지는 않을까? 모처럼 긍정적인 방향으로 흐르고 있는 사람들의 의지가 꺾이진 않을까? 의지가 아니라 환멸만 번지지는 않을까? 우리는 그런 문제들도 생각해야 해."

마지막은 분노해 있던 사람들에게 찬물을 끼얹는 말이었다. 오하나가 비딱하게 중얼거렸다.

"과연 정치가 출신은 생각이 다르네."

"칭찬으로 듣지. 본래 정치란 타협의 기술이거든."

비아냥에 조금도 흔들리지 않는, 강철같이 단단한 목소리였다. 주름지고 햇볕에 탄 세미라의 얼굴에 광채가 돌았다. 눈동자는 확신을 담아서 반짝였다.

"각기 다른 생각을 가진 우리에게 공통점이 하나 있다면, 무엇보다 기후 재난에서 인류를 지키는 방파제가 되려는 마음으로 산다는 것 하나야. 추상적인 의미의 인류가 아니라 가장 먼저 고통받는 사람들, 가장 약하고 가난하지만 서로를 돕는 사람들 말이야. 그러니 나는 이번에도 우리가 그 마음을 잊지 않고, 가장 이로운 길을 찾았으면 좋겠네. 파괴에 파괴로 맞설 수는 없어. 같은 무기로 부딪친다면 우리가 질 수밖에 없으니까. 그건 죽은 사람들의 희생을 헛되이 하는 길 아니겠나?"

방 안에 있던 사람들은 숙연해졌다. 오하나만 살짝 비아냥거리는 표정을 지었다. 누군가가 고개를 끄덕이다가 조심스럽게 말했다.

"그래도 비밀리에 일하는 건 좀……."

"물론 정보는 공유해야지. 다만 순차적으로 하자는 거야."

세미라가 주도권을 잡고 나서 다시 열띤 토론이 오가기 시작했고, 잠시 넋 놓고 있던 아이서는 자리에서 일어나 밖으로 나갔다.

눈 덮인 산은 아름다웠고 찬 공기는 상쾌했지만 바깥에 오래 있을 날씨는 아니었다. 오하나가 의족과 목발을 힘겹게 움직이며 다가왔을 때 아이서는 털 냄새가 지독하게 풍기는 가축우리에 있었다. 울타리에 기댄 채 멍하니 양들을 보고 있었다.

"고뇌하는 그림치고는 좀 그렇지 않아?"

아이서는 대꾸하지 않았다. 오하나는 울타리에 비스듬히 기대면서 말했다.

"뭐, 세미라 말도 틀리진 않아. 타협도 필요하지."

"타협은 지겹도록 많이 했어."

"오, 타협이 지겨우셔? 그래서 그때도 이선민과 타협하는 대신 엎드려 빌었고?"

아이서는 픽 웃고 말았다. 생각나는 대로 입이 움직였다.

"2020년쯤에 '위구르 강제노동방지법'이라는 게 있었던 거 알아?"

"37년 전이냐. 그때쯤 내가 태어나 있긴 했지만 그런 법이 있었나? 한국에?"

"한국 아니고 미국."

아이서에겐 태어나기 전의 일이었다. 2021년에 미합중국은 위구르 강제노동방지법을 통과시켰다. 당시아직 중국 영토였던 위구르 자치 구역에서 현지 주민 몇백만 명을 강제 노동에 투입했다는 혐의가 있었기때문이다. 아이들도 있었기에 더 문제가 되었다. 그러나 그런 현대판 노예제도의 산물을 소비할 수 없다는법안 선포 결과, 태양광 패널 가격이 올랐다. 태양광 패널의 주재료인 폴리실리콘이 이 지역에서 생산되고 있었기 때문이다. 화석연료에서 탈피하려면 태양광 패널이 싼값에 공급되어야 한다는 아우성이 일어났다. 당시 언론들은 이 사건을 두고 '인권이냐 환경이냐의 딜레마' 같은 타이틀을 내걸었다. 오하나는 그 말에 동의했다.

"딜레마이긴 했겠네."

아이서는 천천히 고개를 저었다.

"정말 그럴까? 타티아나가 그 이야기를 해주면서 그랬거든. 그게 인권이냐 환경이냐, 라는 건 착각이라고. 나도 그렇게 생각해."

오하나는 눈가에 주름을 잡으면서 잠시 인상을 썼다.

"둘 다 지킬 순 없었던 거 아냐?"

"그때 그랬던 건 사실일지도 모르지만, 하나가 빠져 있잖아. 인권이냐 환경이냐, 같은 문제가 아니라 실은 돈이었던 거지. 물론 다들 무료 봉사해야 했다는 소리까진 아니야. 그래도 태양광 패널을 최대한 싸게 만들어 팔아서 이득을 보던 자들, 패널을 최대한 싼값에 산 후 세금 지원까지 받던 자들이 얻을 이익을 정당한 노동의 대가라고 할 수 있어? 재생에너지 산업의 문제는 언제나 '재생에너지'가 아니라 기존과 같은 방식으로 이윤을 추구할 뿐인 '산업'에 있었어. 딱 이선민 같은 인간들이 짜놓은 판 말이야."

타티아나처럼 극단적인 결론에 이르지는 않았지만 아이서도 이선민이나 SG의 방식이 지금까지 인류가 멸망으로 치닫게 만든 바로 그 방식이라는 데에는 동의했다.

"결론은 어떻게 됐는데?"

아이서는 뭘 묻느냐는 듯 김빠진 웃음소리를 냈다.

"2년 만에 항복했다더라. 중국은 슬쩍 원산지 표기를 바꾸었고, 미국은 눈 가리고 아웅 하는 식으로 수입을 재개했어. 누군가가 강제 노동을 하는 건 어쩔 수 없는 일이었던 거지. 재생에너지 산업을 위해서가 아니라 사실은 미국과 중국과 그 사이의 누군가들이 벌 돈을 위해서."

약간의 타협은 어쩔 수 없다, 인류를 구하는 게 중요하다, 같은 주장이라면 SG 연구소에서 내내 들었다. 처음으로 사막의 바다 프로젝트가 이상하다는 점을 알았을 때는 동료에게 먼저 말했었다. 그다음에는 상사에게 말했다. 그다음에는 더 상부에 말했다. 어떤 사람은 우리가 건설 프로젝트를 상관할 바 아니라 했고, 어떤 사람은 조직에서 순탄하게 사는 방법을 모르

느냐 했으며, 어떤 사람은 큰일에서 어느 정도의 희생
은 피할 수 없다고 했다. 아이서의 배경을 모르는 누
군가는 어차피 가난한 나라에선 사람들이 쉽게 죽지
않느냐는 말까지 했다. 오하나는 잠시 침묵하다가 물
었다.

"그래서?"

"지금 그런 기분이라는 거야."

마비감에서 풀려나면서부터 내내 그랬다. 점점 화
가 났다. 모든 것에 화가 나서 불쑥불쑥 소리를 지르
고 싶어졌다. 지글지글 끓는 분노를 애써 통제하면서
겨우 배출구를 찾아냈다고 생각했는데, 조금 전에 세
미라에게 빼앗겨버렸다. 논리적인 생각은 아닐지 모
르지만 그랬다. 울타리 너머로 손을 뻗어 지저분한 양
털을 만지작거리던 오하나가 툭 던지듯이 말했다.

"그러면 넌 어떻게 하고 싶은데."

오하나가 아이서를 올려다보았다. 이상하게도 지
금까지 잘 누르던 마음, 이래선 안 된다고 타이르던
마음이 불쑥 튀어나왔다.

"정치니 타협이니 여론전이니 다 지긋지긋해. 이
선민을 죽여버리고 싶어. SG도 부숴버리고 싶고, 헛
소리하는 인간들도 다 없애버리고 싶어. 위구르스탄

이 소금물에 잠겨야 한다면, 한국도 불타버렸으면 좋
겠어."

아이서는 울타리를 꽉 잡았다가 놓았다. 절대로
이런 말은 입 밖에 내지 말아야지, 하고 내내 생각했
는데 뱉어놓고 나니 마음 한구석이 시원했다. 오하나
는 아무 말이 없었다. 하긴, 이런 말에 무슨 반응을 하
겠는가. 그렇게 생각하면서 몸을 돌리는데, 오하나가
쾌활하게 말했다.

"그럼 죽이러 갈까?"

아이서는 그대로 멈춰 섰다.

"진심이야?"

"그래, 뭐."

아이서는 잠시 기묘한 기분으로 오하나의 옆얼굴
을 보았다. 오하나는 태연하게 머리를 긁적였다.

"근데 루스탐에게 수리는 다 받고 나서 가자. 다른
데서 수리받으려면 내 남은 재산도 거덜 나. 어차피
그 거창한 회담인지 뭔지도 봄은 되어야 할 거 아냐."

봄, 곧 봄이라고 생각하자 어느새 아이서의 마음
은 동쪽으로 날아갔다. 동쪽으로, 동쪽으로……. 강원
도에는 개나리가 피겠지. 다시는 그 풍경을 보지 못할
줄 알았는데, 마지막으로 볼지도 모르겠구나. 아이서

는 오랜만에 웃었다.

　"그래, 가자."

사막의 사람

2057년 3월 3일이었다. 황금색 구체를 얹은 하얀 나무에서 물이 쏟아져 내렸다. 카자흐스탄의 전설 속에서 불사조가 황금 알을 낳는다는 나무를 본뜬 형상이었다. 이 도시, 아스타나의 정중앙에도 비슷하게 생긴 바이테렉타워가 있었다. 오하나는 아스타나 컨벤션센터에 새로 들어선 분수대를 감상하다가 입매를 비틀었다.

'사치스럽네.'

물이 풍족한 지역도 아니고, 겨울이 다 끝나지도 않았는데 분수를 틀다니. 다 재활용하는 물이라곤 해도 돈을 쏟아붓는 짓이었다. 과시였다.

이 컨벤션센터의 모든 것이 비슷했다. 오하나가 몇 달 동안 모래 구덩이와 눈 덮인 산에서만 지내서 부자연스럽게 느끼는 것이 아니었다. 중앙아시아에도 당연히 첨단 기술이 지배하는 편리한 대도시들이 있지만, 그 어느 곳도 아스타나 같지는 않았다. 황무지에 선 신기루처럼 번쩍이는 도시. 사람들이 자연스럽게 모여들어 커진 게 아니라 어느 날 갑자기 수도로 지정되면서 가공된 도시. 과거에는 석유와 천연가스가, 지금은 우라늄과 재생에너지가 이 도시의 부를 떠받쳤다. 그리고 모든 부유한 도시가 그렇듯 여기도 바깥세상이 무너져가지 않는 척하는 데 막대한 돈을 썼다.

그 점이 지금 열리는 회의와 잘 어울리긴 했다.

방향을 돌려 매끄러운 바닥에 휠체어를 굴리다 보니 넓은 복도 양쪽으로 중앙아시아 6개국 기후 기술 컨벤션을 알리는 현수막이 펄럭였다. 한참 전부터 예정된 회의였으나 몇 달 전에 위구르스탄에서 터진 사고 때문에 우선순위가 바뀌었다. 언론에서는 아예 '사막의 바다 회의'라고 부르고 있었다.

핵심은 기존에 진행하던 사막의 바다 프로젝트의 긴급 확대였다.

회의 세션 하나가 끝났는지 문이 열리고 사람들이 우르르 쏟아져 나왔다. 오하나는 익숙한 얼굴을 찾아냈다. 양복 입은 사람들 사이에서 키르기스스탄의 전통 의상을 갖춰 입은 세미라는 눈에 확 띄었다. 검은 펠트 허리띠에 금장식을 늘어뜨리고, 터번과 비슷하게 생긴 각진 모자를 쓰고, 정교한 패턴 자수가 들어간 붉은 가운까지 걸치니 관광청 홍보 영상에 나오는 사람 같았다. 오하나가 휠체어를 밀며 다가가자 세미라는 썩 반갑지 않은 얼굴을 했다.

"불편할 텐데 정말로 여기까지 왔군."

오하나는 쾌활하게 대꾸했다.

"불편하긴. 역시 아스타나야. 휠체어도 잘 굴러가고 아주 편해. 오랜만에 번화한 데 오니까 활력도 넘치고 좋네."

세미라는 미심쩍은 눈으로 오하나를 보았지만 누군가가 다가와서 말을 거는 바람에 신경을 돌려야 했다. 오하나는 그 틈을 타서 세미라 옆에 조용히 서 있던 평범한 정장 차림의 여성에게 턱짓했다.

과거의 아이서를 아는 사람이라 해도 지금의 모습을 바로 알아보기는 힘들 터였다. 몇 달 동안 아팠던 덕분에 턱선은 뾰족해졌고, 탈출 당시에 입은 상처를 치료하는 과정에서 코와 귀는 아예 조금 고쳤다. 눈은 그대로였지만 움푹 팬 데다가 이글거리는 빛이 더해져서 인상이 확 달라졌다.

오하나는 자연스럽게 식당 쪽으로 방향을 잡았다.

"그래서, 회의는 잘되어가고?"

예의상 던진 질문이었건만 아이서는 목구멍에서

부터 으르렁대는 소리를 내며 허공을 향해 두 손을 치켜들었다.

"하, 교수님들과의 회의는 여기에 비하면 천국이 었어. 회담까지 꾸물거린 시간이 아깝지도 않은지 서론만 한나절씩이야. 겨우 서론 끝났다 싶으면 그다음 엔 서로 내 몫이 얼마네, 네 책임이 얼마네, 하는 걸로 종일 싸워댈 태세고…… 돌겠다, 위기감이 있긴 한 건지."

"음."

"그래, 세미라도 이걸 예상하고 최대한 빨리 분위기를 잡아야 한다고 한 거겠지. 나도 그건 알겠어. 시간이 지날수록 다들 무뎌지는 게 나름의 생존 전략이라는 것도 알겠다고. 그런데 하다못해 지금 여기 나와 있는 사람들만은 멀리 볼 줄 알아야 하는 거잖아. 지금이 각자 자기네 나라와 조직에 뭐가 더 이득인지 따지고만 있을 때냐고!"

오하나는 아이서가 어차피 발언권도 없으면서 뭘 그렇게 열심히 듣고 괴로워하는 걸까, 역시 모범생은 다르구나, 하고 생각하며 건성으로 대꾸했다.

"회의야 세미라가 알아서 잘하겠지. 물 만난 고기가 따로 없던데, 애초에 은퇴는 왜 했나 몰라."

사실 오하나는 여기 참석한 이들이 자기 몫을 따진다는 게 이상하지 않았고, 나쁘다고 생각하지도 않았다. 애초에 이 프로젝트 확대를 가장 열렬하게 지지하는 건 중앙아시아가 아닌 다른 나라들이었다. 규칙은 늘 같았다. 모두를 위한 일이라 해도, 위험하거나 지저분하거나 좋지 않은 일들은 내가 아니라 남이 떠맡아야 했다. 그러니 여기 참석한 이들이 왜 우리가 다 뒤집어써야 하느냐고 반발하는 것도 당연하지 않은가 싶었다. 당장 할 말이 많은 건 위구르스탄이겠지만 다른 나라에도 그럴 만한 역사는 있었다.

뭔가 더 말하려던 오하나는 문득 이상한 낌새를 눈치채고 신경을 곤두세웠다. 아니나 다를까, 복도 모퉁이를 돌아서 검은 옷을 입은 남자 몇 명이 나타나더니 오하나의 휠체어와 아이서의 팔을 붙잡았다.

"각하께서 지금 보자고 하십니다."

맨 앞에 있던 놈이 서둘러 말하지 않았다면 오하나는 그대로 놈들의 손을 잘라버렸을 것이다.

실제로 마주한 젱이스에게서는 영상으로 전달되지 않는 위압감이 있었다. 털옷에 감싸여 있어도 중심이 잘 잡힌 몸인 것을 알 수 있었고, 배 둘레가 크고 목이 굵은 걸 보니 맷집이 강할 듯했다. 손등에는 굵은 힘줄이 도드라졌다.

"또 보게 됐군, 박사."

"다시 뵙네요, 대통령님."

오하나는 왠지 아이서의 정중한 인사가 비아냥처럼 들렸다. 그다음에 이어진 말을 들으니 괜한 생각이 아니었다.

"제가 먼저 보자고 하긴 했지만 도착하자마자 부르실 정도로 급하진 않았는데요. 너무 눈에 띄지 않나요?"

오하나는 새삼 아이서의 옆얼굴을 올려다보았다.

'쟤가 전보다 더 겁이 없어졌네. 이젠 뵈는 게 없는 건가?'

아이서의 태도에 젱이스도 얼굴을 찌푸렸다.

"눈에 띄고 말고야 내가 알아서 할 일이지. 살아 있어서 다행이라는 인사를 할 틈도 안 주는군. 그나저나 저건 뭔가? 난 박사만 만날 줄 알았는데."

"제 경호원입니다."

"경호원?"

젱이스는 말끝을 늘이며 시선을 내렸다. 그의 눈에는 오하나가 휠체어에 앉은 자그마한 중년 여성으로 보일 터였다. 오하나는 무릎 담요를 정돈하며 짐짓

온화하고 무해하게 웃어 보였다. 옆에서 내려다본 아
이서가 안 어울리게 무슨 짓이냐는 표정을 지었다. 젱
이스는 눈을 가늘게 뜨더니 고개를 끄덕였다.

"자네가 그 용병이겠군. 내 부하들이 신세를 많이
졌지."

어디까지 아는지는 알 수 없지만 "그 용병"이라는
말과 눈빛만으로 충분한 위협을 전했다. 아이서가 끼
어들어서 다시 대화 방향을 돌렸다.

"거래를 하러 오셨으니, 거래를 하죠."

젱이스는 오하나를 노려보기만 하고 고개를 돌렸
다. 부하들을 죽인 죄를 지금 추궁할 생각은 없는 모
양이었다. 오하나는 그걸로 만족하고 얌전히 찌그러
져 있기로 했다.

"그래서, 뭐지? 자네들이 어떻게 살아남았는지 정
보라도 팔겠다는 건가?"

"괜히 떠보실 필요 없습니다. 그 정보는 이미 쓸모
없다는 걸 알아요."

"그러면?"

"지금의 난처하신 상황에 도움이 될 만한 정보라
고 해두죠."

"난처하다니, 누가? 나 말인가?"

젱이스가 오연하게 말하자 아이서는 한숨을 내쉬었다.

"아무 문제도 없었다면 전 대통령 세력도 정리하고 지진 피해도 수습하셔야 할 분이 아스타나까지 달려오지 않았을 텐데요."

젱이스가 오지 않았다면 나머지 다섯 나라는 위구르스탄 문제를 자기들 마음대로 결정했을 것이다. 적당한 명분과 이득만 있다면 힘을 합쳐 젱이스를 제칠 수도 있었다. 그러니 젱이스도 많은 사람의 예상을 깨고 아스타나에 나타날 수밖에 없었으리라.

타클라마칸사막 일부가 내려앉은 대형 사고의 주된 책임은 생태해방전선에게 돌아갔지만 애초에 그곳을 프로젝트 현장으로 정한 SG의 책임도 있다거나, 내전을 일으킨 데다 테러리스트를 끌어들인 젱이스도 책임이 있다는 등의 공방은 사라지지 않았다. 현재까지 그 양쪽에 대한 여론을 비교한다면 SG가 우위였다. 유넵이 편성한 긴급 예산이 결국 SG로 가게 되었다는 소식도 한몫했지만 젱이스가 시추탑에 미사일을 날렸다는 사실이 드러난 탓도 있었다.

그렇다, 미사일.

사건이 일어났을 때 시추탑 안에 있었던 오하나와

아이서는 몰랐지만 유수프는 죽기 전 젱이스에게 다급한 경고 신호를 보냈다. 젱이스 측은 위구르스탄 대통령이 암살당한 혼란을 이용하느라 바쁜 와중에 급히 미사일을 날렸다. SG가 철수해서 증거가 사라지기 전에 잡기 위해서였다. 그 미사일에 맞은 헬리콥터는 시추탑에 처박혔다.

'그러고 보면 저놈이 우릴 살린 셈인가?'

오하나는 잠깐 속으로 생각했다가 그 미사일이 시추탑을 맞혔다면 다 죽었을 테니 빚은 없다는 결론을 내렸다.

SG가 제시한 미사일 공격 영상은 젱이스의 발목을 제대로 잡았다. 젱이스 측이야 그건 테러리스트들을 겨냥한 것이었다고 항변했지만, 시추탑도 헬리콥터도 모두 모래 속으로 가라앉고 그 위에 소금물이 차오르고 있는 지금은 물증을 내밀 방법이 없었다. 결국 젱이스도 생태해방전선을 향한 비난에만 가세하고, SG에 대해서는 입을 조심할 수밖에 없었다. 오래지 않아 아이서가 말했다.

"그 지진은 자연적으로 일어난 게 아니었어요. 이선민이 인공으로 일으킨 거죠."

지진을 일으킨 게 이선민이라는 사실이 드러난다

면 젱이스가 단숨에 상황을 뒤집을 수 있으리라 생각
했건만 돌아온 반응은 예상과 달랐다.

"그래서?"

젱이스는 코웃음을 쳤다.

"뭐 대단한 정보라도 있나 했더니, 그게 단가? 쓸
모없는 소리군. 증거가 있다고 해도 소용이 없어. 내
가 그걸 폭로해봤자 누가 믿겠나?"

놀랄 만큼 정확한 판단이었다. 다른 사람이면 몰
라도 젱이스가 직접 나서서 이 사고는 처음부터 끝까
지 SG가 일으킨 거라고 고발한다면 대부분은 웃을 것
이고, 음모론으로 치부할 것이었다. 특히 젱이스가 말
한다면 책임 회피로만 비치기 십상이었다. 젱이스는
이를 갈았다.

"이선민 그놈이 제 입으로 자백해도 믿을까 말까
야. 그러니 세미라도 그걸 폭로하는 대신 협상 카드로
쥐고 다른 일을 하려 하겠지. 내가 알고 싶은 건 세미
라가 뭘 가지고 있는지, 그걸로 이 회의에서 뭘 노리
는지다. 말해봐, 듣고 쓸 만하다 싶으면 원하는 걸 지
원해주지."

오하나는 그게 빈말이 아니라는 걸 알았다. 밀고 당
기는 협상이 필요할 때가 아니었다. 아이서도 감지했는

지 인상을 잔뜩 흐린 채 생각하다가 천천히 말했다.

"세미라에게는 프로젝트 제1현장에서 인공지진을 유도했다는 증거가 있어요. 지진파 기록, 전문가들의 증언, 제1현장에서 그 시간에 누가 뭘 했다는 증인까지 확보했을 거예요."

아이서는 말을 멈추고 젱이스를 바라보았다.

"그리고 시추탑에 갇힌 사람들과 수리 기술자들이 나눈 무선통신 기록, 그리고 생존자들의 증언이 있죠."

오하나만 빼고 전원, 아이서의 인터뷰까지 포함이었다.

"하지만 세미라는 이걸 폭로할 생각이 없어요. 협상에 쓰려고 하죠. 사막의 바다 프로젝트를 확대해서 탄소 흡수율을 높이자는 생각은 SG와 일치하거든요. 당장의 단죄보다는 문제 해결이 시급하다는 생각이고 그걸로 대부분의 사람을 설득하는 데 성공했어요. 전체 프로젝트는 계속해서 SG가 책임을 지고, 중앙아시아의 모든 나라가 참여하면서 유넵의 자원을 더 끌어오는 방향으로 몰고 가되 SG 회장과 직접 협상하고 있을 거예요. 이선민은 치우는 조건으로요."

"이선민을 치우고 SG는 돈을 벌게 해준다? 그래서 세미라가 얻는 건 뭐지?"

"이선민이 한 짓을 폭로하지 않는 대가로 방파제 사람들이 이 프로젝트를 감시하는 자리에 들어가는 거죠. 이번과 같은 일이 또 벌어지지 않게, 제대로 일이 진행되도록요. 이렇게 일단 방파제가 프로젝트에 얽히면 SG도 폭로전을 걱정할 필요가 없어지겠죠. 신뢰도가 같이 추락할 테니까요. SG 입장에서는 방파제를 통해 이미지도 바꿀 수 있으니 나쁠 게 없어요. 물론 세미라야 프로젝트를 노리는 다른 회사와도 손을 잡을 수 있지만 다른 회사가 맡게 되면 또 무슨 문제가 생길지 모르고 협상 무기도 없을 테니까요."

제이스는 잠시 생각하다가 고개를 끄덕였다.

"폭로만 하고 끝내기보다는 그걸 무기로 써서 뭐라도 얻어내겠다는 사고방식은 나쁘지 않아. 하지만 이 프로젝트에서 이선민을 치우는 것까지는 가능하다고 쳐도, 그건 그놈을 죽이지도 않고 끌어내리지도 않겠다는 소리 아닌가? 그런 조건으로 어떻게 그쪽 사람들을 설득했지?"

아이서는 입가를 실룩였다.

"약속하겠다고 했어요. 이 프로젝트에서는 당장 뺄 것이고, 시간이 들 뿐이지 회사에서도 권력을 잃게 만들 거라고, 나중에는 꼭 죗값을 치르게 하겠다고요."

젱이스가 큰 소리로 웃었다.

"나중에? 잘도 그런 말에 넘어갔군. 그놈은 회사 창업주 핏줄이라던데, 잠시 물러날지는 몰라도 끌어 내리기가 쉽겠나? 게다가 방파제의 감시? 허울도 좋군. 지진으로 죽는 사람이 아직도 계속 나오고 있는데, 목숨값으로 기껏 프로젝트 감시권이나 받아내겠다고?"

비웃음이 분노의 고함으로 변하면서 젱이스는 의자 팔걸이를 쾅쾅 두들겼다. 아이서는 그 갑작스러운 감정 폭발에 놀라서 한 걸음 물러섰다가 물었다.

"그럼 그 계획을 박살 낼 건가요?"

기대감을 숨기지 못한 질문이었지만 젱이스는 순식간에 감정을 갈무리했다.

"보완해야지."

"보완?"

"나야 이선민을 내 손으로 찢어 죽이고 싶지만 위구르스탄의 이익이 더 중요하니까."

이 정보를 이용해서 조금이라도 이익을 얻어내겠다는 뜻이었다. 오하나는 수긍했다. 위구르스탄이 입은 피해를 돈으로 환산할 순 없지만, 죽은 사람은 죽은 사람이고 산 사람에겐 돈이 필요했다. 그렇게 얻어낸 이득을 나라 전체에 쓸지 혼자서 독차지할지에 따라 젱이스가 어떤 종류의 독재자인지 판가름될 터였다. 반면 아이서는 환멸을 숨기지 않았다.

"목숨에 값을 매기고 분노보다는 이득이라니. 정치가들이란 언제 봐도 대단하군요. 구입한 정보를 어떻게 쓰든 제가 알 바는 아니지만요."

오하나는 살짝 긴장했다.

'젱이스가 이성을 잃으면 네가 직접 싸울 것도 아니면서 이러기냐?'

그러나 젱이스는 업신여기는 눈빛으로 아이서를 내려다보았다.

"박사도 다른 사람에게 빌붙을 생각만 하는 주제에 도덕적인 우월감까지 과시하려는 게, 과연 한국에서 공부나 하던 사람답게 무례하군. 받은 돈으로 뭘 하려는지는 나도 묻지 않지."

오하나는 아이서가 발끈하면서도 입을 다무는 모습을 보고 생각했다.

'음, 예의가 없는 건 사실이지.'

한국어로 대화할 때도 오하나에게 절대 존대하는 법이 없지 않았던가.

　3월 5일, 오하나와 아이서는 세미라 모르게 아스타나를 떠났다. 아스타나에서 첼랴빈스크행 기차를 타고 북쪽으로 조금만 가면 러시아 국경이었다. 출입국 심사를 위한 두 사람의 새로운 여권과 신분증은 오하나가 구해놓았다. 노보시비르스크까지 이동한 후에 동쪽으로 가는 시베리아 횡단 열차를 탈 예정이었다.

　낡은 기차에 휠체어를 넣고 빼는 일도 쉽지 않았고, 4인용 침대칸에 집어넣기는 더욱 어려웠다. 이제부터 여러 번 갈아타야 하니, 이 시점에서 오하나는 휠체어를 분해하고 접어서 가방에 집어넣고 목발을 짚기로 했다. 아직도 빠진 근육이 다 복구되지 않은 데다 새 다리가 이전보다 무거워서 빨리 적응하기도 해야 했다.

　첼랴빈스크까지는 열다섯 시간 정도 걸렸다. 오하나는 규칙적으로 복도를 움직이고 재활 운동을 하면서 남은 시간에는 잠을 잤다. 가끔 깨어서 창밖으로 변함없이 이어지는 땅을 보고 있으면 마음이 고요했다. 반면에 아이서는 금세 창밖의 풍경에 질렸고, 내내 초조해하며 눈치를 살폈다. 화장실에 갈 때나 뜨거운 물을 받으러 나갈 때는 대놓고 이쪽저쪽을 보면서 벽에 붙어 살금살금 움직이기도 했다. 오하나는 보다 못해 결국 한마디하고 말았다.

"코미디에 나오는 첩보원이 따로 없네. 살피는 건 내가 할 테니까 그냥 머리를 비워."

아이서는 머쓱해하면서도 항의했다.

"살피긴 뭘 살펴. 내내 태평하게 잠만 잤으면서. 여기도 복도엔 감시 카메라가 있단 말이야."

"여기 카메라는 무용지물이야. 신경 쓰지 마."

"뭐?"

오하나는 친절하게 설명해줬다.

"애초에 제일 빠르고 편하게 가려면 남쪽에서 대륙을 관통하여 신의주까지 가는 고속 열차가 제일이야. 그런데 왜 이렇게 북쪽으로 빙 돌아서 가겠어?"

중국의 고속 열차에는 성능 좋은 카메라가 다닥다닥 붙어 있을 뿐 아니라 '톈왕[天網]'이라는 범죄자 추적 안면 인식 AI가 있었다. 말이 범죄자 추적이지 사실상 모든 사람의 얼굴을 찍어서 돌린다고 봐야 했다. 유전정보도 수집하고 있으니 지금처럼 살짝 얼굴을 바꾼 정도로는 바로 걸릴 수 있었다. 카메라를 피할 방법이 없지는 않았지만 역시 그쪽으로 가기는 성가셨다.

"지금쯤이면 내가 없어진 걸 알았겠지?"

주어가 없어도 세미라 이야기라는 걸 알 수 있었다. 오하나가 사라졌다는 사실은 반길지 몰라도, 둘이 같이 없어졌다면 신경 쓸 것이었다. 아이서는 걱정했다.

"내가 뭘 하려는지 수상하게 여기지 않을까?"

"너와 내가 같이 러시아로 향한 것까지야 금방 알게 되겠지. 아마 유럽으로 빠질 거라고 생각할 거야. 네가 망명하고 싶어 한다는 단서를 만들어놨거든."

아이서는 세미라가 방파제 내 강경파를 의심하리라 생각했다. 세미라는 중앙아시아의 한 세력으로 나서면서 생태해방전선과는 단호하게 선을 그었지만, 원래 방파제는 느슨한 조직이었고 제각각 생각이 달랐다. 세미라의 결정에 반발하는 사람도 꽤 있었다.

오하나는 그러거나 말거나 무슨 상관이냐고 생각했다. 어차피 세미라는 지금 추진 중인 타협안을 성공시키는 데 온 신경이 쏠려 있었다. 그리고 아이서가 강경파에 합류했다고 생각한들 어쩌겠는가. 설마하니 한국으로 갔으리라고는 상상하지 못할 것이다. 그건 자살 행위니까.

첼랴빈스크에서 다시 출발하여 몇 번인가 연착을 거듭한 기차는 다음 날 밤이 되어서야 노보시비르스크에 도착했다. 이제부터는 시베리아 권역이었다. 그들은 사흘간 그곳에서 묵으며 오하나가 미리 수소문해둔 정보상을 만나 몇 가지 사실을 알아냈다. 외모를 다시 한번 바꾸고 신분증도 바꿨다. 아스타나에서 사용했던 기본 휠체어는 노보시비르스크에 버렸다.

3월 12일, 동쪽으로 가는 시베리아 횡단 열차를 타니 창밖 풍경이 달라졌다. 이미 드문드문 연두색이 보이고 봄기운을 풍겼다. 시베리아는 오랫동안 춥고 얼어붙은 땅의 대명사였고, 농사가 어려운 땅이었다. 그러나 해마다 평균기온이 오르고 영구동토마저 녹은 데다 강수량이 조금씩 늘면서 농사를 지을 수 있는 땅도, 재배 가능한 작물도 늘었다. 여름에는 전에 없던 폭염이 찾아왔고 모기떼가 창궐하는 등의 문제도 있었지만, 아예 사람이 사는 게 불가능해진 남쪽의 일부 땅에 비하면 기후변화로 좋아진 축에 속했다.

그들은 치타역에서 내려 며칠간 재정비를 한 후 만주횡단선으로 갈아탔다.

드넓은 만주 벌판은 전 세계의 식량 가격이 오를수록 중요도가 높아졌다. 이 땅이 전쟁터가 되면 농사가 어려워졌고 많은 사람이 죽거나 고통받았지만, 오히려 그것을 노리는 이들이 있기 마련이었다. 얄궂

게도 20년 전 만주 땅에 새로운 군벌이 자리를 잡으며 일어난 소란이 한국에는 유리하게 작용했다. 타이밍이 잘 맞지 않았다면 북한 정권이 무너지면서 한반도 북쪽은 고스란히 중국에 넘어갈 수도 있었을 것이다. 이후 만주는 한반도 동쪽에서 활발하게 진행 중인 해조류 관련 산업에서도 중간 기착지 역할을 톡톡히 해내며 경제 가치를 키웠고, 군벌 아래 반쯤 독립적인 위치를 획득했다. 덕분에 평화기에 들어선 지금도 만주는 온갖 세력 집단이 활발하게 움직이는 일종의 완충지대가 되어 있었다. 하얼빈 중심가에서 돌을 던지면 스파이 하나는 무조건 맞을 거라는 농담이 있을 정도였다. 여러모로 조심해야 했다.

"사람들은 생각만큼 누굴 수상하게 여기거나 강하게 기억하지 않아. 튀는 행동만 안 하면 돼. 아니면 다른 방식으로 튀거나…… 아니다, 그건 네가 할 수 있는 기술은 아니고, 하여간 언제나 평범하게 굴면 돼."

오하나가 애써 가르쳤지만 아이서는 그래도 어딘가 어색하게 굴었고, 모자를 쓴 채로 그냥 지나가면 될 곳에서 자꾸 카메라를 쳐다보았다. 단념한 오하나는 아는 해커에게 연락해서 종적을 지우기로 했다. 결국에는 그들이 한국으로 향한다는 사실이 드러나겠지만 그것도 그들이 원하는 때에 원하는 방식으로 흘려야 했다.

만주에 접어들자 기차 편은 많아졌으나 표를 구하기는 더 힘들어졌다. 화물열차들이 대거 증편되어 움직이고 있었다. 서쪽으로 움직이는 화물과 사람이 늘었기 때문이다.

기차는 인간이 사용하는 다른 탈것보다 탄소 배출량이 훨씬 적었지만 해당 철로를 관리하는 지역 행정이 혼란에 빠지면 관리하기가 어려웠다. 지난 30년간 한반도 구간, 만주 구간, 중국 구간, 시베리아 구간, 서중국 구간까지 모두 한 번씩은 말썽이 일어나거나 끊긴 기간이 있었다. 끊기지는 않았지만 국경을 넘어갈 수 없어서 빙 돌아야 하는 구간들도 있었다. 그러나 지금은 유라시아 서쪽 끝부터 동쪽 끝까지 대부분 구간에 파란불이 켜졌다. 이것도 사막의 바다 사고 덕분이라면 덕분이었다.

'정말로 큰 위기가 있어야만 인류가 정신을 차릴 수 있는 걸까.'

오하나는 잠시 그런 생각을 했다가 혼자 고개를 가로저었다. 그렇게 해서 차릴 정신이었으면 30년 전에 차렸겠지. 아니면 위기 때문에 얻은 것들은 위기가 지나가고 나면 제자리로 돌아갈지도 모르겠다.

그들은 두만강을 넘은 후에 도움받을 이들에게 미리 연락하고, 상황을 확인하고, 몇 가지를 더 정비한 후에 다시 출발했다.

3월 18일, 만주횡단선을 타고 남쪽으로 달려가다가 하얼빈역에서 한 시간쯤 정차했을 때였다. 재활을 위해 정차 시간마다 내려서 걸어 다니던 오하나는 무심코 고개를 돌렸다가 플랫폼에서 아는 사람과 눈이 마주치고 말았다. 순간 얼굴이 굳어서 모른 척 시선을 돌렸지만 소용없었다. 키는 175센티미터쯤 될까, 평범한 동북아시아인의 생김새에 눈가에 눈물점이 하나 있는 깡마른 젊은 남자가 잽싸게 오하나를 따라 침대칸까지 들어왔다.

"오랜만에 못 본 척하기야, 자기?"

"자기는 누가 자기야."

모르는 사람이 뛰어들자 어리둥절한 아이서가 두 사람을 번갈아 보자 오하나는 마지못해서 말했다.

"내가 아는 놈이긴 한데, 신경 쓸 것 없어. 금방 나갈 거야."

오하나가 주먹을 들어 보이자 남자는 생글생글 웃

으면서 3단 침대칸 아랫자리에 앉았다.

"여기가 내 자린데 왜 쫓아내려고 해? 와, 이거 진짜 엄청난 인연 아니야? 우리가 이런 데서 마주친 데다가 심지어 같은 칸이라니!"

오하나는 이 침대칸을 통째로 빌렸으니 그럴 리 없다고 말하려다가, 뭔가를 깨닫고 자세를 고쳤다.

"웨이, 너 열차 시스템을 해킹한 거야? 일부러 나 찾아온 거냐?"

세상은 넓고도 좁아서 평생 한 도시에서만 살았던 사람이 여행 중에 이웃과 딱 마주치는 일도 일어날 수 있었다. 하지만 이 경우는 좀 이상했다. 웨이는 입술을 삐죽였다.

"그러게 왜 마지 같은 모지리한테 뒤처리를 맡겼어. 나 아니어도 금방 찾겠더라. 아, 걱정 마, 걱정 마. 찾은 김에 내가 깔끔하게 손봤어. 전보다 훨씬 찾기 힘들 거야. 이 기차의 CCTV도 손봤고."

아이서는 조심스럽게 지켜보고 있었고, 오하나는 화가 나서 혀를 깨물 뻔했다.

"마지를 왜 썼느냐고? 너 쓸 돈 없어서 그랬다! 네가 뭘 했든 간에 줄 돈 없어."

"돈 없는 거야 알지. SG한테 뒤통수 제대로 맞았

다며? 자기 홍보는 얘기가 쫙 돌았잖아. 의뢰도 제대
로 수행 못 하고 고용주 배신하는 프리랜서라고 악담
이 잔뜩이던데. 이제 나이도 많은데 앞으로 어떡하나
몰라. 내가 안타까운 마음에 이번 한 번만 무료 봉사
를 해줄게."

아무리 봐도 놀리는 말투에 오하나는 화나긴커녕
오히려 정신이 번쩍 들었다.

"무료 봉사 같은 소리 하네. 너, 무슨 일 맡은 거야?"

오하나가 눈을 가늘게 뜨고 묻자 웨이도 더는 모
른 척하지 않았다.

"상부상조하자는 거지. 마지보다는 내가 훨씬 든
든할걸."

조용히 듣던 아이서가 묻는 듯한 눈으로 오하나를
쳐다보았다. 오하나는 떨떠름하게 고개를 끄덕였다.

"얘가 더 잘하는 건 사실이야. 그렇지만 이놈 말을
믿으면 안 돼."

"왜 이래? 난 계약은 철저하게 지켜."

"하지만 우리와 계약한 건 아니지. 털어놓고 말해.
목적이 뭐야?"

웨이는 상냥하게 대답했다.

"내가 마침 고성의 SG 연구소에 볼일이 있거든.

둘이 하려는 일을 도와줄 테니까, 거기 아이서 박사님
은 내가 구하는 정보를 찾게 도와주면 서로 좋잖아."

"도둑질하겠다는 말을 참 당당하게도 한다."

"도둑질이라니. 카피레프트 정신이지."

"낙타 꼬리가 땅에 붙는 소리 하네. 어디 의뢰라도
받았냐?"

웨이는 더 발뺌하지 않았다.

"NS사."

오하나는 못마땅한 기분에 얼굴을 찡룩였다.

"대기업 독점 정보를 다른 대기업에 팔아넘기는
게 어디가 카피레프트인데? 좋아, 그건 좋은데, 우리
가 SG로 가는 건 어떻게 알았어?"

"장난해? 죽었다고 알려진 두 사람이 굳이 행적을
숨겨가면서 한국으로 들어가는데, 달리 갈 데가 어디
있겠어. 뭘 하러 가는지는 내 알 바 아니지만, 도움은
필요할걸?"

웨이는 그렇게만 말하더니 일어섰다.

"둘이 의논하게 잠깐 자리 비워줄게."

"잠깐만, 한 가지만 대답해줘. 혹시 네 일이 젱이
스하고 관계있냐?"

오하나가 얼른 불렀지만 웨이는 어깨만 으쓱했다.

"NS하고 쳉이스 사이에 뭐가 오가는 건 맞는데, 나는 모르는 일이야. 그 영감하고 나는 아무 연결 고리도 없거든."

웨이가 나가고 나자 아이서가 크게 고민하지도 않고 말했다.

"난 이런 일을 잘 몰라. 알아서 판단해."

오하나는 이미 마음이 기울어 있었다. 웨이와 특별히 친하지는 않지만 이럴 때 거짓말을 할 것 같지는 않았다. 게다가 애매한 금액을 애매하게 소모하느니 이렇게 다른 면에서 이익이 일치하는 사람과 협력하는 게 나을 수 있었다.

"기왕 웨이를 끼울 거면 우리도 NS에서 돈 좀 뜯어낼까?"

"돈 모자라?"

"신분증 위조에 이동비, 호텔비, 얼굴 손보는 데 들어간 돈에다가 해커와 정보상과 밀거래상…… 여기까지만 해도 이미 쳉이스에게 받은 돈은 끝났지. 내가 주문한 장비들은 내 돈으로 산 거라고."

아이서는 약간 고민하는 얼굴을 했다. NS를 돕는다고 생각하면 그것도 마음이 복잡한 모양이었다. 하지만 고민도 잠깐이었다.

"그러면 어디서든 받을 수 있는 돈은 다 받아내자. 소란은 클수록 좋아. 혹시 다른 회사도 있을까?"

"야, 도망칠 구멍은 남겨놔야지. 나중에 대기업 서너 군데로부터 다 쫓기고 싶어?"

아이서는 그럴 일이 있겠느냐는 듯이 웃었다.

"뒷일 걱정하며 할 수 있는 일은 아니지 않아?"

오하나는 속으로 고개를 저었다. 아이서는 정말로 뒤를 생각하지 않는 것 같았지만 오하나는 아니었다.

'그 평계로 돈을 펑펑 쓰고 있다는 점에서는 나도 답이 없지만.'

웨이의 제안을 수락하자 들어오는 정보량이 확 늘어났다.

고성에서 열리는 사막의 바다 2차 회의를 노리고 모여드는 이들이 생각보다 많았다. 활동가들이야 기본이고 정의감에 불타는 아마추어 투사들, 원래 오갔을 산업스파이와 일반 스파이들, 고용주가 제각각인 프리랜서들, 그냥 이름을 날리고 싶은 자들, 무작정 어딘가를 때려 부수고 싶은 놈들까지 우글우글했다. 생태해방전선의 이름도 들어가 있었는데, 정확히는 같은 이름을 쓰는 조직만 벌써 네 곳이었다.

"걔들이 신경을 분산해주면 우리야 좋지."

웨이는 그런 생각으로 한국에 들어가려는 수상한 놈들을 발견할 때마다 은근히 돕고 있다고 했다. 오하나는 미심쩍어하며 물었다.

"오히려 걔들 때문에 경비 수준만 더 올라간 거 아니야?"

"경비 태세는 이미 강화됐어. 이제 와서 걔들이 빠지면 더 곤란해."

이 부분에 대해서는 아이서와 웨이의 의견이 일치했다. 오하나는 내친김에 웨이에게 혹시 이선민이 따로 고용한 용병들에 대해 아는지 물었다. 시추탑에서 마주친 군인들은 분명히 용병이었지만 SG 내부 경비대나 SG 산하 PMC 마크가 없었다. 처음에는 증거를 남기지 않으려나 보다 했지만, 혹시 사병이 따로 있나 싶었다. 웨이는 설명을 듣더니 의심스러운 얼굴을 했다.

"내가 아는 사람 중에는 그런 일 맡은 브로커가 없는데. 한번 알아는 볼게."

"흐음, 다른 놈은 모르겠고 안면 있는 녀석이 하나 있었는데 걔가 어디서 일했는지 알아내면 대충 루트 나오지 않을까?"

오하나가 전 팀장이라던 놈에 대해 기억하는 얼마

안 되는 정보를 웨이에게 말하고 나자 아이서가 호기심을 보였다.

"그게 무슨 의민데?"

"특별할 건 없어. 내부 경비대인데 아닌 척한 거면 내가 처리하기 좀 더 골치 아프고, 돈만 주면 뭐든 하는 놈들을 따로 고용한 거라면…… 지금도 그런 놈들로 경호를 세웠다면 더 만만할 가능성이 높지. 용병이라 해도 다들 돈만 주면 뭐든지 하고 그렇진 않으니까, 평균 질이 좀 더 나쁘달까."

자본주의를 열렬히 신봉하는 사람들 생각대로 가격이 곧 실력이라면 얼마나 좋을까마는, 프리랜서의 세계에서도 제일 비싸게 받는 이들이 가장 실력 있는 이들은 아니었다. 사람들이 왜 공식 경로를 더 선호하겠는가. 제대로 회사 생활을 하는 사람 중에도 꽝은 섞여 있기 마련이었지만 아무 거름망도 없을 때는 어떤 폭탄이 나올지 모르기 때문이었다. 아이서는 그 말을 듣고 오하나가 생각지 못한 부분을 지적했다.

"회사 돈으로 따로 고용한 거라도 문제고, 내부 경비대를 이선민 마음대로 썼어도 문제야. SG는 개인 소유가 아니란 말이야."

"아니었어?"

"주식회사잖아!"

아이서가 기가 막혀 고개를 젓는 사이에도 기차는 쭉 남쪽으로 달렸다.

남양역까지 가서 다시 동해선으로 갈아탈 때쯤에는 왠지 공기 냄새도 달라진 것 같았다. 동해선 곳곳에는 SG의 이름이 붙어 있었다. 역 이름도 제진역이 아니라 SG제진역 같은 식이었다. SG가 사업 절반을 책임졌기 때문이었다. 끊어졌던 기차 노선을 쭉 잇기 위해서 원래도 해야 할 작업이 많았는데, 해수면이 조금씩 상승하고 태풍이 자주 몰아치면서 해안에 바싹 붙은 선로는 거의 쓸 수 없어 일이 컸다. 동해안 전역에서 이루어지는 해조류 양식과 바이오 플라스틱 생산이 아니었다면 이용량 측면에서도 수지가 맞지 않았다.

주요 운행 목적도 대륙을 가로지르는 SG의 화물 수송이 우선이고, 다른 화물과 승객 수송은 후순위였다. 지금 그들이 탄 차는 아예 화물차에 객차를 몇 대 붙인 것이었다. 다들 동해선은 SG의 것이라고 당연하게 여겼다. SG가 절반을 맡았다는 건 나머지 절반은 세금이 들어갔다는 뜻인데도 그랬다.

기차 왼쪽으로 바다가 계속 보이더니 오른쪽에 금

강산이 나타났다. 여기부터 생태 공원으로 유지되고 있는 DMZ 보전 지역까지는 꽤 유명한 관광 노선이었다. 짐승들의 이동로를 최대한 방해하지 않기 위해 기차가 교량 위로만 달렸다. 아이서는 여러 번 타보았다고 했는데, 오하나는 한 번도 타본 적이 없었다. 아이서는 한국에 산 20년 내내 강원도 평창과 고성을 오갔지만, 오하나는 군대에 들어가기 전까지 어린 시절을 주로 서울 근처에서 보냈다.

"놀러도 안 와봤어? 고성은 그렇다 쳐도 평창은?"

아이서가 신기해했다. SG가 본사를 평창에, 연구 단지를 고성에 세운 이후로는 그 주위로 다른 시설이 많이 들어섰다. 서울은, 특히 여름에는 가난한 사람들만 남았다. 그러나 오하나는 굳이 강원도에 오고 싶지 않았다고 했다.

"훈련소가 이 동네였거든. 꼴도 보기 싫었지."

멋모르고 자원입대를 해서 보낸 시절을 생각하면 지금도 떨떠름하기만 했다. 이상하게도 전투를 치렀던 파병 지역보다 강원도에 대한 거부감이 더 오래갔다.

오하나가 기억하는 강원도는 3월에도 눈이 녹지 않는 곳이었는데, 지금 창밖으로 보이는 산야에는 벌써 푸른 잎이 많이 돋아 있었다. 위도가 비슷하다 해도 천산산맥과는 식생이 전혀 달랐다.

기차는 속도를 줄이고 SG제진역으로 미끄러져 들어갔다. 날짜는 어느덧 3월 20일이 되어 있었다. 제진역에서 내려 신청해두었던 렌터카에 오른 사람은 오하나 혼자였다. 아이서는 속초역까지 가서 SG에서 일하는 선배를 만나고 올 예정이었다. 기존의 SG 고성연구단지는 훨씬 남쪽이라, 속초역에서 내리는 편이 더 가까웠다. 웨이도 목적상 마찬가지였다.

3월 23일, 새로 도착한 휠체어에 앉은 오하나는 화진포해변과 화진포호 사이에 자리 잡은 SG의 컨벤션센터 3층에서 커피를 마시고 있었다. 전면 유리창 양쪽으로 호수와 바다가 같이 보이는 아름다운 카페였다. 이번 여정의 출발점이었던 아스타나와는 또 다른 의미에서 사치스러웠다. 호텔과 연결된 호화로운 컨벤션센터인데도 중앙 엘리베이터에는 휠체어가 들어가지 않아서 건물 끝에 있는 화물용 엘리베이터를 이용해야 했지만 그거야 딱히 새로운 일은 아니었다. 엘리베이터가 있는 게 어딘가. 스포츠카 같은 새 휠체어에 앉아 있으니 마음이 너그러워졌다.

"뭐야, 이거 진짜 커피야?"

손 하나가 쑥 들어오더니 오하나가 내려놓은 커피잔을 집어 갔다. 오하나의 시선이 올라갔다. 어느새 옆에 와 있던 아이서는 커피를 한 모금 마시고 눈썹을 꿈틀거리며 곰곰이 생각하는 것 같더니 고개를 저었다.

"난 대체 커피하고 진짜 커피 차이를 잘 모르겠더라. 이렇게 비싸게 주고 마실 가치가 있는지도 모르겠고."

오하나는 어깨를 으쓱였다.

"나도 그냥 대체 커피 마실걸, 하긴 해. 어렸을 때 먹었던 맛의 환상 같은 걸 좇는 거지."

"설마 브라우니도 진짜 초콜릿?"

"당연히 아니지. 그게 얼마나 비싼데."

아이서는 브라우니를 조금 뜯어 입에 넣으며 맞은편에 주저앉았다. 피곤한 얼굴이었다. 오하나는 아이서에게 음료를 주문하라는 눈치를 주며 말했다.

"무사히 돌아온 걸 보니 그 선배라는 사람에게 뒤통수 맞진 않았나 보네."

"김 선배는 그럴 사람 아니라니까. 도와줄지가 문제였지, 날 팔아넘길 리는 없어."

오하나는 네 눈을 어떻게 믿느냐고 하는 대신 고

개만 기울였다.

"세상일은 모르는 거지. 너한테 죄책감이 있었다고 꼭 그 마음의 빚을 호의로 돌려준다는 보장은 없어. 죄책감을 덜기 위해 널 나쁜 사람으로 모는 방법도 있거든."

"사고방식이 참 아름답네. 잠깐만, 배신당할지도 모른다고 생각하면서 나 혼자 보낸 거야? 내가 안 돌아오면 어쩌려고 그랬어. 구하러 올 거였어?"

"한국 감옥에서 탈옥시키라고? 미쳤냐? 네가 안 돌아오면 계획은 다 끝이지, 뭐."

사실 여기서 손 떼면 이만저만 손해가 아니기는 했다. 돈만이 아니라 오하나가 기존에 쌓아둔 무형의 신뢰 자산도 털어 넣었으니까. 그에 비해 아이서가 이번에 맡은 건 단 한 사람과의 연락이었다. 그 한 사람에게 아주 중요한 요소가 달려 있기는 했지만.

"아무튼 이선민의 일정과 동선은 알려주기로 했어. 선배도 쌓인 원한이 좀 있나 보더라고."

아이서는 중얼거리면서 유리 벽 너머의 석호를 내려다보았다. 드물게 날씨가 좋아서 파란 물과 녹색 소나무 숲이 눈부셨다. 아이서의 얼굴에 막막한 그리움 같은 것이 스쳤다.

"정말로 여기에도 연구 시설을 지었네. 동해 전체에 해조류 플랜테이션을 깔 때도 화진포호는 안 건드렸는데."

울창한 소나무 숲이 둘러싼 호수는 철새 도래지인데다가 오래전에 김일성이며 이승만 같은 이들이 별장을 지었을 정도로 경치가 훌륭했다. 그러나 생태 보존의 필요성도 결국에는 다시 생존을 위한 산업이라는 이름에 밀렸다. 3년 전까지만 해도 이 컨벤션센터와 호텔을 짓고 더는 손대지 않는다더니, 이번 회의에서는 화진포호를 활용하는 새로운 SG 연구소도 발표한다고 했다.

아이서가 주문한 차와 메밀빵이 나오자 두 사람은 한가로운 자세로 의자에 반쯤 누워서 잡담을 주고받았다.

"회담 기간에는 일반 투숙객이 아무도 묵지 못하게 방을 싹 다 예약해놨더라. 정상회담도 이렇게까지는 안 하겠다."

"SG 회장과 부회장이 다 참석하는데 당연히 어지간한 정상회담보다 신경 쓰지 않겠어? 실제로 테러 위협이 없는 것도 아니고. 익명의 테러 제보도 들어왔다며."

지은 죄가 많아서 그런지 누가 테러를 계획하느냐고 의심하는 사람도 없었다. 아이서를 기다리면서 오하나가 검색해본 인기 뉴스에서는 지난 20년간 일어났던 모든 사소한 사건을 다 끌고 나와서 환경 테러리스트의 위험을 강조하고 있었다. 덕분에 화진포호 개발에 항의하고자 SG 연구소 앞에서 벌어질 예정이던 시위도, 사막의 바다 문제로 본사 앞에서 벌어질 예정이던 시위도 모두 금지됐다. 평창 본사 앞에 일인 시위자만 나타나도 경찰에게 붙들려 나가는 판이었다.

"덕분에 회의 시작하면 주위가 조용하겠네. 경찰이 시위대에 정신 팔리는 것도 나름 괜찮지 않은가 싶은데 말이야."

오하나가 중얼거리자 아이서가 픽 웃었다.

"시위대가 더 많이 모일걸."

"으잉?"

"한국인들이 이미 허가도 받아놓은 시위를 갑자기 금지한다고 안 나올 것 같아? 오히려 더 모여."

오하나는 반신반의했지만 아이서는 자신만만했다.

"댁은 여기에 제대로 살지 않았잖아. 관심도 별로 없었을 거고. 한국에서 벌어지는 시위에 대해서라면 내가 더 잘 알아."

아이서의 예측이 맞다면 경찰은 시위대와 테러 위협에 촉각을 곤두세울 것이었고, SG 경비대는 테러위협과 산업스파이 색출에 신경이 분산될 것이었다. 계획을 생각하던 오하나의 입에서 문득 하지 않으려던 말이 튀어나왔다.

"난 네가 마음을 바꿀 줄 알았다."

오하나는 지난 몇 달 동안 수리와 재활에 집중했지만 아이서가 세미라와 여러 번 언쟁을 했다는 사실 정도는 알고 있었다. 그건 아직 다 포기하지 않았다는 뜻이었다. 그러나 결국에는 여기까지 왔다. 아이서는 웃기다는 눈으로 오하나를 보았다.

"당신이야말로. 한국 가자는 건 날 달래려고 한 말인 줄 알았어."

"내가 널 달래서 뭐 하게."

둘은 잠시 마주 보고 픽 웃었다. 아이서가 찻잔을 만지다가 불쑥 물었다.

"괜찮겠어?"

"뭐가?"

"수지 타산을 그렇게 따지는 사람이, 왜 얻을 것도 없는 일에 자원을 쏟아붓는 건데?"

오하나는 햇빛을 받아 반짝이는 호수를 바라보았다. 한국도 가뭄과 폭우를 널뛰듯 오갔지만, 이렇게 맑은 날에는 어디를 보아도 세상이 죽어간다는 생각이 들지 않았다. 원래 오하나는 이렇게 대답하려고 했다.

'난 계산을 확실히 하는 게 좋아.'

오하나의 머릿속 대차대조표에서는 말이 되는 소리였다. 지금까지 여러 번 생명의 위기에 처했지만 실제로 죽었다가 살아난 경험은 두 번이었다. 처음에 살아났을 때는 목숨 빚을 갚을 사람이 아무도 남아 있지 않았다. 그러니 두 번째로 죽었다가 살아났을 때는 남은 사람에게, 첫 번째 몫까지 이자로 쳐서 갚는다고 생각했다.

오하나는 얼굴 근육을 움직여 활짝 웃었다. 그리고 하려던 말과 다른 대답을 내놓았다.

"사실 난 뭐든 때려 부수는 걸 좋아해."

아이서의 얼굴이 떨떠름해졌다.

"그러시겠지, 사이코패스 씨."

오하나는 못 들은 척하고 휠체어 바퀴를 두드렸다.

"그나저나 이 휠체어는 보기만 해도 멋지지 않아?"

"못생겼는데, 무거울 것 같고."

"그게 매력인 거야! 그만큼 파워가 강하거든. 속도 제한도 풀어놔서 스포츠카처럼 달릴 수 있단 말이지. 게다가 변신도 되지 않겠니. 비싼 값을 한다니까."

아이서가 그건 불법 개조 아니냐는 얼굴을 했지만 오하나는 신이 나서 휠체어 사양에 대한 자랑을 더 늘어놓았다. 그리고 지친 아이서가 짜증을 낼 때쯤 말했다.

"그러고 보니 난 6개월 전의 목표를 이뤘네. 그때 내 목적이 널 잡아서 한국 데려오는 거였잖아."

아이서가 또 무슨 터무니없는 소리를 하느냐는 듯 눈을 가늘게 떴다가 오하나의 다음 말에 망연한 표정을 지었다.

"그러니까 이번엔 네 목표를 이루러 가자고."

3월 27일, 한국에서 중앙아시아 6개국의 대표들과 SG의 기후기술협력회의가 개막했다. 언론에서는 사막의 바다 2차 회의라고 불렀다. 개회식은 오전 11시였다. 주인공은 이선민 부회장이었지만 오랫동안 공식 석상에 나타나지 않던 회장도 늦게나마 참석한다고 했다.

같은 날 새벽, 독립 언론 채널 몇 곳에서 이선민

부회장이 회사 자원을 사적으로 유용하고 있다는 폭로 기사가 떴다. 대형 언론사는 한 곳도 받아쓰지 않았다. 그러나 폭로는 한 시간 간격으로 이어졌고, 그중에 개인 군대를 따로 만들다니 마피아나 군벌을 꿈꾸는 거냐는 비난은 좀 더 관심을 끌었다.

아침이 되자 평창의 SG 본사와 고성 화진포호 컨벤션센터 앞에 시위대가 모여들었다. 전날까지 예상한 규모보다 사람이 많았다. 경찰은 센터에서 1킬로미터 떨어진 곳에 차 벽을 치고 시위대와 대치했으며, 센터 내부 경비는 SG 경비대가 직접 맡았다.

그날의 화진포호 컨벤션센터에는 오하나와 아이서도 있었다. 아이서는 혹시 얼굴을 아는 사람과 마주칠 때에 대비해서 아스타나에서 썼던 것과 아주 비슷한 신분증을 만들었고, 오하나는 휠체어에 앉아야 했기 때문에 우즈베키스탄계 한국인 기자 신분을 도용했다. 위장 신분은 웨이의 작품이었다. 당장 입구를 통과하기엔 충분했다.

그 후부터는 기다림의 시간이었다. 초조해하던 아이서는 이선민이 먼저 단상에 올라 장황하고 자화자찬 가득한 말을 늘어놓기 시작하자 화가 나서 오히려 긴장감이 날아간 것 같았다. 오하나는 한 귀로 듣고 다른 귀로 흘리며 무념무상으로 기다렸다. 만약 아이서가 얻어 온 정보가 틀렸다면 이대로 기다리기만 하다가 끝날 수도 있었지만 조바심친다고 될 일도 아니었다.

점심 식사 후 본회의가 시작되기 전, 회사의 의전 담당들이 정문으로 몰려 나갔다. 회장을 맞이하기 위해서였다. 이선민은 경호원에게 무슨 말을 듣는 것 같더니 슬그머니 혼자만 다른 방향으로 빠졌다.

이선민을 주시하던 오하나는 속으로 1부터 100을 센 후에 휠체어를 출발시켰다. 최저 속도로 소리 없이 이동하면서 웨이에게 사전에 정해둔 신호를 발송했다. 이제부터 한동안 컨벤션센터 내 통신이 원활하지 않을 것이었다. 웨이는 곧이어 일어날 혼란을 틈타 고성연구단지를 털러 갈 테니, 남은 일은 오하나와 아이서가 알아서 해야 했다.

아이서가 김 선배에게 받아 온 정보는 지금까지 맞아들어갔으니 이선민이 어디로 갈지도 이미 알았다. 화진포호 연구소는 아직 내부 공사 중이었으나 컨벤션센터와 통로가 연결되어 있었다. 센터 안쪽으로 들어간 오하나와 아이서가 조심스럽게 '관계자 외 출입 금지' 테이프를 들추고 아래로 내려가는 경사로에 진입할 때쯤 발밑이 드르륵 떨렸다. 센터 정문 쪽이 시끄러웠다. 어딘가에서 둔중한 폭발음 같은 것이 울려 퍼졌고, 소리보다는 진동이 더 크게 전해졌다.

순간 아이서가 비틀거렸다. 오하나는 말없이 그 팔꿈치를 잡았다. 구부정한 자세로 돌아보는 아이서의 얼굴에 식은땀이 맺혀 있었다. 발밑의 진동과 폭음으로 인해 트라우마 반응이 올라온 모양이었다.

오하나는 아이서의 회복을 기다리지 않았다. 그럴 시간이 없었다. 이미 경사로 끝의 유리문 너머로 철문이 보였고, 그 앞에 덩치 큰 경호원 두 명이 서 있었다. 그들은 방금의 소란 때문에 무슨 일인가 싶어 유리문을 열고 통로 쪽으로 나오다가 오하나와 아이서를 보았다. 경호원 한 명이 더는 오지 말라는 뜻으로 손바닥을 들어 올리고 걸음을 내딛는 모습이 슬로모션처럼 보였다.

오하나는 몸집이 크지 않고 인상도 험악하지 않아서, 처음 입대했을 때 많이 무시당했다. 작고 갸름한 얼굴의 여자 군인을 누가 진지하게 받아들였겠는가. 오하나는 근육을 키워봤자 한계가 뻔하니 아예 얕보이는 외모를 이용하면서 살아왔다. 지금은 휠체어에 앉아 있으니 그 효과가 극대화되었다. 키 크고 건

장한 데다가 소지 허가를 받아 총기까지 지닌 경호원 두 명은 자그마한 중년 여자가 휠체어에서 힘겹게 몸을 일으키는 모습에 조금도 위협을 느끼지 않았다. 그 여자가 일어나자마자 눈에 보이지 않는 속도로 움직이리라는 사실은 짐작도 못 했다.

오하나는 바로 점프해서 한 명의 목을 잡고는, 그 목을 버팀대처럼 이용하여 빙글 돌면서 다른 한 명의 옆머리를 걷어찼다. 얻어맞은 남자는 진흙처럼 허물어졌다. 하지만 계산이 살짝 어긋났다. 오하나의 손이 경동맥보다 조금 낮은 곳을 잡는 바람에, 목이 잡힌 경호원은 아직 쓰러지지 않았다. 급하게 두 손으로 머리를 잡고 비틀었을 때는 이미 늦어서 경고 신호가 울리고 말았다.

"침입……!"

목소리는 중간에 끊겼지만 쓰러지던 경호원의 총구에서 날아간 총탄이 철문을 때렸다. 오하나는 바닥에 내려앉으면서 혀를 찼다. 역시 전보다 다리가 무거웠고, 나머지 몸의 근육은 부족했다. 이전처럼 높이 뛰어오를 수 없었다. 방금의 짧은 점프만으로도 다리의 연결 부위가 끊어질 듯 아팠다.

기습할 기회는 없어졌다. 방금의 총탄 덕분에 철

문은 잠겼고, 아마 안에서는 바리케이드를 치고 있을 터였다. 안에 몇 명이나 있을지는 모르겠지만 총도 다 뽑아 들었을 것이다. 그동안 벽을 부여잡고 호흡을 고르던 아이서가 창백한 얼굴로 허리를 폈다. 오하나는 아이서가 움직일 수 있음을 확인한 뒤 걱정하지 말라는 뜻으로 손을 팔랑팔랑 흔들었다.

어차피 다른 출구가 없는 방이었다. 내부 구조는 이미 아이서의 선배에게 정보를 받아서 숙지하고 있었다. 그러니 경호원들이 VIP를 뒤에 두고 어떻게 섰을지도 대충 각이 나왔다. 살짝 절뚝이면서 걸어간 오하나는 통로 끝의 유리문을 활짝 열어서 고정시켰고, 그 너머에 있는 철문까지의 거리를 가늠했다. 그다음 다시 휠체어로 돌아가 앉았다. 아이서가 서둘러 통로를 달려 내려가 철문 옆 벽에 붙었다.

"좋아, 간다……!"

오하나는 히죽 웃으면서 금단의 스위치를 눌렀다. 한 번쯤은 해보고 싶던 짓이었다. 속도 제한이 걸리지 않은 엔진이 웡 소리를 내며 돌았고, 일반 휠체어 무게의 네 배에 달하는 금속 덩어리가 내리막길을 달리기 시작했다. 긴 통로는 아니라도 문짝 하나 때려 부수기에는 부족함 없는 가속이 붙었다.

쾅!

휠체어가 충돌하면서 찌그러진 문이 열리자 안에 있던 경호원들이 반응했다.

"막아! 막아!"

"쏴!"

소총은 당연히 없었고, 모두가 바이오 플라스틱 총신의 최신 글록 9밀리미터였다. 장탄 수가 많은 총이었다. 오하나는 가속 상태로 경호원들의 위치를 끝까지 보면서 다리, 팔, 옆구리에 촘촘하게 꽂아두었던 얇은 실리콘 칼을 전부 빼 들었다. 애용하는 무기로 싸우는 것도 오랜만이었다. 투척용 작은 칼들은 경호원들이 정장 안에 케블라 조끼를 받쳐 입었다 해도 보호할 수 없는 부위만 노리고 날아갔다.

"점프! 저거 점프한다!"

누군가가 외쳤다. 총탄이 날아갔지만 그들의 예측 경로에는 아무도 없었다.

예전 같으면 오하나는 다수를 상대할 때 일단 칼을 여러 개 투척한 후 뛰어올라 위에서 공격했을 것이다. 그러나 이 공간은 천장이 높은 반면 내부에 기둥이 없어서 발 디딜 자리가 부족했다. 게다가 지금은 몸의 무게중심이 전과 달라서 점프하기 좋지 않았다.

그래서 오하나는 뛰어오르는 척하다가 슬라이딩하면서 바닥에 낮게 미끄러졌다.

공격 목표는 당연히 서 있는 사람들의 발목이었다.

텅 빈 공간에 총성의 메아리가 요란하게 울려 퍼졌다. 오하나가 가속을 끝내고 일어났을 때, 서 있는 사람은 아무도 없었다.

이제야 큰 방 안쪽에 있는 거대한 유리 벽이 눈에 들어왔다. 빗나간 총탄이 마구 튀어 다니던 와중에도 흠집만 났을 뿐 부서지지 않은 두꺼운 유리 너머로 호수 안이 보였다. 위에서 내리쬐는 오후 햇살이 굴절하면서 방 안에 푸르스름한 물그림자를 드리웠다. 바닥에 튄 핏자국과 어울리지 않는 평화로운 풍경이었다.

오하나가 기다리라고 외치기 전에 아이서가 글록을 한 정 주워 들더니 곧장 유리 벽 앞에 놓인 연단으로 걸어갔다.

"이선민?"

연단 뒤에 숨어 있던 남자가 아이서에게 멱살을 잡혀서 끌려 나왔다. 손에 권총 같은 물건을 쥐고 있었는데, 안전장치 푸는 방법을 제대로 모르는지 끝까지 움직이지 않는 방아쇠만 헛되이 당기고 있었다. 방송에서 늘 보던, 그리고 조금 전까지 개회식장에서 본 자신감 넘치는 모습과는 거리가 멀었다. 고장 난 것처럼 방아쇠를 철컥거리다가 결국 바닥에 총을 떨구고 두 손을 드는 자세가 어정쩡했다.

"맞아요, 내가 이선민 부회장입니다!"

떨면서도 자기를 죽일 리 없다는 태도였다. 아이서가 얼굴을 구기더니 놈의 멱살을 놓고 한 걸음 물러서서 총을 두 손으로 잡았다. 오하나는 아이서가 글록을 제대로 쥐었는지만 확인하고 재빨리 정리 작업에 돌입했다. 혹시 의식 있는 사람이 남았는지부터 확인했고, 망가진 철문이지만 대충 닫아서 빗장을 끼웠다. 넘어진 휠체어를 끌어다 세워서 얼마나 찌그러졌나 본 뒤에는 칼을 하나하나 회수했다. 그러면서 입으로는 비야냥을 던졌다.

"어이구, 그냥 회사 소속을 쓰지, 왜 사병을 따로 만들었데? 너희 회사 소속이면 내가 이렇게 상쾌하게 몸을 풀기는 힘들었을 텐데 말이야. 근데 얘네한테 얼마를 준 거야? 대기업 부회장씩이나 돼서 설마 돈을 아꼈나? 아니면 중개 사기라도 당한 거 아냐? 애들 실력이 형편없잖아."

이선민은 툭 튀어나올 듯한 눈으로 오하나와 아이

서를 번갈아 보았다. 당황하면서도 탐색하는 눈치였
다. 그들을 알아보지는 못했다.

"어디 사람입니까?"

가만히 총을 겨누고 있던 아이서가 눈을 가늘게
떴다. 오하나도 질문이 이상하다고 생각했다. 다음에
나온 말은 더 이상했다.

"적당히 합시다. 이건 얘기가 다르잖아요."

"무슨 얘기? 회의장을 터뜨리든 사람을 몇이나 죽
이든 다 좋으니까 너는 내버려두기로 미리 얘기해두
기라도 했던가? 참 대단해. 무슨 영화에 나오는 마피
아도 아닌데 진짜 무력을 끌어들여서 경쟁자들을 쓸
어버릴 생각까지 하다니."

오하나와 아이서도 웨이를 통해서 오늘 파괴 행위
를 따로 계획한 이들이 있다는 사실은 알고 있었다.
연막으로 삼기 위해 관망하기도 했다. 그런데 회장이
도착할 때 이선민이 그리로 가지 않고 반대쪽으로 이
동할 예정이었고, 정확히 그때 정문 쪽 폭발이 일어났
다는 것은 이선민도 그 계획을 알고 있었다는 뜻이었
다. 지금 말하는 것을 보니 아는 정도가 아니라 공모
한 모양이었다.

하긴 회장이나 다른 이사진이 죽으면 이선민에게

는 오히려 유리할 터였다. 오하나는 그 기회주의적인 감각에 새삼 감탄했지만 아이서는 화가 더 났는지 턱에 힘을 주고 있었다. 권총을 든 팔도 희미하게 떨렸다. 다행인지 불행인지 이선민은 그걸 눈치채지 못하고 떨리는 목소리로 말했다.

"이렇게 뒤통수치지 맙시다. 돈이 부족하다면 내가 두 배 줄게요. 아니, 세 배!"

오하나는 이것 봐라 싶어져서 웃는 얼굴로 목소리를 낮게 깔았다.

"우리가 받을 돈이 얼마인 줄 알고 세 배를 불러?"

그 말이 떨어지자마자 이선민의 얼굴이 갑자기 폈다. 총구를 무시하고 구겨진 옷을 바로잡는 손에도 자신감이 붙었다.

"얼마가 됐든 나보다 돈을 더 쓸 수 있는 곳은 없을 텐데."

"저런, 혹하는 말씀이긴 한데 이걸 어쩌나. 우리가 받기로 한 보수의 세 배를 지불하려면 댁이 세 번 죽어야 하는데?"

한 방 맞은 이선민의 얼굴에 멍한 표정이 떠올랐다. 아이서가 하나도 즐겁지 않은 얼굴로 웃었다.

"부회장님이 죽인 사람들도 바로 못 알아보다니,

섭섭하네요. 저와는 예전에 직접 만난 적도 있을 텐데요. 내 얼굴이 그렇게 달라졌나?"

"네 인상이 많이 바뀌긴 했지. 뭐, 나는 안 섭섭해. 이런 놈 기억에는 안 남는 게 낫지."

이선민은 여전히 어리둥절한 얼굴로 두 사람을 번갈아 보았지만 아이서가 총구를 가까이 들이대자 황급히 기억을 뒤졌다.

"뭔가 잘못 알았나 봅니다. 난 사람을 죽인 적 없어요."

"위구르스탄. 사막의 바다."

아이서의 음산한 대답에 드디어 눈이 커진 이선민이 외쳤다.

"모함입니다! 난 거기 있지도 않았어요. 대기업이란 이유로 모든 책임을 짊어질 순 없어요. 돈만 많으면 나쁜 놈 취급을 하는데……."

더는 못 참겠는지 아이서의 손에 힘이 들어가는 순간, 오하나가 이선민의 머리를 후려치고 넘어진 놈의 목을 밟았다.

"야, 적당히 해."

목을 밟았다고는 해도 힘을 넣지는 않았다. 루스탐이 새로 만들어준 다리는 재질의 한계 때문에 이전

것보다 투박하고 무거워서, 조금만 힘을 줘도 상대의 목이 부러질 위험이 있었다. 그러나 정작 밟힌 이선민은 오하나가 힘을 뺄 줄도 모르고 죽을 듯이 놀랐다. 유복하게 자라 50세가 되기도 전에 대기업 부회장 자리까지 올라간 사람이 누구에게 목을 밟혀봤겠는가. 아이서가 창백해져서 손을 떠는 사이 이마에서 피를 흘리는 이선민은 오하나의 발을 두 손으로 움켜쥐고 빽빽거렸다.

"나, 날 죽이면 너희 절대로 여기서 못 빠져나가! 여긴 위구르가 아니라 한국이야! 사람 죽이고 무사히 도망칠 수 있을 것 같아? 그것도 나 같은 사람을?"

오하나는 멈칫하는 척했다가 고개를 갸웃거렸다.

"오, 그런가? 편견 가득한 발언이네. 위구르에서 사람 죽이고 무사히 도망치지 못하게 하려고 이런다는 생각은 안 들어?"

아이서가 마지막에 속삭였다.

"지금 내가 나중 일 같은 걸 생각하는 사람으로 보여?"

오하나가 봐도 지금의 아이서는 눈깔이 돌아 있었다.

이번 위협이야말로 제대로 먹혔는지, 오하나에게

밟힌 이선민의 눈동자가 작게 수축하더니 목에서 쌕쌕거리는 휘파람 소리가 났다. 이제야 정말로 겁먹은 것 같았다. 오하나는 그 모습을 보면서 이죽거렸다.

"참 하찮다, 그치? 사람 죽이라고 명령할 때는 네가 엄청난 힘을 손에 쥐고 있고 남들은 다 별것 아닌 존재 같았지? 근데 어쩌냐. 사실 너도 맨몸으로는 아무것도 아니고 죽으면 끝인 인간인걸. 그래도 살려달라고 빌진 않는 게 나름 귀족적인가."

이선민은 그 말이 신호라도 된 것처럼 냉큼 무릎을 꿇었다.

"사, 살려줘! 살려주세요! 원하는 건 뭐든 줄게. 돈은 얼마든지 줄 수 있어. 정말이야, 날 인질로 잡고 빠져나가면 되잖아. 그러면 평생 돈 펑펑 쓰면서 살 수 있게 해줄게."

오하나가 비웃으며 고개를 들었더니, 아이서가 울고 있었다. 그 모습에 오하나는 잠깐 얼어붙었다. 몇 달 동안 그 많은 일을 겪으면서도 아이서의 눈물은 처음 보았기 때문이다. 할 말을 찾지 못한 채 쳐다보기만 하자 아이서가 울면서 눈을 부릅떴다.

"분해! 너무 분해! 이거밖에 안 되는, 이렇게 초라한 인간 때문에 스테판이 죽었다니. 그 많은 사람이 죽었다니. 겨우 이런, 이런 인간이……."

아이서는 질질 울면서 한 손으로 휴대전화 카메라를 켜서 이선민 앞에 들이댔다.

"사죄해. 당신 때문에 죽은 사람들에게 사죄하라고. 네가 저지른 짓을 뒤집어쓴 타티아나에게도 사죄하고, 시추탑에 있다가 죽은 사람들에게도 사죄해. 지진 때문에 죽은 위구르 사람들에게도 사죄해."

오하나는 지금 통신이 끊겨서 녹화 저장밖에 안 되리라는 사실을 지적하려다가 그냥 입을 다물었다.

이선민의 시선이 사방을 배회했다. 정말로 죽을 수 있다는 공포를 느꼈으니 시키는 대로 할 줄 알았건만, 그래도 카메라가 앞에 놓이자 빠져나갈 구멍을 찾는 눈치였다. 아이서를 흘끔거리는 것을 보니 흐트러진 틈을 노리는 듯도 했다. 오하나는 이선민의 시선이 닿았을 때 보란 듯이 칼을 들어 올리며 씩 웃었다. 이선민이 몸서리를 치더니 더듬더듬 말을 늘어놓았다.

"유감을 끼쳐 진심으로 사죄드리며……."

"판에 박힌 소리 말고!"

"미, 미안합니다. 그래, 내가 욕심을 내긴 했어요. 타티아나가 일으키려는 테러 이야기를 전해 듣고는 순간적으로 내가 어떻게 됐던가 봐요. 아, 그러면 인류의 미래에는 오히려 더 좋을지도 모르겠다는 생각이 들지 뭡니까. 그래서 드릴을 멈추지 않고 운명에 맡기려고 했어. 거기까진 인정해요! 미안해! 하지만 나도 지진이 날 줄은 몰랐고…….”

이선민이 진실과 거짓을 섞어서 지어내는 이야기에 아이서가 다시 소리를 질렀다.

“죽음을 앞에 두고도 발뺌하는 거야? 당신이 인공으로 지진을 일으켰다는 증거가 있어! 언론이고 뭐고 아무도 다뤄주지 않아서 그렇지, 증거는 사방에 널려 있었다고! 어떻게 그런 짓을 할 수가 있어?”

“내가 아니야!”

“당신이 책임자잖아!”

“나야 말만 책임자지, 회사에서 시킨 대로 하는 것뿐이라고! 회사가 수익을 내려면 무슨 짓이든 해야 한다고 쥐어짜는데 방법 있을 것 같아? 이놈이고 저놈이고 내 자리를 노리기나 하고. 그렇지, 회장이야말로 제일 나빠! 하늘에서 내려다보는 것처럼 우리를 경쟁시키면서 혼자 착한 척이나 하고. 내가, 내가 창업주 손자야! 이건 원래 내 회사라고!”

갑자기 이선민은 눈물을 글썽이면서 제 신세 한탄

에 빠져들었다. 아이서가 황당해서 입을 벌렸다. 오하나도 다시 한번 감탄했다. 아이서보다 권력자란 것들을 좀 더 안다고 생각했지만, 그래도 이건 상상도 못한 전개였다. 주절주절 제 신세를 한탄하던 이선민이 다시 외쳤다.

"나도 피해자야!"

"야……."

보다 못한 오하나가 입을 여는데, 아이서가 웃음을 터뜨렸다. 날카로운 웃음소리가 두꺼운 유리 벽을 때리고 산산이 부서졌다. 그 웃음소리에 놀랐는지 이선민도 잠시 입을 다물었다. 겨우 웃음을 그친 아이서는 정적 속에서 말했다.

"안 되겠어. 이 인간은 가망이 없어. 아마 죽는 순간까지도 자기가 뭘 잘못했는지 모를 거고, 그러니 당연히 죄를 제대로 고백하는 일도 없을 거야."

아이서는 글록의 방아쇠 가운데에 튀어나온 부분을 정확히 누르며 그것을 끝까지 당기려 했다. 순간 이선민이 겁에 질린 소리를 내질렀고, 오하나는 저도 모르게 손을 뻗어서 아이서의 팔을 잡았다.

"야, 잠깐, 잠깐만. 지금까지 녹화한 영상을 풀면 이놈을 진짜로 바닥에 처박을 수 있을 것 같은데. 이런 놈에게는 그편이 더 비참하지 않겠어?"

아이서는 오하나의 손을 뿌리쳤다.

"아니야. 지금 한 말 중에 증거 능력 있는 건 하나
도 없잖아. 게다가 총구 앞에서 공포에 질려 한 말이
고. 사람들이 조롱하고 야유할지는 몰라도, 이 새끼
는 법적인 처벌을 안 받을 거야. 퍼진 영상을 다 지우
고, 다 가짜였고 합성이라고 선전하면서 부활할지도
몰라."

오하나를 똑바로 보는 아이서의 눈에 사막에서
처음 보았을 때와 비슷하면서도 다른 불길이 이글거
렸다.

"아무리 세상에 정의가 없다고 해도, 나쁜 짓을 하
면 죽을 수 있다는 사례는 남겨야지."

오하나마저 압도될 만한 불길이었다.

여기까지 오면서도 아이서가 정말로 사람을 죽일
수 있으리라 생각지는 않았다. 지금까지 아이서는 폭
력을 쓴 적도 있었고, 폭력에 동조한 적도 있었고, 사
람에게 총구를 겨눈 적도 있었지만 제대로 쏜 적은
없었다. 군대에서는 아무 생각 없이 적을 쏠 수 있도
록 혹독한 훈련을 받고도 마지막 선을 넘지 못하는
사람들이 꽤 있었는데, 오하나가 보기에는 아이서가

딱 그런 사람이었다.

물론 그런 사람도 누군가를 죽일 수는 있다. 단지 이전과는 다른 사람이 될 뿐. 그제야 오하나는 깨달았다. 자신은 아이서가 전과 다른 사람이 되기를 바라지 않았던 것 같았다.

그러나 어찌하겠는가. 1초도 안 될 망설임 끝에 오하나는 손을 내리고 한 걸음 물러섰다.

아이서는 두 사람이 실랑이를 벌이는 동안 허둥지둥 기어서 도망치던 이선민을 다시 겨누고 연거푸 총을 쏘았다. 사격 실력이 썩 좋진 않았지만 거리가 멀지 않았다. 이선민의 다리와 등에 피가 튀었다. 그러고도 바퀴벌레처럼 기어가는 것을 오하나가 얼른 밟아서 제지했다. 아이서가 다시 두 손으로 글록을 잡고 이선민의 등을 쏘았다. 총탄이 다 떨어지도록 급소를 맞추지 못해서 이선민이 계속 버둥거렸지만, 깔끔하게 죽이는 것보다 그편이 나은 것 같기도 했다.

얼마 후 아이서가 팔을 내렸고, 두 사람은 잠시 이선민을 내려다보며 서 있었다.

여운이 길지는 않았다.

쾅!

굉음이 울린 순간, 오하나는 움찔하며 철문을 향

해 몸을 돌렸다. 뭔가가 철문을 터뜨릴 듯 때리는 소리였다. 두꺼운 문이 안쪽으로 움푹 패고, 철문의 임시 빗장이 부러질 듯이 휘었다. 오하나는 재빨리 휠체어 쪽으로 달리다가 멍하니 선 아이서를 잡아끌기 위해 돌아섰다.

"야, 정신 차려!"

그사이 생각보다 빠르게 철문이 터졌다. 오하나는 아이서를 놓고 잽싸게 총구를 돌렸지만 바로 쏘지는 않았다. 들어온 사람은 의외로 단 한 명이었다. 생각지도 못한 얼굴, 오하나에게도 익숙한 얼굴이었다. 언제나 너무 완벽해서 저 얼굴이 과연 진짜일까, 디지털로 덮어씌운 통화용 얼굴일까, 하고 생각했던 얼굴. 혼자서 철문을 부순 것을 보니 확실히 일반인은 아니었다.

"김이영?"

오하나는 그 이름을 뱉으면서 무릎을 굽히고 이선민의 시체를 슬쩍 가렸다.

"더 가까이 오지 마! 가까이 오면 이선민을 죽이겠어!"

시체를 인질 삼아서라도 시간을 벌어보려는 심산이었지만 김이영은 쌀쌀맞은 얼굴로 방 안을 휘둘러

보고 말했다.

"진작 죽였어야지. 오하나 씨는 아무래도 일 처리가 미덥지 못하네요."

"……엉? 뭐?"

오하나가 화를 낼지 말지 고민하는 사이 가속으로 다가온 김이영은 벌써 시체를 뒤집고 있었다.

"아, 시체를 인질로 삼아보려던 건가요? 하지만 역시 어설퍼요."

김이영은 그대로 이선민의 머리를 발로 내리쳤다. 두개골이 반 이상 허물어졌다. 김이영은 그걸로도 부족한지 남은 머리통을 몇 번 더 밟았다.

"선배."

총탄을 다 쓴 후부터 고장 난 것처럼 서 있기만 하던 아이서가 힘겹게 목소리를 냈다. 오하나는 고개를 번쩍 들었다.

"선배? 잠깐만, 김이영이 네가 말하던 김 선배야?"

김이영은 아이서를 흘긋 보더니 오하나에게 빠르게 말했다.

"이 정도 부유층을 죽여본 적이 없나 본데, 이런 자들은 뇌를 완전히 부숴야 해요. 자, 공식 발표에서 부회장은 테러리스트들에게 죽은 것으로 처리될 거고, 두 사람은 지금 잡힌 자들과 한패로 기록될 겁니다. 다만 잡히지 않아야 그게 가능하죠. 곧 경찰이 몰려올 텐데 빠져나갈 방법은요?"

"아니, 아니, 잠깐만. 이게 뭐가 어떻게 된 거야?"

오하나는 멀리서 울리는 사이렌 소리를 들으면서도 물어볼 수밖에 없었다.

"댁은 이선민의 심복 아니었어? 왜 갑자기 죽인 거야? 댁은 대체 누구를 위해 일하는 건데?"

김이영은 답답하다는 듯이 한숨을 내쉬더니, 오하나도 아이서도 움직일 기미가 없자 짧게 설명했다.

"이선민이 선을 넘었으니 오늘부로 잘라내는 게 낫다는 이사회의 결정이 내려졌습니다. 이선민이 회장님을 노리고 테러리스트와 손을 잡았다는 부분은 숨기겠지만 회사를 사유화하려고 했던 증거까지는 어느 정도 공개될 겁니다. 잠시 주가가 떨어지긴 하겠지만 방어할 선을 조절할 거예요. 어쨌든 네가 죽이고 싶어 하던 놈은 죽었으니 이 정도에서 만족해."

마지막은 아이서를 향한 말이었다.

"그러니까 선배가 이사회 사람이었군요. 결국 난 또 누군가의 손바닥에서 놀아난 셈이네요."

아이서가 느릿느릿 말했지만 김이영은 표정 변화

가 없었다.

"그래서 탈출 방법은?"

오하나는 발을 끌면서 휠체어로 다가갔다.

"나야 있지. 저 녀석은 여기서 죽거나 감옥에서 평생을 보낼 각오도 하고 있지만, 나는 어디 갇혀서는 못 살거든."

오하나가 휠체어를 굴려서 문 쪽으로 움직였는데, 힘없이 총을 떨군 아이서가 고집스러운 얼굴로 고개를 들었다.

"난 남을 거예요. 남아서 법정에서 증언하고, 인터뷰도 할 거예요. 그래야 진실이 묻히지 않을 희망이라도 있죠!"

그제야 쭉 말끔하던 김이영의 표정이 살짝 변했다. 안타까워하는 표정이 스치더니 곧 짜증으로 변했다.

"되지도 않을 일에 애쓰지 말고, 합리적으로 생각해."

"되지도 않을 일이라고 누가 그래요?"

"네가 법정에 설 수는 있을 것 같아? 여기에서 눈 감아주는 것까지가 내 한계야. 나도 네가 법정에 설 때까지 살려둘 자신은 없어."

"선배는 그러고도 밤에 잠이 와요?"

두 사람이 옥신각신하는 사이 오하나는 부지런히 탈출 준비를 했다. 오하나에게는 평생 로망이 하나 있었다. 돈도, 앞날도 신경 쓰지 않아야만 해볼 수 있는 미친 짓이었다. 무거운 휠체어의 등받이와 좌석을 떼어내자 바퀴 위에 크고 무거운 엔진만 남았다. 자고로 모든 탈것은 돌파 무기로 쓸 수 있는 법이었다.

"가자, 로켓포!"

오하나가 말도 안 되는 구호를 발랄하게 외치자 대립 상태였던 김이영과 아이서가 놀라서 고개를 돌렸다. 순간 오하나는 화진포호의 일렁이는 푸른 물을 향해서 휠체어를 날려 보내고, 가속해서 아이서의 허리를 낚아챘다. 아이서의 의사는 무시했다.

최고 속도로 바퀴를 돌리며 날아간 휠체어가 두꺼운 강화유리를 박살 내면서 호수의 물이 안으로 쏟아져 들어왔다.

오하나는 김이영이 쏟아지는 물을 피해 황급히 철문 밖으로 나가는 모습을 곁눈질하며 폭포를 거슬러 몸을 던졌다. 무거운 몸 때문에 최대 속도로 곧장 수면까지 올라가야 했는데, 압력이 생각보다 어마어마했다.

'물속보다 모래폭풍 속이 낫다고 생각하게 될 줄

은 몰랐는데.'

　아이서를 끌어안고 필사적으로 다리를 움직이면
서 오하나가 한 생각이었다. 그래도 햇빛이 내리비치
는 물속이 마지막 장면으로 더 아름답기는 했다.

에필로그

2057년 4월 20일, 블라디보스토크 앞바다에 뜬 화물선 선창에서 오하나는 며칠째 혼자 중얼거리고 있었다.

"화진포호에서 이제 물은 지긋지긋하다고 생각했는데 어째 아직도 물 위람."

"통쾌할 줄 알았는데 허망하지? 원래 그래."

"네가 직접 죽였어도 비슷했을 거야."

"알겠어. 그 마음 알겠는데, 그래도 우리 이제 어디로 갈지 정해야지 않겠냐?"

계속 말을 걸어도 아이서는 도무지 대꾸가 없었다. 화진포호를 빠져나와서 처음 눈을 떴을 때 "날 왜 데리고 나왔냐"라고 한 게 다였다. 오하나는 아이서가 손도 대지 않은 보존식을 먹어치우며 툴툴거렸다.

"이만하면 절반은 성공 아냐? 뭐 한국을 불태우지는 못했지만 이선민도 죽었고 SG도 엉망이 됐는데."

아이서는 내내 스위치가 꺼진 듯한 상태였다. 의지가 하나도 없다는 점에서는 처음에 모래폭풍 속을 도망치려 했을 때보다 더 나빴다.

"이걸 확 버리고 갈 수도 없고."

오하나는 깊은 한숨을 내쉬었다. 사실은 버리고 가도 그만일 텐데 왜 버리고 갈 수 없는지까지 생각하고 싶지는 않았다.

"법정에 서려고 했으면 너 죽었어. 살아야 뭐라도 하지. 죽으면 지는 거라니까?"

답답함에 어두운 선창 안을 이리저리 구르던 오하나는 웨이에게서 연락 신호가 들어오자 반가움에 벌떡 일어났다. 다른 사람과 대화할 수 있게 되어 기쁘기도 했지만 무엇보다 현재 상황을 업데이트할 수 있다는 뜻이기 때문이었다. 웨이도 그걸 아는지 한껏 거드름을 피우면서 소식을 풀어놓았다.

이제야 여기저기에서 터진 포화가 겨우 걷히고 사건의 윤곽이 드러나고 있었다. SG 화진포호 컨벤션센터에서 열릴 예정이었던 사막의 바다 2차 회의는 역사에 남을 만큼 제대로 망했다. 회의장 입구에서 터진 폭발은 SG 직원 여럿에게 부상을 입혔다. 이어서 연구소가 터지면서 호수 물이 쏟아져 들어가 1층까지 휩쓸었고, 여기에 이선민 부회장의 사망과 SG 연구단지 습격 소식까지 이어지면서 다른 논의는 전부 흐지

부지되어버렸다.

김이영이 예고한 대로 이선민 부회장은 테러리스트 손에 죽은 것으로 발표되었지만, 그 후의 전개는 예고대로 되지 않았다. SG 이사회는 사망 발표로 동정과 공분 여론을 일으키면서 이선민이 '생전에 저지른 것으로 여겨지는 몇 가지 잘못'을 묻어버리려 했지만 피의자 사망으로 아무 조사도 할 수 없게 되었다는 사실이 오히려 시민들의 불만을 키웠다. 결국 내부 고발이 다른 분야로도 확대되자 SG는 책임을 통감하고 창업자의 정신을 되살리겠다며 모든 프로젝트에서 물러서야 했다.

"아무리 이런 시대라도 돈으로 모든 걸 무마할 순 없다는 교훈이랄까."

오하나는 웨이의 말에 코웃음을 쳤다.

"다른 회사들이 돈 풀어서 공격했겠지. 당장 너도 공격에 가세하지 않았어?"

"그런 타이밍을 운명이라고 하는 거 아니겠어."

"해커가 운명 타령은."

"뭐 어차피 여론전의 최종 승자는 우리도 SG도 아니었는걸."

웨이는 생글생글 눈웃음을 쳤다.

"이긴 건 세미라지."

오하나가 웨이와 통화하는 동안 구석에 조용히 쪼그려 앉아 있던 아이서가 문득 고개를 들었다. 오하나는 그 모습을 곁눈질하면서 물었다.

"갑자기 세미라?"

소란스러웠던 언론전에 쐐기를 박은 건 엉뚱한 곳에서 터진 폭로였다. 방파제 조직을 이끄는 세미라가 이선민이 사막의 바다 사고를 직접 계획하고 인공지진을 일으켰다는 발표를 터뜨린 것이었다. 이전이라면 묻혔을지 몰라도 이 시점에서는 그 발표가 주목을 받았다.

오하나는 입술을 실룩였다.

"이 상황에서는 SG를 끌고 가봐야 이득이 안 된다고 판단했나 보군. 판단력 좋아."

"그러게 말이야. 덕분에 NS도 닭 쫓던 개가 됐잖아."

웨이는 남 얘기하듯 웃었는데, 아이서가 처음으로 대화에 끼어들었다.

"어떻게 됐길래요?"

아이서가 얼마 만에 입을 열었는지 모르는 웨이는 태평하게 대답했다.

"NS가 여기 뛰어들어서 돈을 쓴 건 다 사막의 바

다 프로젝트를 집어삼키고 싶어서였잖아. 이번 일로 SG는 확실히 탈락이라고 쾌재를 불렀는데, 이거 터지고 SG에서 완전히 물러나면서 사죄의 뜻으로 지금까지 연구한 내용을 전면 공개, 오픈소스로 풀어버렸지 뭐야. 내가 못 먹을 거면 아무도 못 먹어! 퉤퉤퉤! 덤으로 인류에게 좋은 일을 한다는 칭송도 좀 노리고."

그건 화진포호에서 난리가 난 사이 웨이가 연구단지에 침입해서 빼낸 정보가 쓸모없어졌다는 뜻이기도 했다. 건설 시공마저 맡지 못한다면, 이번에 NS사가 돈 들여 얻은 것이라고는 경쟁사를 잠시 주춤하게 만든 것밖에 없을 터였다.

"심지어 지금 아예 프로젝트 전체를 유넵이 지휘하고, 감사는 방파제가 맡자는 얘기까지 나오고 있어. 가만 보니까 진짜 그렇게 될 거 같기도 하고. 세미라, 그 할머니 일 잘하더라. 더 올라갈 것 같아."

웨이는 혼자 낄낄거렸다. 오하나는 가장 중요한 용건을 물었다.

"우리 수배 상태는 어때?"

웨이는 엄지손가락을 젖혀서 아이서를 가리켰다.

"그쪽 친구 정보는 죽은 사람에서 산 사람으로 옮겨 갔다가 다시 죽은 사람이 됐어. 비슷하게 생긴 다른 사람 이름이 황색수배에 올라갔지. 그리고 우리 자기는, 빼도 박도 못하게 국제 범죄자 당첨! 축하합니다, 적색수배!"

웨이가 까르륵 웃으며 박수를 쳤다.

"그래도 아직 현상금은 얼마 안 되더라. 분발해야겠어, 자기. 내가 인맥 관리 차원에서 지금 제일 안전한 루트 정보를 공짜로 보내줄게. 세미라가 나중에 해커 필요하다고 하면 나 추천하는 거 잊지 말고."

정말로 최종 승자는 세미라인 셈이었다. 세미라에게 이 결과에 우리 지분도 있지 않느냐고 우겨보면 통하려나. 아니, 정말로 조금은 우리 덕 아닌가? 오하나는 머리를 굴리며 아이서를 돌아보았다.

"들었지? 넌 어디로 가고 싶은지 모르겠지만 난 일단 돌아가야겠다. 소금물에 망가진 몸도 수리해야 하고."

뭐라고 해도 중앙아시아로 돌아가는 건 싫지만은 않았다. 그곳으로 돌아가는 게 자연스러운 것 같기도 했다. 어쩌면 결국 그들은 사막의 사람인지도 몰랐다. 마치 그 생각을 들은 것처럼 아이서가 중얼거렸다.

"우리 고향이 계속 사막으로 남아 있지는 않을 거야. 바다가 넓어질 테니까."

그리고 그 바다는 초록색으로 뒤덮일 것이다. 그
것이 생명의 초록색일지, 죽음의 초록색일지는 아직
몰랐다. 아이서의 눈에 희미하게 빛이 돌아왔다.

작가의 말

《사막의 바다》의 출발점은 '단종된 부품을 구하기 위해 고생하는 사이보그 여성 용병'이라는 아이디어였다. 뇌파로 자유롭게 움직일 수 있는 의체(義體)가 나온다고 해도 자가치유력까지 확보하지 못하는 한 생체 몸보다 관리하기 편할 리 없다고 생각했기 때문이다. 관련해서 써놓은 분량도 꽤 있었는데, 이 결과물에서는 사라졌다.

원래 첫 번째 장은 리디의 '우주라이크소설'에 실을 단편소설로 쓴 이야기였다. 그러나 완성한 글을 본 사람마다 "뒷이야기가 있겠죠?"라고 반응했고, 담당 피디님이 아예 연작소설로 구성해보지 않겠느냐고 제안해주셨다. 그래서 프리랜서 용병인 오하나가 세계 곳곳을 돌아다니면서 모험을 하는 연작 형태를 생각했다. 지금 나온 이야기의 프리퀄로 호주에서 벌어지는 일도 구상했다.

그러나 쓰다 보니 오하나와 아이서의 이야기가 끝

나질 않고 계속 이어졌다. 결국은 다섯 편으로도 끝나지 않아서 여섯 편으로 연장하여 겨우 마무리했고, 연작소설보다는 장편소설이 되었다. 그러다 보니 이 책에는 내가 예전부터 품고 있던 이미지와 오래 생각하던 것들이 많이 담겼다.

중앙아시아는 내가 무척 좋아하는 지역이고 이 소설에 나오는 주요 4개국인 카자흐스탄, 우즈베키스탄, 키르기스스탄, 그리고 지금의 신장위구르 지역은 모두 여행으로 방문한 적이 있다. 소설 일부는 카자흐스탄과 키르기스스탄 여행 중에 쓰기도 했다.

물론 여기에서 묘사하는 중앙아시아는 허구다. 소설적인 재미를 위해 변형한 상상의 산물에 가깝다.

현재 이들 지역은 오지와 거리가 멀다. 우즈베키스탄은 믿을 수 없이 아름다운 유적을 대중교통만으로 보러 갈 수 있는 나라이고, 키르기스스탄은 압도적인 자연을 그리 어렵지 않게 보러 갈 수 있는 나라이며, 카자흐스탄은 양쪽의 성격을 조금씩 가지고 있는데다 여행하기에 쾌적하고 편리한 나라다. 세 나라 모두 주변 사람들에게 열심히 추천하는 여행지로, 시간이 지날수록 한국인의 방문이 늘어나리라 자신한다.

거리상으로는 멀지만 한국과 이래저래 인연도 많은 나라들이다.

반면 소설에서 위구르스탄이라고 이름 붙인 신장 위구르 서쪽 지역은 조금 복잡하다. 내가 여행 갔을 때도 개인 여행자가 많지 않았지만, 최근에는 방문하기가 더 어려워진 것으로 안다. 포도가 세상에서 제일 맛있는, 황량하지만 아름다운 땅이다. 소설에 언급한 재교육훈련소와 위구르 강제노동방지법 같은 이야기가 들려올 때마다 마음이 무겁다.

참고로 1940년대 이 지역의 독립운동에는 '동투르키스탄 제2공화국'이라는 이름이 쓰였는데, 처음에는 소설에도 그렇게 넣었다가 지리적으로 범위가 일치하지 않았고, 익숙지 않은 독자들에게는 위구르스탄(위구르의 땅)이 더 직관적일 듯하여 바꿨다.

소설 속 지명은 주로 현지 이름을 살리는 쪽으로 선택하느라 카스가 아니라 카슈가르, 아커쑤가 아니라 아크수, 쿠얼러가 아니라 코를라로 적었다. 다만 어떤 발음은 그대로 살릴 수가 없었다. 젱이스의 현지 발음은 젱으스에 가깝고 키르기스스탄의 현지 발음은 크르그스에 더 가깝지만, 한국어만이 아니라 국제 표기에서도 'ㅣ'로 적고 있기에 그쪽에 맞췄다.

소설적 재미를 추구하는 과정에서 이 지역에 대해 너무 가볍게 쓰진 않았는지, 소재로 이용만 한 건 아닌지 두려움이 계속 남아 있다. 그러나 여전히 내가 쓰고 싶었던 건 재미있는 소설이지 르포르타주가 아니다. 독자분들이 재미있게 읽고 중앙아시아 지역에 매력을 느끼거나 다른 문제에 호기심을 가져주면 좋겠다고 생각할 뿐이다.

기후 위기에 대한 접근 역시 마찬가지다.

해조류를 이용한 탄소 흡수 기술은 이미 논의되고 있다. 이 소설에서 언급한 다른 탄소 흡수 기술도 대부분 실제로 시험하는 중이거나 준비 중이다. 이미 지구 전체 온도 상승은 피할 수 없고, 탄소 방출을 줄이는 것만으로는 부족한 상황이다. 개인적으로도 돌파구는 새로운 기술밖에 없다는 생각이다. 그러나 단 하나의 해결책으로 모든 문제를 없앨 수 있을지는 의문이다. 특히 극심한 빈부 격차와 고도자본주의 체제를 유지하면서 문제의 근원을 해결할 수 있을 것 같지는 않다. 한국에서 플라스틱이 아니라 왕겨로 그릇을 만드는 싸고 편리한 기술이 나온 지 20년이 넘었지만 아직도 왕겨 그릇을 찾기가 힘든 상황을 보라.

때문에 악덕 기업이 아니라 해도 이윤만을 추구하

는 접근은 문제 해결을 어그러뜨릴 수 있다는 생각에서 SG라는 기업을 설정했는데, 초반 원고를 읽어주신 김보영 작가님이 그나마 이런 기업이라도 있었으면 좋겠다고 한탄하는 바람에 당황했다. 그리고 소설을 쓰는 도중에 상황은 점점 더 심해지는 것 같았다. 차라리 기업이 합리적으로 이윤이라도 추구하면 좋겠다고 한탄하게 되는 상황을 얼마나 많이 보았는지, 언제까지 바닥에서 더 내려가는 논의만 해야 하는지 모르겠다. 끊임없이 터지는 산재 뉴스와 미래에 대해 조금도 생각하지 않는 정책 결정들을 보다가 소설 안으로 돌아가면 어이쿠, 내가 봐도 SG 정도면 괜찮은 기업으로 느껴져서 큰일이었다. 수정하기는 했지만 그 과정에서 결국 구조가 아니라 개인을 빌런으로 삼게 된 것 같아 아쉬움이 남는다.

기후 위기를 둘러싼 다양한 싸움과 대안과 엇갈리는 주장 등에 관해서는 그레타 툰베리가 기획한 《기후 책》(이순희 옮김, 김영사, 2023)을 추천한다. 다양한 분야의 전문가가 짧은 글을 하나씩 썼기 때문에 읽기 쉽고, 최신 연구 현황과 자료를 알 수 있으며, 이 문제를 깊이 고민하는 사람들이라 해도 모두 같은 생각은 아니라는 점을 배울 수 있는 좋은 책이다. 그중 탄소

식민주의에 대해서는 로리 파슨스가 쓴 《재앙의 지리학》(추선영 옮김, 오월의봄, 2024)도 추천한다. 《사막의 바다》에서는 현 위구르 자치구에서 벌어진 일들을 언급했지만, 재난을 외주화하고 가난한 나라의 노동자들을 더 큰 위험에 밀어 넣는 것은 많은 곳에서 지금도 벌어지는 일이다. 한국도 이미 여러 나라를 탄소식민국으로 삼고 있는 부유한 국가라는 점을 환기하고 싶다.

그리고 노파심에 덧붙여야겠다. 여러 픽션에서, 특히 영화에서 '인간 다 죽어'류의 환경 테러리스트를 악당으로 설정하는 바람에 지금도 많은 사람이 인명 피해를 아랑곳하지 않는 과격 활동가들이 존재한다고 여기는 것 같다. 소설에서 극단적인 미래상을 상상했을 뿐, 현실에서는 일반 시위자들을 환경 테러리스트라고 부르는 경우가 대부분이다. 방화와 폭탄까지 동원하는 과격한 사례에서도 건물이나 장비를 공격했을 뿐, 아직까지 인명 피해가 난 적은 없다. 반대로 세계 곳곳에서 계속 살해당하는 환경운동가들은 뉴스에도 잘 나오지 않는다.

1980년대 록 음악들, 〈차마고도〉 OST, 유튜브의

에픽 음악 모음집 〈String of Fire〉, 그리고 〈이세계 삼촌〉 오프닝 테마의 도움을 주로 받으면서 썼다.

사실과 다른 부분은 당연히 있지만, 그래도 너무 터무니없는 실수는 하지 않으려고 했다. 그 과정에서 도움을 준 아스타나의 언어인류학자 김우진 선생님, 생태인류학을 공부한 고범철 선생님에게 고마움을 전한다. 그래도 잘못 쓴 부분이 있다면 내 탓이다. 소설 쓰기 자체에 조언과 격려를 해준 김보영 작가님, 김상현 작가님에게도 늘 감사할 뿐이다. 계기를 만들어주신 그린북에이전시 김시형 대표님에게도 고마움을 전한다. 그리고 이 소설은 리디 김성은 피디님이 없었으면 나오지 못했을 것이다. 깊이 감사드린다.

사막의 바다

ⓒ 이수현 2026

초판 1쇄 인쇄 2026년 1월 30일
초판 1쇄 발행 2026년 2월 5일

지은이 이수현
펴낸이 유강문
문학팀 박선우 최해경 박지호
마케팅 김한성 조재성 박신영 김애린 오민정 우지윤

펴낸곳 (주)한겨레엔 www.hanibook.co.kr
등록 2006년 1월 4일 제313-2006-00003호
주소 서울시 마포구 창전로 70 (신수동) 화수목빌딩 5층
전화 02-6383-1602~3 **팩스** 02-6383-1610
대표메일 munhak@hanien.co.kr

ISBN 979-11-7213-376-4 (04810)
ISBN 979-11-7213-062-6 (세트)

• 값은 뒤표지에 있습니다.
• 파본은 구입하신 서점에서 바꾸어 드립니다.
• 이 책은 (주)한겨레엔과 리디(주), 그린북에이전시가 공동 기획했습니다.
  이 책의 내용을 부분적으로 또는 전체적으로 재사용하거나 저작권과 관련된 문의 사항이 있으면
  그린북에이전시로 연락해주시기 바랍니다.